Marianne Gilbert Finnegan

Das gab's nur einmal

Verloren zwischen Berlin und New York

Aus dem Amerikanischen von Renate Orth-Guttmann

Diogenes

Titel der 2002 bei
Horse Publishing, Saratoga Springs, New York,
erschienenen Originalausgabe:
›Memories of a Mischling. Becoming an American‹

Umschlagfoto: Ballett aus ›Orpheus in der Unterwelt‹
im Berliner Theater am Nollendorfplatz,
1912 (Ausschnitt)

www.diogenes.ch
60/07/52/1
ISBN 978 3 257 06580 0

Vorbemerkung

Die Zeitspanne, in der dieses Buch entstand, entspricht fast genau der Lebensspanne, von der es erzählt. Ich habe versucht, mich möglichst genau zu erinnern, habe mit noch lebenden Verwandten gesprochen, um mehr über die Familie zu erfahren, und mich in die Geschichte dieser Epoche eingelesen, um unsere Erlebnisse und Erfahrungen in einen größeren historischen Rahmen zu stellen.

Nachdem ich nun die einzige bin, die diese Geschichten noch bewahrt, wollte ich sie unbedingt niederschreiben, damit sie erhalten bleiben. Ich hoffe, daß meine Kinder und Enkel sich einmal für diesen Teil ihrer Geschichte interessieren werden. Entwurzelung und Anpassung der Generationen in diesem einen kleinen Familienverband können auch für viele ähnliche Erfahrungen im Zweiten Weltkrieg stehen.

Bei den Japanern heißt es: »Kleine Dinge sind klein. Große Dinge sind groß. Aber auch kleine Dinge sind groß, wenn man sie aus der Nähe betrachtet.« Im Dritten Reich war ich ein Kind in meiner eigenen Welt, aber wenn ich mich an unsere Flucht und an unsere Identitätsprobleme erinnere und diese mit anderen Schicksalen um mich herum vergleiche, erkenne ich, daß Geschichte nichts Fernes und Vergangenes ist, sondern uns alle sehr persönlich und unmittelbar berührt. Im Vergleich zu den Millionen, die in diesen gewaltigen und grauenvollen Umwälzungen in Europa litten und starben, haben unsere jüdischen Familienmitglieder Glück gehabt. Sie konnten sich retten. Ich bin hier in Amerika, weil sie sich retten konnten. Doch durch die Nazis wurden die Verwandten über die ganze Welt verstreut, wie Splitter bei einer gewaltigen Bombenexplosion, und die Familie kam nie mehr zusammen. Die Verwandten meiner Mutter blieben in Berlin, aber nicht alle haben den Krieg überlebt. Die Verwandten meines Vaters entkamen, aber ihre Kinder wuchsen wie ich im Ausland auf und kehrten nicht nach Deutschland zurück. Unser aller Leben veränderte sich von Grund auf.

Was ich aufgeschrieben habe, mag nicht die ganze Geschichte sein, aber es ist meine Geschichte, so wie ich sie aus meiner Erinnerung und der anderer Menschen zusammentragen konnte. Die Namen meiner Familienmitglieder habe ich beibehalten, sie sind echt. Um andere nicht in Verlegenheit zu bringen, habe ich die Namen derjenigen geändert, die nicht unmittelbar zu meiner Familie gehören und deren wahre Identität für meine Leser nicht unbedingt von Bedeutung ist.

Marianne Gilbert Finnegan

I

Der Weg nach draußen

Ich wurde in ein Reich hineingeboren, das in sich gespalten war. Das Deutschland, in dem ich zur Welt kam, wurde von dem Haß zerrissen, den Hitler und seine Nazis entfesselt hatten. Nicht der Haß, wohl aber die Zwietracht berührte auch unsere Familie. Mein Vater war nicht religiös, aber er war Jude. Meine Mutter kam aus einer streng lutherischen Familie. Damit war ich nach NS-Sprachgebrauch ein *Mischling,* ein Halbblut, eine Promenadenmischung, und damit nicht minder gefährdet als sogenannte »Volljuden«.

Ich war zu jung, um wirklich zu verstehen, was die Ausbreitung des Faschismus in Deutschland bedeutete, aber den sorgenvollen Bemerkungen der Erwachsenen um mich herum entnahm ich immerhin, daß vor meiner Geburt alles sehr viel besser gewesen und gleich danach den Bach runtergegangen war. Ehe ich geboren wurde, hörte ich, habe es vornehme Villen gegeben, Geld, Partys und Gelächter, und mit diesem schönen Leben war es nun vorbei. Nach Kinderart fühlte ich mich an dieser Situation mitschuldig. Meine Geburt hatte offenbar niemandem Glück gebracht, sondern zu einem schweren Zerwürfnis zwischen meinen Eltern geführt.

»Dein Vater wollte nie Kinder«, erzählte meine Mutter

immer, »aber ich wünschte mir welche. ›Wenn du ein Kind bekommst‹, verkündete er, ›verlasse ich dich.‹ Jahrelang habe ich vergeblich darauf gewartet, daß er es sich anders überlegt. Vielleicht, habe ich mir gesagt, ist er doch ganz gern Vater, wenn erst das Baby im Haus ist, und da habe ich mich entschlossen, dich zu bekommen.«

Diese aus Trotz getroffene Entscheidung erwies sich als fatal. Als ich ein Jahr alt war, verließ mein Vater das Haus, um Zigaretten zu holen, und kam erst nach vier Jahren zurück.

Sehr viel später kam mir der Verdacht, daß das kleine Wesen im Haus möglicherweise nicht der einzige Grund dafür war, daß mein Vater so lange zum Zigarettenholen gebraucht hatte und daß ich nicht so sehr der Grund für die Ehekrise war als einer der vielen Versuche meiner Mutter, meinen Vater zu halten. Die Kriegslist, der ich meine Existenz verdanke, funktionierte nicht besser und nicht schlechter als frühere. Meine Mutter kam gegen die Natur nicht an – mein Vater war immer unterwegs. Das hübsche Fräulein, das auf ihn wartete, als er uns verließ, blieb nicht die einzige Versuchung. Sein Leben lang sollte er immer wieder bei schönen Frauen schwach werden.

Jede Familie hat ihre Geschichten. Die Geschichten in meiner Familie, die ich zuerst als Kind hörte und die mein ganzes Leben beeinflußten, hatten ihren Ursprung alle in der Nazizeit. Wie ein starker Magnet zog jene Zeit alle Erfahrungen an und gab ihnen eine neue Richtung, so daß alle diese Erfahrungen entweder diese Zeiten ahnen ließen, darum kreisten oder sich darauf zurückbezogen. Die Schurken, die Hitlers teuflische Visionen verwirklichten, blieben in allen Geschichten gleich. Die anderen Figuren wechselten je nach Sicht des Erzählers, waren in manchen Fällen bewundernswert, in anderen mit schwerem Makel behaftet. Einige wenige überlebten nicht, andere waren danach nie mehr dieselben.

Auch wenn die Einzelheiten nicht immer übereinstimmten, setzten sich diese Geschichten von Gefahren und gelungener Flucht in mir fest wie eine mündliche Überlieferung, an der ich aber lange nicht teilhaben wollte. Als Jugendliche in Amerika wollte ich – wie vor mir schon meine Eltern – der Geschichte entfliehen und mich unabhängig von früheren Zeiten und Orten definieren. Doch als ich dann meiner selbst gewiß genug war, um in meine Kindheit zurückzuschauen, waren all diese Geschichten plötzlich wieder da. Manche waren in meinem Gedächtnis intakt geblieben, andere waren nur noch in Bruchstücken erhalten, die ich aus Unterlagen oder Gesprächen mit überlebenden Verwandten wieder zu einem Ganzen zusammenfügen mußte. Sicher sind viele auch verlorengegangen, aber ich will zumindest diejenigen aufzeichnen, die mir geblieben sind.

Als mein Vater uns hatte sitzenlassen, versuchte meine Mutter, das Beste aus der Situation zu machen. Nachdem sie sich einmal auf die Mutterschaft eingelassen hatte, nahm sie diese Aufgabe auch ernst. Als Hitler 1933 zum Reichskanzler gewählt wurde, ging sie wie Tausende von Deutschen außer Landes. Sie fuhr mit mir nach Paris, um dort auf bessere Zeiten zu warten, und redete sich ein, mein Vater würde zu ihr zurückkommen, denn sie war nicht nur hübsch, sondern auch begabt und gescheit. Mit dem blonden Haar, den grünen Augen mit goldenen Pünktchen, dem Duft nach Puder und Parfüm, ihren schönen Kleidern und Perlen und ihrer samtweichen, dunklen Singstimme war sie für mich das schönste und begabteste Wesen auf der Welt. Sie hingegen sah mich weit weniger verklärt.

»Ich habe bei deiner Geburt Qualen gelitten«, sagte sie. »Zwei ganze Tage lang. Und dann mußten sie dich mit der Zange holen. Als ich dich im Krankenhaus zu sehen bekam, war dein Köpfchen verformt, das kam von der Zangengeburt. Ich hatte noch nie ein so häßliches Baby gesehen.« Als ich ein trauriges Gesicht machte, tätschelte sie mir die Wange und lachte kurz auf. »Aber ich hab dich trotzdem gleich ins Herz geschlossen.«

Meine Mutter, die älteste von drei Schwestern, kam 1900 zur Welt und wurde Marie Luise Elisabeth Geldner getauft. Als Kind nannten alle sie nur Elsbeth – eine Verkürzung, die sie von Herzen verabscheute. Die drei kleinen Mädchen – Elsbeth und ihre beiden jüngeren Schwestern Charlotte und Irmgard – wurden regelmäßig in die Kirche geführt und wuchsen in einer nüchternen Mittelstandsumgebung auf. Dennoch war Elsbeth mit zehn schon eine überzeugte Kommunistin oder zumindest für die Monarchisten hoffnungslos verloren. 1910 kam Kaiser Wilhelm II. von einer Reise nach Österreich-Ungarn in sein Berliner Schloß zurück, und die Stadt bereitete ihm einen königlichen Empfang. Am Nachmittag standen unter den Tausenden von Berlinern, die rechts und links die Prachtstraße Unter den Linden säumten, auch die Geldners. Sie waren früh gekommen, um einen Platz möglichst nahe am Schloß zu ergattern, wo man besonders gute Sicht auf den kaiserlichen Zug hatte. Das Wetter war unwirtlich, Elsbeths Vater schlug den Mantelkragen hoch, die Mutter hatte die Hände in einen dicken Pelzmuff gesteckt. Die drei Mädchen hüpften auf und ab und stampften mit den Füßen. Feiner Pulverschnee wehte durch die Luft und wirbelte über die Straße. Elsbeth fröstelte, erst vor Aufregung, dann weil ihr immer kälter wurde. Endlich hörten sie in der Ferne Trompetenstöße und dann ein regelmäßiges Stampfen, als poche das große Herz der Stadt. Mit klackenden Hufen kam die Kavallerie heran, auf den tänzelnden Rössern saßen kerzengerade behelmte Soldaten in Uniformen mit Tressen und goldenen Knöpfen. Ihnen folgte zu Fuß die kaiserliche Leibgarde – Soldaten mit grimmigen Gesichtern, gewachsten Schnurrbärten und großen Epauletten, die Körper angespannt unter den Fahnen, die sie trugen, die Beine bewegten sich steif im Takt der dröhnenden Trommeln. Unter den Hochrufen der Bevölkerung näherte sich die kaiserliche Kutsche. »Da ist er«, schrie es aus der Menge. »Schaut doch, da ist der Kaiser!«

Die zehnjährige Elsbeth besah sich die goldglänzende Kutsche, die von vier federgeschmückten Rappen gezogen wurde. In der Kutsche saß ein älterer Mann mit gewaltigem Schnurrbart. Er hatte noch mehr Goldtressen an seiner Uniform als die Soldaten, trug einen Helm mit einer Spitze obendrauf und nickte nach rechts und links in die jubelnde Menge. Während die Kutsche mit ihren Begleitfahrzeugen vorüberrollte, betraten die Zuschauer langsam die Fahrbahn und folgten dem Zug. Die Geldners schlossen sich an. Die Stimmung war feierlich wie bei einem großen Fest.

Als sie sich dem Schloß näherten, verlangsamte sich das Tempo. Elsbeth sah die letzten berittenen Garden durch das Tor reiten. Dann bildeten Berliner Polizisten eine Kette quer über die Fahrbahn, um die Menge am Weitergehen zu hindern. Die goldene Kutsche war verschwunden. Die Schloßtore schlossen sich. Das Fest war vorbei. Langsam zerstreute sich die Menge. Elsbeth war empört.

»Warum dürfen die Soldaten dahinein und wir nicht?« beschwerte sie sich.

»Weil das die Garde des Kaisers ist«, brachte ihr Vater sie streng zum Schweigen. »Sie gehören zu ihm.«

Elsbeth war nicht besänftigt. Warum darf der alte Mann da in einer goldenen Kutsche fahren, während ich mir hier kalte Füße hole, dachte sie. Warum hat er ein Schloß, während ich mir ein Zimmer mit Lotti und Irma teilen muß? Der Zorn, der bei diesem Nachmittagsausflug aufgeflammt war, glomm weiter, beeinflußte ihre politische Einstellung und ihre persönlichen Beziehungen und sprühte ein Leben lang in ihrer Seele Funken.

Der Kaiser durfte sich nicht mehr sehr lange an seinem Schloß freuen, seine Herrschaft war mit der Niederlage Deutschlands im Ersten Weltkrieg zu Ende. Die Tatsache aber, daß ihn das Glück verlassen hatte, bedeutete keine goldene Kutsche für Elsbeth, vielmehr fand sogar die kleinbürgerliche Sicherheit ihrer Kindheit ein jähes Ende. Als sie zwölf war, erkrankte Otto Geldner, ihr Vater, und kam in ein Sanatorium, wo er zwei Jahre später starb. Mutter Hedwig blieb in einer Zeit, in der es noch keine Lebensversicherungen gab, praktisch mittellos zurück. Sie war genötigt, das Haus zu verkaufen und mit den Töchtern zu den Eltern zu ziehen. Die Töchter mußten mit sechzehn die Schule verlassen und sich Arbeit suchen.

Die untergeordnete Stellung ihrer Mutter in dem beengten und bedrückenden Heim, das die Großeltern der vaterlosen Familie boten, war für Elsbeth ebenso schrecklich wie die Enge und die ständige Anpassung, zu der ihre Armut sie zwang. Sie wünschte sich mehr Glanz und Reichtum und eine spannendere Zukunft. Von ihrem Lohn, den sie als angehende technische Zeichnerin verdiente, sparte sie, was sie konnte, um sich modische Kleidung zu nähen. Ihr gutes Aussehen und ihre Ausstrahlung fielen Dr. Gorodiski auf, dem nicht mehr ganz jungen Zahnarzt der Familie, der ihr einen Heiratsantrag machte. Um der häuslichen Enge zu entkommen, sagte Elsbeth ja. Mit neunzehn war sie verheiratet und brauchte nun eigentlich nicht mehr zu arbeiten, aber mit dem Leben als Nurhausfrau wollte sie sich nicht zufriedengeben. Da sie jetzt etwas Geld hatte, nahm sie Gesangs- und Tanzstunden, denn sie wollte Sängerin werden. 1921 lernte sie bei ihrem Gesangslehrer meinen Vater Robert Winterfeld kennen, der seine Stimme ausbilden ließ, um die eigenen Lieder wirkungsvoller vortragen zu können. Robert schrieb Musik und Texte für Schlager und Operetten und trat damit in die Fußstapfen seines erfolgreichen Vaters.

»Seine Stunde war unmittelbar vor meiner«, erinnerte sich meine Mutter. »Und wenn ich ihn sah, mußte ich immer lachen. Er war so ernsthaft, und zwischen den einzelnen Stücken holte er ein riesiges Taschentuch raus und trocknete sich das Gesicht. Und ich mochte seine großen Ohren.«

Auch Robert war auf sie aufmerksam geworden. – »Als ich einmal nach meiner Stunde wegging, wartete er auf mich und stellte sich sehr förmlich vor. ›Ich bin Robert Winterfeld und würde Sie gern kennenlernen.‹ Er war schrecklich nervös. Das hat mir gefallen, und Winterfeld, fand ich, war ein wunderschöner Name.«

Sie trafen sich nun regelmäßig. Für eine Elsbeth sei sie viel zu schick und elegant, sagte er und taufte sie in Elke um. Endlich hatte sie einen Namen, der ihr zusagte. Auch Robert und seine geistreichen Freunde aus der Berliner Theaterwelt sagten ihr zu. Von Jugend, Liebe und Geist hoffnungslos ins zweite Glied verwiesen, willigte Dr. Gorodiski in eine diskrete Scheidung ein.

Damals hielten sich die meisten Juden für erfolgreich in den Mittelstand assimiliert und glaubten sich in der Mitte der deutschen Gesellschaft gut aufgehoben, aber der latente Antisemitismus verstärkte sich merklich. Mein Vater war in einem Heim aufgewachsen, in dem man Bücher und Musik liebte, aber seine jüdischen Wurzeln bekümmerten die Großeltern meiner Mutter noch mehr als seine Verbindung zu Theaterkreisen, die in ihren Augen frivol und unmoralisch waren. Die Möglichkeit, sie zu schockieren und sich von den strengen Moralbegriffen ihrer lutherischen Erziehung zu lösen, kam Elke wie gerufen. Zudem hatte sie von Robert die Ideale der kommunistischen Revolution in Rußland übernommen, in der die Religion als Werkzeug der Unterdrückung, als »Opium fürs Volk« galt. 1923 – Elke und Robert waren auch gerade dreiundzwanzig geworden – setzten sie sich über die religiösen Bindungen ihrer Herkunft hinweg und ließen sich standesamtlich trauen. Sie sahen nie mehr eine Notwendigkeit, sich einer etablierten Glaubensrichtung anzuschließen. Doch der jugendliche Versuch, mit ihrer Herkunft zu brechen und sich neu zu definieren, war vergeblich. Vielmehr nahm die Geschichte eine schreckliche Wendung und machte ihnen einen dicken Strich durch die Lebensplanung.

Mein Großvater, als Max Winterfeld zur Welt gekommen, begann in Hamburg als Kapellmeister eines Orchesters, das nachmittags im Zoo spielte. 1910 schrieb er den Schlager »Püppchen, du bist mein Augenstern«, einen international so durchschlagenden Erfolg, daß Musikkritiker meinen Großvater den »Napoleon der Grammophonplatte« nannten. Damals kaufte man gern Noten, auf denen auch Titel und Name des Autors standen. Der Agent meines Großvaters sagte warnend: »Mit einem Namen wie Max Winterfeld kannst du nie was werden. Du brauchst was mit mehr Glamour, was Französisches wäre gut.« Max entschied sich dafür, einen französischen Vornamen mit dem Nachnamen eines berühmten britischen Vorgängers der Operettenmusik, W. S. Gilbert aus dem Duo Gilbert & Sullivan, zu koppeln. Fortan begleitete der Name Jean Gilbert die musikalische Laufbahn meines Großvaters, und mein Vater setzte diese Tradition als Robert Gilbert fort.

Robert kam 1899 zur Welt, zwei Jahre später folgte sein Bruder Henry. Bis zu Jean Gilberts Durchbruch im Jahre 1910 war die Familie arm. Robert erinnerte sich an Winter, in denen nicht genug Geld zum Heizen da war und seine

Mutter Rosa im Bett lag, um nicht zu frieren, während sie Hüte nähte, mit denen sie ein wenig Geld verdiente. Mit dem »Püppchen«-Ohrwurm änderte sich alles. Sehr bald zog Jean Gilbert mit seiner Frau und den beiden Söhnen nach Berlin-Wannsee. Seine Schwester und deren Sohn Maggi nahm er mit. Außerdem adoptierte er den Sohn eines Freundes, Fritz Loewe (der später in Amerika als der Komponist Frederick Loewe Karriere machte). Sein Leben lang erinnerte sich Henry gern an das Grundstück am Wannsee, wo die vier Jungen in Wohlstand und unberührt von den Entbehrungen des Ersten Weltkrieges aufwuchsen. Robert, der angebetete Erstgeborene, spielte sehr gut Klavier, Henry war nicht musikalisch, dafür aber schriftstellerisch begabt. Alle vier schrieben Theaterstücke und führten sie auf, übten sich im Boxen und schlichen sich an den Wochenenden in nahe gelegene Lokale, um sich mit Mädchen zu treffen und mit ihnen zu flirten. Die Familie war zwar nominell jüdisch, hatte aber kaum religiöse Bindungen. Ihre Freunde waren alle am Operettentheater, ihre Talente und Interessen kreisten um die populäre Kultur im Deutschland jener Zeit.

Nach dem Ersten Weltkrieg ging Robert ans Konservatorium und studierte Komposition und klassische Klaviermusik bei Claudio Arrau. Seine Begabung aber lag, wie die seines Vaters, auf dem Gebiet der leichten Muse, und bald tat er es seinem Vater gleich und schrieb Schlager und Operetten. In den zwanziger Jahren schrieb er die Texte für die Operette »Das Weiße Rößl«, die viele Jahre großen Erfolg hatte, und Schlager wie »Am Sonntag will mein Süßer mit mir segeln geh'n« und »Das muß ein Stück vom

Himmel sein«. Die Noten und Schallplatten verkauften sich überall, wo Deutsch gesprochen oder gesungen wurde. Mit Libretti und Unterhaltungsmusik finanzierte Robert seinen anspruchsvollen Geschmack in den zwanziger Jahren, in denen in Deutschland Inflation und Unruhe herrschten. Den Titel eines der Liebeslieder, die mein Vater geschrieben hatte – »Das gibt's nur einmal« –, benutzte Hitler sogar dazu, den Beginn des Dritten Reichs zu feiern. Daß mein Vater Jude war, wußte er allerdings nicht.

Nach der Heirat strebten Robert und Elke nach Unabhängigkeit. Sie bezogen eine Wohnung am Laubenheimer Platz, einem Viertel, in dem viele Künstler und Schriftsteller wohnten, und beteiligten sich an dem lebhaften kulturellen und politischen Leben junger Leute in Berlin. Die frühen Jahre der Armut allerdings vergaß Robert nie, und auch Elke war in kleinen Verhältnissen aufgewachsen. Beide waren von der Not der Arbeitslosen erschüttert und von der russischen Revolution beeinflußt, deren erklärtes Ziel es war, die Werktätigen an die Macht zu bringen. Tief beunruhigt über den im Lauf der zwanziger Jahre immer mehr zunehmenden Einfluß der Nationalsozialisten, traten sie in den Spartakusbund ein, eine von Rosa Luxemburg und Karl Liebknecht gegründete linke Abspaltung der USDP, die später in der Kommunistischen Partei Deutschlands aufgehen sollte. Sie besuchten Arbeiterversammlungen, verteilten Flugblätter und protestierten gegen die Ausbreitung des Faschismus.

Robert spendete einen Großteil des Einkommens aus seiner Schlagermusik der Partei, und anders als bei seinem Vater mischten sich bei ihm auch dunklere Töne in sein

Werk. Unter dem Pseudonym David Weber schrieb er viele sozialkritische Lieder, die in linksgerichteten und kommunistischen Kabaretts wie der *Katakombe* aufgeführt wurden. Als David Weber schrieb er auch das berühmte bitterironische *Stempellied*, das er einem Mann ohne Arbeit und ohne Hoffnung in den Mund legte. Von Hanns Eisler vertont, wurde das Stempellied landesweit sehr bekannt. Zusammen mit Eisler schrieb er Lieder und Chöre für Arbeiter, um sie in ihrem Kampf um angemessene Löhne und Lebensbedingungen zu unterstützen, denn, wie Eisler es ausdrückte, »selbst unsere Lieder müssen Kampf sein«. Robert verfaßte in dieser Zeit auch satirische Texte gegen Hitler für die Berliner Kabaretts und Anfang 1930 Gedichte der Trauer und der Vorahnung wie »Aufbruch der Nation« und »Unrasiert und fern der Heimat«.

Wie sich zeigte, konnte das Bündnis von Künstlern, Intellektuellen und Arbeitern weder Stalins Perversion kommunistischer Ideale in Rußland noch das Vordringen der Nationalsozialisten in Deutschland aufhalten. Viele Jahre später sagte Robert: »Als ich jung war, glaubten meine Freunde und ich, wir könnten die Welt verändern. Später haben wir dann erkannt, daß nicht wir es sind, die die Welt verändert haben, sondern die Welt veränderte uns.«

Als Hitler im Januar 1933 zum Reichskanzler gewählt wurde, hätte allein die Tatsache, daß mein Vater Jude war, ihn zur Zielscheibe gemacht, aber durch seine politischen Aktivitäten geriet er nicht nur rassisch, sondern auch ganz persönlich auf Hitlers Schwarze Liste. Als Hitler anfing, Häuser und Besitz reicher Juden zu beschlagnahmen, unter anderem auch den meines Großvaters, begriff die Familie Winterfeld, daß es in Deutschland nur noch schlimmer werden konnte, und entschloß sich schweren Herzens, außer Landes zu gehen. Den Vorwand lieferte die Wiener Premiere der »Keuschen Susanne«, einer beliebten Operette meines Großvaters. Er beantragte bei der neuen nationalsozialistischen Regierung eine Einreisegenehmigung für Wien, um die Operette zu dirigieren. Für ihn stand von vornherein fest, daß er nicht nach Deutschland zurückkehren würde, aber zu einer offiziellen Emigration, für die von den Nazis erdrückende Steuern und Abgaben erhoben wurden, fehlte ihm das Geld, weil ein Großteil seines Vermögens bereits eingezogen war. Er ersuchte deshalb um ein Ausreisevisum, das auf die Probenzeit und die Premiere der Operette in Wien begrenzt war. Der Antrag wurde genehmigt.

Da auf die Tourenwagen, die in seiner Garage standen (wie auch auf die Garage selbst und das ganze Wannseegrundstück) bereits die neue Regierung ihre Hand gelegt hatte, mietete mein Großvater die luxuriöseste Limousine, deren er habhaft werden konnte, inklusive livrierten Chauffeurs. Am festgesetzten Tag ließ er sich wie ein Pascha, in Pelze und Decken gehüllt, auf der breiten Rückbank der Limousine nieder. Rechts und links von ihm saßen seine Söhne Robert und Henry, die beide kein Ausreisevisum besaßen, weil die Familie Angst hatte, drei Visumsanträge gleichzeitig könnten Verdacht erregen. Als die deutschen Grenzer nach den fehlenden Sichtvermerken fragten, erklärte mein Großvater hoheitsvoll, er, der weltberühmte Komponist Jean Gilbert, brauche die Hilfe und aktive Mitarbeit seiner Söhne, um dem begierigen Wiener Publikum seine so beliebte und echt deutsche Operette zu Gehör zu bringen.

»Wir schlotterten vor Angst«, erinnerte sich Robert später. »Alles hing davon ab, wie ein oder zwei Grenzbeamte gestimmt waren. Wenn sie sich gerade langweilten oder ihren Freundinnen imponieren wollten oder wenn man kein Geld hatte, um sie zu bestechen, konnten sie einen aus einer Laune heraus aufhalten. Und ich mit meiner politischen Vergangenheit wäre verhaftet und Gott weiß wohin verschleppt worden. Damals verschwanden ständig Menschen auf Nimmerwiedersehen. Da saßen wir nun in diesem riesigen Schlitten, lachten und scherzten mit den Wachen und sangen mit ihnen »Püppchen, du bist mein Augenstern«, während mein Vater eine dicke Zigarre schwenkte und Geld wie Bonbons verteilte.«

Das alles machte offenbar Eindruck auf die Grenzer, denn sie hoben den Schlagbaum. Jean Gilbert mit Gefolge rollte nach Österreich. Die zwei letzten Strophen aus Roberts Gedicht »Abschied im April« lassen Anspannung und Trauer solcher Momente lebendig werden.

Zollrevision, Devisen, Paßkontrolle. Ach,
Man läßt mich durch. Es ist gelungen.
Da murmelt noch der letzte deutsche Bach –
Es ist ein Ros' entsprungen.

Da wo die galgenlangen Pappeln stehn,
Deutschland, ade.
Wer weiß, wer weiß, ob wir uns wiedersehn
Am grünen Strand der Spree.

Jahre später machte ich mir so meine Gedanken über diese Reise und fragte meinen Onkel Henry, warum die Männer der Familie Winterfeld in ihrer gemieteten Limousine bequem das Land verließen, während ihre Frauen und Kinder sehen konnten, wo sie blieben.

»Gefährdet waren ja in erster Linie wir«, erklärte er. »Wir waren Juden. Nichtjüdische Frauen durften noch unbegrenzt reisen, und 1933 fahndeten die Nazis noch nicht nach Mischlingskindern.«

Zu jener Zeit war meine Mutter schon mit mir in Paris. Die erste Frau meines Großvaters, meine jüdische Großmutter Rosa, war schon ein paar Jahre davor, nach ihrer Scheidung, ausgewandert. Gerda, die zweite Frau meines Großvaters, und ihre drei Töchter sowie Henrys Frau und ihr zehnjähriger Sohn Thomas fuhren mit der Bahn von Berlin nach Wien. Der Grenzübertritt verlief reibungslos. Weitere jüdische Familienmitglieder – ledige Großonkel und Tanten – verließen Deutschland nacheinander, wenn sich eine Gelegenheit ergab. Für alle begannen mehrere Wanderjahre in Europa, ehe das Schicksal sie verstreute – nach England und Nord- und Südamerika. Sie gehörten zu den fünfzigtausend Flüchtlingen – meist Juden, aber auch viele wegen ihrer liberalen politischen Einstellung verfolgte Christen –, die in jenem Jahr aus Deutschland flüchteten. (Der Exodus setzte sich mit durchschnittlich fünfundzwanzigtausend Menschen pro Jahr fort, bis 1938 die Deportationen in die Konzentrationslager begannen.)

Glücklich in Österreich angekommen, versuchten die Exilanten sich einzureden, daß die Deutschen bald wieder zur

Vernunft kommen, Hitler verjagen und wieder liberalere Politiker ins Amt holen würden. Ihre Gespräche, ihre Hoffnungen drehten sich um eine spätere Rückkehr nach Deutschland. Doch Ende des Jahres unterstützten 92% der Deutschen die Nationalsozialistische Deutsche Arbeiterpartei.

Mein Großvater blieb mit seiner zweiten Familie eine Weile in Österreich, aber da man seine deutschen Tantiemen beschlagnahmt hatte, wurde seine finanzielle Lage prekär. Da bot sich die Möglichkeit, nach England zu gehen. Für Robert wie auch für seinen jüngeren Bruder Henry bildete die Muttersprache den Mittelpunkt ihrer schriftstellerischen Arbeit, und sie entschieden sich deshalb dafür, in Österreich zu bleiben. Robert war weiterhin politisch tätig. Häufig brachte er in riskanten Kurieraktionen Mitteilungen aus dem Untergrund von Deutschland zu Parteigenossen in Frankreich und Skandinavien. Henry war körperlich und vom Temperament her ein ganz anderer Typ. Während Robert kräftig gebaut war und mit dreißig seine Haarpracht schon fast völlig verloren hatte, war Henry schlank, dunkel und ernst. Robert war dank seiner Musik wohlhabend und beliebt, Henry, der nicht musikalisch war, hatte wenig Geld und kaum Freunde. Er beneidete Robert um seinen Erfolg, trotzdem blieben die beiden Brüder einander eng verbunden und arbeiteten hin und wieder zusammen an Operettenlibretti. Henry, wie die übrigen Familienmitglieder ohne religiöse Bindungen, hatte Anfang der zwanziger Jahre ebenfalls eine Nichtjüdin geheiratet. Seine Frau, meine Tante Else, war eine zierliche Blondine mit blauen Augen und stämmigen Beinen, die sie unter langen

Röcken versteckte. Henry und Else betätigten sich nicht politisch, beobachteten aber die unheilvolle Entwicklung in angstvoller Sorge. Da der Radius ihrer Bewegungen immer mehr eingeschränkt wurde, reisten sie kaum noch und widmeten sich vornehmlich der Erziehung des 1923 geborenen Sohnes Thomas. Zu dieser Zeit begann Henry, Kinderbücher zu schreiben.

Der Judenhaß in Deutschland hatte inzwischen zum Erlaß der berüchtigten Nürnberger Gesetze von 1935 geführt, in denen Juden die deutschen Bürgerrechte aberkannt wurden. Ehen (und außereheliche Beziehungen) zwischen Juden und Bürgern »deutschen oder verwandten Blutes« wurden verboten. Nicht im Einklang mit diesen Bestimmungen geschlossene Ehen waren ungültig. Die Juden verloren das Wahlrecht, durften keine öffentlichen Ämter bekleiden und wurden mehr und mehr geächtet. In Stadt und Land begegnete man jetzt Schildern wie »Juden unerwünscht« oder »Baden für Hunde und Juden verboten«. Geschäfte und Restaurants blieben ihren früheren jüdischen Kunden und Gästen verschlossen. Juden waren die meisten akademischen Berufe verwehrt, sie durften nicht mehr Theater spielen, keine Konzerte geben. Auf den Bänken der Stadtparks war zu lesen: »Nur für Arier«.

Die Nürnberger Gesetze hatten nicht eindeutig festgelegt, was unter einem »Volljuden« zu verstehen war, und nach intensiven Diskussionen gaben juristische Experten einen Zusatz heraus, in dem ein Volljude als jemand definiert wurde, der drei oder mehr jüdische Großelternteile hatte. Wer weniger hatte, bekam nun das Etikett *Misch-*

ling, und auch hierfür gab es präzise Festlegungen. Es gab Mischlinge ersten Grades (mit zwei jüdischen Großeltern) und Mischlinge zweiten Grades (mit einem jüdischen Großelternteil). Meist behandelte man Mischlinge ersten Grades wie mich als Volljuden. Im Lauf der Jahre sollte diese Klassifizierung über Leben und Tod entscheiden.

In Österreich maskierte sich der Judenhaß mit Dirndlkleidern, Lederhosen und Tirolerhüten, war aber womöglich noch virulenter als in Deutschland. Die Bewunderung der Österreicher für Hitler war grenzenlos. Sehr rasch kamen neue Gesetze heraus, die Juden praktisch jede Arbeit verboten. Die Polizei fahndete in den Gehaltslisten der Firmen nach jüdischen Namen. Mein Onkel Henry erinnert sich, daß die Familie regelmäßig einmal wöchentlich Besuch von der Polizei bekam, die sicherstellen wollte, daß alle Erwachsenen zu Hause waren und nicht etwa versuchten, ein wenig Geld zu verdienen. Andererseits stand jüdischen Familien auch keine staatliche Unterstützung zu, so daß Juden in Österreich praktisch mittellos waren. Zum Glück hatten Robert und Henry etwas Spielraum durch Beschäftigung in der florierenden Filmindustrie, wo man ihr Honorar nicht durch die Bücher laufen ließ, sondern es ihnen bar auszahlte.

Henrys Sohn Thomas, mein Vetter, war damals zwölf, ein dicklicher Junge und Brillenträger. Mit dem dunklen Haar, den dunklen Augen und semitischen Gesichtszügen sah er seiner blonden, blauäugigen Mutter überhaupt nicht ähnlich, und sie hörte nun immer wieder – was er zum Glück nicht mitbekam – gemurmelte Bemerkungen von Passanten.

»Was macht ein hübsches Mädel wie du mit einem Judenbengel?«

»Was hast du mit so einem kleinen Jid rumzulaufen? Da müssen sich anständige Leute ja schämen.«

Else versuchte nach Kräften, ihren Sohn vor solchen Bemerkungen abzuschirmen, aber an einem Vormittag auf dem Schulhof kam dann für ihn das bittere Erwachen. Er hörte, wie ein Klassenkamerad, mit dem er früher befreundet gewesen war, über die Juden herzog.

»Unerhört, daß wir zusammen mit Juden in die Schule gehen müssen. Wir wollen mit denen nichts mehr zu tun haben. Sie dürften nicht in einer Klasse mit uns sitzen.«

Die ganze Clique drehte sich um und starrte Thomas an. Dann stürzte einer der Jungen auf ihn zu und gab ihm einen Schubs, ein anderer griff sich die lederne Schultasche, die er auf dem Rücken hatte, und drehte ihn einmal im Kreis herum. Begeistert packten ihn auch die anderen Jungen und wirbelten ihn herum wie einen Kreisel, bis ihm so schwindlig war, daß er hinfiel. In diesem Augenblick schellte es, die Pause war zu Ende, und die Jungen rannten zurück ins Schulhaus.

Jetzt waren die Bengel auf den Geschmack gekommen. Sobald sie Thomas allein zu fassen bekamen, griffen sie sich seine Schultasche und drehten ihn, bis er schwankte oder hinfiel. Er ging immer öfter auf Umwegen zur Schule und wagte sich kaum mehr auf die Straße.

In meiner ersten Erinnerung aus jener Zeit sitze ich in einem Wohnzimmer – wahrscheinlich in Paris – und spiele, während meine Mutter daneben am Tisch sitzt und näht.

Damals muß ich drei oder vier gewesen sein. Marie, unser Dienstmädchen, an das ich mich sonst gern hielt, hatte seinen freien Tag. Es regnete schon seit fast einer Woche, und ich langweilte mich. Meine Puppen und Bauklötze hatte ich satt. Ich wollte nach draußen, aber es goß nach wie vor in Strömen. Ich war rundum unzufrieden und beschloß, für ein wenig Abwechslung zu sorgen.

»Was würdest du sagen, Mutti, wenn ich hier auf dem Fußboden Pipi machen würde?«

»So etwas würdest du nie tun«, sagte sie ruhig.

»Aber wenn… was würdest du sagen?«

Meine Mutter legte ihre Näharbeit aus der Hand und sah mich an. »Das würdest du ganz bestimmt nicht tun«, wiederholte sie, und in ihrer Stimme schwang eine Warnung mit. Die drohende Gefahr brachte ein bißchen Spannung in den tristen Tag. Ohne meine Mutter aus den Augen zu lassen, hockte ich mich hin, machte Pipi und spürte es heiß und naß durch meinen Spielanzug aus blauem Frottee rinnen. Eine große Pfütze breitete sich um mich herum auf dem spiegelnden Parkettfußboden aus. Meine Mutter stand auf, riß mich hoch, gab mir einen einzigen heftigen Klaps auf den Po und stieß mich aufs Sofa. Dann ging sie in die Küche, holte einen Mop und einen Eimer Wasser, kam zurück ins Wohnzimmer, wischte die Pfütze auf, spülte den Mop im Eimer aus, ging ins Badezimmer, leerte den Eimer in die Toilette, ging zurück in die Küche und stellte Mop und Eimer weg. Dabei gönnte sie mir keinen einzigen Blick. Ich wartete. Damit war die Sache doch bestimmt noch nicht ausgestanden, ein einziger Klaps war keine angemessene Strafe für all diese Mühe. Wahrscheinlich drohte mir eine tüchtige Tracht Prügel. Aber meine Mutter ging weiter durch die Wohnung, ohne mich anzusehen, holte ihre Handtasche aus dem Schlafzimmer, machte den Dielenschrank auf und zog den Mantel an. Eine große Angst stieg in mir hoch. Ich lief zu ihr.

»Wo gehst du hin?«

»Weg«, sagte sie grimmig. »Mit einem so abscheulichen Kind will ich nichts mehr zu tun haben.« Sie setzte den Hut auf.

»Nein, Mutti, nein. Bitte geh nicht. Es tut mir so leid, ich will's nie wieder tun.« Ich weinte, schluchzte, klammerte mich an ihre Beine, aber sie knöpfte sich ungerührt den Mantel zu, nahm den Schirm aus dem Ständer und schüttelte mich ab.

»Es tut mir so leid, Mutti, bitte geh nicht. Bittebitte«, jammerte ich, aber da schlug schon die schwere Wohnungstür hinter ihr zu. Mein Spielanzug war jetzt naß und klamm, aber ich war so verzweifelt, daß ich mich nicht von der Tür wegbewegen konnte. Meine Mutter war fort. Was sollte ich machen, was würde aus mir werden? Verzweifelt schluchzte ich in der drückenden Stille der leeren Wohnung, bis ich mich schließlich auf dem Fußboden neben dem Dielenschrank zusammenrollte und in den Schlaf weinte. Später wachte ich auf, weil die Tür aufgeschlossen wurde. Meine Mutter, Regentropfen auf dem Pelzmantel und mit triefendem Schirm, wurde mir wiedergeschenkt.

Sie mag nicht mehr als eine Stunde fort gewesen sein, aber für mich war es eine Ewigkeit des Verlassenseins. Meine Neugier war gestillt. Wenn ich etwas wirklich Schlimmes tat, das wußte ich jetzt, würde man mich nicht verhauen oder ausschimpfen oder auf mein Zimmer schicken, man würde mich einfach in einem eisig schweigenden Universum allein lassen.

Da ich damals ohne Vater aufwuchs, war mir meine Mutter besonders wichtig. »Wirst du bald sterben?« fragte ich.

»Nein, natürlich nicht«, sagte sie verblüfft. »Wie kommst du denn darauf?«

Ich hätte nicht sagen können, wann oder warum ich angefangen hatte, mir Gedanken über ihren Tod zu machen. Ich wußte nur so viel, daß man sterben muß, wenn man alt ist.

»Aber ich bin nicht alt, Mausli, ich bin noch jung, du brauchst dir vorläufig keine Sorgen zu machen.«

Ich war noch nicht beruhigt. »Wie alt ist man, wenn man stirbt?«

»Die meisten Leute sterben erst mit über siebzig.«

Das klang nicht schlecht. Vielleicht brauchte ich mir ja wirklich keine Sorgen zu machen, aber konnte ich mich darauf verlassen?

»Manche Leute sterben aber auch jünger, nicht?«

»Ja, aber nur, wenn sie krank waren. Ich bin nicht krank und noch lange nicht siebzig. Jetzt hör auf mit dem Theater, es ist alles in Ordnung. Ich bin erst sechsundzwanzig.«

Meine Ängste schwanden. Selbst meinem kindlichen Verstand leuchtete ein, daß sechsundzwanzig für eine Erwachsene nicht sehr alt war. Erst nach einem Jahrzehnt erfuhr ich daß meine Mutter mit leichter Hand zehn Jahre von ihrem wahren Alter abgezogen hatte, angeblich nur, um mich zu beruhigen. Allerdings fand sie so viel Gefallen an ihrer neu entdeckten Jugend, daß sie, wenn sie ihr Alter nennen mußte, bei der niedrigeren Zahl blieb, bis sie ganz auf präzise Altersangaben verzichtete und sich nur ein »einundzwanzig-plus« entlocken ließ.

Nach der gelungenen Flucht aus Deutschland lebte mein Vater in Wien mit Adelheid zusammen, der jungen Dame, die ihn dorthin gelockt hatte. Sie war die Tochter unseres Hausmeisters in Berlin. Adelheid war sehr erpicht darauf, ihre gesellschaftliche Stellung zu verbessern, und Robert war ein wahrer Demokrat, besonders wenn es um Frauen ging. Die beiden beschlossen, einen gemeinsamen Hausstand zu gründen. Adelheid, die als Nichtjüdin keinen Reisebeschränkungen unterlag, fuhr zuerst nach Wien, Robert stieß zu ihr, als er Deutschland verlassen konnte. Über gemeinsame Bekannte hielt sich Elke auf dem laufenden und wartete in Paris darauf, daß er wieder vernünftig wurde, wie sie es nannte. Als die Zeit verging, ohne daß die erhoffte Vernunft einkehrte, wurde sie aktiv. 1937 zog sie mit mir ebenfalls nach Wien, und nach ein paar Monaten hatte ihre Kampagne Erfolg: Robert kehrte zu ihr zurück, und sie genossen eine Art zweiter Flitterwochen. Adelheid und er blieben gute Freunde. Elke dachte sich wohl, daß die Wiedervereinigung bessere Chancen hätte, wenn ich eine Weile von der Bildfläche verschwände, und deshalb kam ich mit sechs nach *Tratzerberg*. Das war ein Internat auf dem Land, nicht weit von Wien. Von Adelheids Existenz ahnte ich damals nichts. Sie mache sich Sorgen, weil ich so schlecht aß, erklärte mir meine Mutter, und ich sei auch so schwächlich. In der Gesellschaft anderer Kinder, die munter ihre Teller leerputzten, würde ich bald lernen, auch tüchtig zuzugreifen. Ich nahm ihr diese Geschichte ab, ohne sie zu hinterfragen. Eltern sind Götter, und ihre Erklärungen der Welt kommen auf uns wie göttliche Wahrheiten. Jetzt sind die Götter verschwunden, und die Wahrheit ist schwer auszumachen, besonders da politische Ereignisse, die schwerer wogen als meine kindliche Essensverweigerung oder auch die Liebeshändel meiner Eltern, die Ängste vertieften, die unser Leben überschatteten. Gemessen an diesen Vorgängen war ich klein wie eine Mücke im Sturm, aber selbst so ein unbedeutendes Pünktchen erlebt die Welt. Und diese Welt empfand ich als einen unberechenbaren Ort, an dem Vertrautes in jedem Augenblick verschwinden konnte.

Dennoch fühlte ich mich, als das erste Heimweh überwunden war, recht wohl unter den vielen Kindern im Internat. Ich lernte lesen und schreiben, durfte als Straßenbahnschaffnerin mit einer Spielzeugzange Fahrkarten knipsen und spielte als unerkannter Mischling sogar den Ersten Engel im Krippenspiel, prachtvoll anzusehen in hellblauem Rüschenkleid mit silbernen Flügeln. Doch dann kam der Anschluß, Hitlers begierig erwartete Annektion von Österreich, und Österreich war nicht mehr sicher. Wieder blieb uns nur die Flucht, aber Reisen wurden streng kontrolliert. Meine Eltern beschlossen, sich wieder zu trennen, weil sie sich jeder für sich bessere Chancen ausrechneten, außer Landes zu gelangen. Um nicht aufzufallen, packten sie nur einige wenige Kleidungsstücke und die Manuskripte meines Vaters ein und verließen die Wohnung. Der Großteil ihrer Habe blieb zurück. Mein Vater tauchte unter, schlief jede Nacht an einem anderen Ort (Adelheid half ihm, Verstecke ausfindig zu machen) und bemühte sich darum, in die Schweiz zu kommen, den einzigen Zufluchtsort in Reichweite. Als Nichtjüdin durfte meine Mutter noch reisen, allerdings mußte sie verschweigen, mit wem sie verheiratet war. Der Haken war ich, der Sproß jener inzwischen verbotenen Mischehe. Im Jahre 1938 Österreich mit einer sechsjährigen Mischlingstochter zu verlassen war ein gefährliches Unterfangen.

Mitten in der Nacht weckte mich die Kinderschwester im Schlafsaal, half mir beim Anziehen und packte ein Köfferchen für mich. Meine Mutter sei gekommen, um mich abzuholen. Als man mich ins Büro brachte, wo Elke wartete, verkündete sie strahlend, sie habe unerwartet eine Woche Urlaub bekommen und wolle mit mir nach Italien, ans Meer. Alle freuten sich mit ihr. Meine Mutter versprach, mich in einer Woche wieder zurückzubringen, und daher blieben auch der größte Teil meiner Kleidung und meine heißgeliebte geblümte Steppdecke in *Tratzerberg* zurück. Immerhin durfte ich meine Lieblingspuppe mitnehmen. Wir stiegen in ein wartendes Taxi und fuhren zum Bahnhof. Um Mitternacht gingen wir über einen langen Bahnsteig und stiegen, umwabert von dicken Rauchschwaden, die über den Bahnsteiglampen hingen, in einen Zug.

Trotz meines aufregenden nächtlichen Abenteuers schlief ich im Abteil bald ein. Stunden später wachte ich auf. Der Zug hielt, und zwei uniformierte Grenzbeamte betraten das Abteil. »Papiere!« forderten sie lautstark. Wir waren an der Schweizer Grenze. Wortlos händigten die Reisenden Pässe und Visa zur Überprüfung aus.

Aus Elkes Ausweispapieren war ihre Religionszugehörigkeit nicht ersichtlich, diese Angabe war nur für Juden zwingend. Dennoch war es nicht ausgeschlossen, daß sie als Roberts Frau auf einer Schwarzen Liste stand. Wüßten die Beamten, wer sie war, konnten sie meine Mutter festhalten und nach Roberts derzeitigem Aufenthaltsort befragen. Daß sie selbst nicht genau wußte, wo er steckte, würde ihr die Gestapo nicht abnehmen. Die Beamten besahen sich ihren Paß und ihre österreichische Aufenthaltsgenehmigung.

»Was wollen Sie in der Schweiz?«

»Urlaub machen. Vielleicht in St. Moritz ein bißchen Ski fahren.«

»Wir haben hier in Österreich auch schöne Berge. Um Innsbruck herum kann man wunderbar Ski fahren.«

»Ja, natürlich, herrliche Berge«, bestätigte Elke beflissen.

Der Beamte nickte, ohne eine Miene zu verziehen, gab die Papiere zurück und ging weiter. Ich sah meine Mutter an. Sie saß sehr still. Wie erleichtert sie war, ließ sie sich nicht anmerken, aber ich spürte, daß ich in diesem Augenblick lieber nicht nach dem Italienurlaub fragen sollte.

Die Beamten verließen das Abteil, ihr Ruf »Papiere!« verhallte auf dem Gang. Es dauerte eine Weile, bis alle Unterlagen und das Gepäck überprüft waren. So lange blieb der Zug stehen. Endlich sahen wir zehn, zwölf Beamte über den Bahnsteig gehen, sie hatten ihre Arbeit beendet. Die Passagiere lehnten sich wortlos zurück und sahen einander nicht an. Der Zugführer schwenkte eine Laterne, Dampf zischte, und der Zug rollte langsam aus dem Bahnhof. Wenige Minuten später waren wir in der Schweiz.

Meine Wange war wund von dem kratzigen Plüsch, auf dem ich geschlafen hatte. »Sind wir bald da?« flüsterte ich.

»Sehr bald«, sagte meine Mutter. »Komm, wir waschen dir das Gesicht.« Weil sie vermeiden wollte, daß ich weitere Fragen in Hörweite der Mitreisenden stellte, brachte sie mich auf die Toilette am Ende des Waggons.

»Wann fängt denn der Urlaub an?« wollte ich wissen.

»Er hat schon angefangen, aber wir fahren nicht nach Italien. Wir bleiben eine Weile in Zürich.«

»Fahre ich dann von da zurück nach *Tratzerberg*?«

»Du kommst nicht mehr zurück nach *Tratzerberg*. Du wirst mit mir in Zürich wohnen und dort zur Schule gehen. Wenn Papa kommt, leben wir dann alle wieder zusammen.«

»Können wir nicht wenigstens meine Decke holen?«

Ich sehnte mich nach der geblümten Steppdecke, die immer auf meinem Bett gelegen hatte.

»Nein, Mausli, wir können nicht zurück, es ist zu gefährlich. Womöglich lassen sie uns nicht wieder raus. Diesmal haben wir es nur geschafft, weil sie nicht aufgepaßt haben und weil ich ihnen erzählt habe, daß ich nur Urlaub machen will.«

»Warum ist es gefährlich?«

»Weil Hitler nach Österreich kommt und überall Nazis sind.«

Wie das mit den Nazis war, wußte ich inzwischen. Ich hatte die geflüsterten Geschichten von den SA-Trupps mitbekommen, die durch die Straßen zogen, von Menschen, die man gepackt und verschleppt hatte, von dem Haus meines Großvaters, das die Nazis beschlagnahmt hatten. Alle hatten Angst vor ihnen, besonders die Juden. Daß auch ich möglicherweise in Gefahr war, begriff ich damals noch nicht, aber ich wußte, daß die Nazis hinter meinem Vater her waren.

»Wieso kann Papa nicht gleich mitkommen?«

Meine Mutter seufzte. »Weil er nicht die richtigen Papiere hat. Aber irgendwie wird er sich die schon beschaffen, dann kommt er, sobald er kann. Bis dahin müssen wir in Zürich auf ihn warten.«

Ich begriff, daß weitere Proteste sinnlos waren, und versuchte, nicht mehr an meine Decke zu denken. Alles in allem war ich froh, wieder bei meiner Mutter zu sein.

Der Zug bewegte sich pustend und schnaubend durch langgestreckte Täler zwischen Bergen, die so hoch waren, daß ich vom Zug aus den Himmel nicht sehen konnte. Hier und da huschte ein Haus vorbei, oder man sah eine Herde von Kühen mit Glocken um den Hals. Dann wurden die Häuser dichter, anstelle der Berghänge zogen vor den Zugfenstern Wohnhäuser und Straßen vorbei. Wir waren in Zürich.

In der Schweiz warteten wir, bis mein Vater aus Österreich ausreisen konnte. Meine Mutter ging zum amerikanischen Konsulat, um die Einwanderung in die Vereinigten Staaten einzuleiten, und fing an, mir Geschichten über Amerika zu erzählen. Es sei ein reiches, freies Land, sagte sie, Nazis gäbe es da nicht. Vielleicht würden wir eines Tages alle drei nach Amerika gehen und dort leben können, im Land von Shirley Temple. Sie schnitt für mich Bilder von Shirley und Ozeandampfern und Wolkenkratzern aus Zeitschriften aus. Mittlerweile hatte meine Mutter eine Stellung in einer Parfümerie gefunden und mietete uns in einer hübschen Pension neben meiner neuen Schule ein. Unser Leben in Zürich verlief bald in geregelten Bahnen. Wir schlossen Freundschaften, und ich spielte mit den Nachbarskindern. Zürich war eine überschaubare Stadt, ich konnte, so klein ich war, allein Straßenbahn fahren und im Café Sprüngli am Paradeplatz köstliche Süßigkeiten kaufen. Besonders faszinierten mich die Kastanien mit ihrer Stachelhülle aus grünem Marzipan und dem Innenleben aus Schokolade. Manchmal sparte ich mir das Geld für die Straßenbahn, ging statt dessen zu Fuß und kaufte eine Kastanie mehr.

Hin und wieder fuhr meine Mutter mit mir zum Skifahren in die nahen Berge, und das war immer ein aufregendes Erlebnis. Warm eingepackt und mit geliehenen Skiern und Skistiefeln vergnügte ich mich mit anderen Kindern auf dem Idiotenhügel, während meine Mutter sich an ehrgeizigere Abfahrten wagte. Meist rutschte ich kreischend den weißen Hügel ganz erfolgreich hinunter und kletterte seitlich wieder hinauf, einen Skischritt nach dem anderen. An einem Tag aber dauerte es mir zu lange, bis meine Mutter zurückkam, und ich beschloß, sie zu suchen, indem ich eine Seitenspur hinunterrutschte, die zu den Schleppliften führte. Dabei verfehlte ich eine Kurve, fuhr in eine Schneewehe und blieb dort stecken. Die vordere Hälfte meiner Skier war wie in Zement eingemauert. Sosehr ich mich auch zappelnd mühte – ich bekam weder die Skier aus dem festen Schnee noch die Stiefel von den Füßen. Wie ein Busch dort eingepflanzt, wartete ich auf Rettung durch meine Mutter. Die Zeit verging, und keine Mutter kam. Da ich mich nicht bewegen konnte, wurde mir kalt und kälter. Hin und wieder kam ein Skifahrer vorbei, allerdings meist in Schußfahrt, so daß er nicht merkte, daß ich nicht einfach im Schnee herumstand, sondern feststeckte. Um Hilfe zu rufen, traute ich mich nicht, und nach einer Weile konnte ich die Tränen nicht mehr zurückhalten. Schließlich kam ein älterer Junge vorbei, der seine Skier und Stöcke in der Hand hielt, und bemerkte meine Notlage. Er machte sich energisch ans Schaufeln und hatte mich in dem Augenblick befreit, als meine Mutter auftauchte. Ich rutschte so eilig auf sie zu, daß ich ihr vor die Füße fiel. Ahnungslos, wie sie war, fand sie es erstaunlich, daß ich bei einem so harmlosen Sturz in Tränen aufgelöst war.

»Was machst du denn hier?« fragte sie.

»Ich wollte nach oben, zu dir«, schluchzte ich. »Kann ich nicht das nächste Mal mit hochkommen?«

»Nein, du bist noch zu klein, der Hang ist nur für Erwachsene.«

»Aber ich will bei dir sein, ich mag es nicht, wenn du so weit weg bist.«

»Nein, Mausli.« Meine Mutter beugte sich zu mir herunter, um ihren Worten mehr Nachdruck zu verleihen. »Wir unternehmen hin und wieder unterschiedliche Dinge. Wir sind zwei verschiedene Menschen, wir können nicht ständig aneinanderkleben. Ich gehe nicht mit dir zur Schule, du gehst nicht mit mir zur Arbeit, begreifst du das? Du hast dein Leben, und ich habe meins.«

Ich wußte nicht, wie ich das widerlegen sollte, denn ein Eigenleben ohne sie konnte ich mir nicht vorstellen, aber dieses »Du hast dein Leben, und ich habe meins« sollte ich in den kommenden Jahren noch oft zu hören bekommen.

Unser tägliches Leben in der Schweiz verlief mehr oder weniger normal. Das kleine Land, von Kriegsvorbereitungen umgeben, bewahrte sich seine Unabhängigkeit und Neutralität, indem es als internationale Bank fungierte. Noch war es ein Refugium nicht nur für Hitlerflüchtlinge, sondern auch für Nazigrößen, die ihren Skiurlaub in den Alpen genossen. Dort trafen eine Zeitlang Jäger und Gejagte zusammen und hielten sich an einen prekären Waffenstillstand. Bald aber nahm der Strom der Zufluchtsuchenden alarmierende Ausmaße an. Nur einige Monate nachdem meine Mutter und ich nach Zürich gekommen waren, schloß die Schweiz ihre Grenzen für deutsche Auswanderer, und mein Vater, der noch immer versuchte, aus Österreich hinauszukommen, mußte die Hoffnung aufgeben, in Zürich zu uns zu stoßen.

Bis zum *Anschluß* im Jahre 1938 war mein Onkel Henry mit seiner Frau und seinem Sohn in Wien geblieben. Henrys Kinderbücher erfreuten sich inzwischen immer größerer Beliebtheit, manche waren schon ins Englische und Französische übersetzt worden. Kurz nach dem Einmarsch der Deutschen konnte Henry seinen französischen Verleger dazu überreden, einen Beamten in der Französischen Botschaft zu bestechen, damit er Henry nebst Familie und auch seinem Bruder Robert Visa für Frankreich ausstellte. Trotzdem war die Ausreise nicht einfach. Die Österreicher hatten rasch von den Deutschen gelernt. Den Juden waren nun Auslandsreisen verboten. Mit dem Mut der Verzweiflung packten Henry und Else zwei Koffer und bestiegen, Thomas im Schlepptau, einen Zug in die Schweiz. Die

Grenzbeamten wollten sie schon zurückweisen, als Henry ihnen die Visa für Frankreich zeigte und seelenruhig erklärte, er wisse sehr wohl um das Reiseverbot für österreichische Juden, er und seine Familie aber seien davon nicht betroffen, denn sie seien nicht österreichische, sondern deutsche Juden. Dieses bestechende Argument brachte die Beamten derart aus dem Konzept, daß sie die drei ziehen ließen. Von der Schweiz aus konnten sie dank ihrer Visa direkt nach Frankreich einreisen und meldeten sich dort bei der Hebrew Sheltering and Immigration Aid Society (HIAS). Diese versorgte Flüchtlinge mit Geld, beschaffte ihnen eine Unterkunft und bemühte sich um Möglichkeiten zur Einreise in Länder, die noch bereit waren, jüdische Flüchtlinge aus Europa aufzunehmen.

Am 7. November 1938 beging Herschel Grünspan, ein siebzehnjähriger Jude aus Schlesien, aus Protest gegen die Mißhandlung seiner Eltern ein Attentat auf einen Beamten der Deutschen Botschaft in Paris und tötete ihn. Den Nazis war dies ein willkommener Anlaß für gewalttätige Übergriffe auf Juden. In der berüchtigten *Reichskristallnacht*, in der überall in Deutschland die Straßen mit den Scherben jüdischer Wohnungen und Geschäfte bedeckt waren, zerstörten SS-Truppen über 7000 jüdische Geschäfte, verbrannten 191 Synagogen und 171 Wohnhäuser. Am nächsten Morgen waren an die 100 Juden tot und 30000 verhaftet. Die meisten kamen ins KZ Buchenwald. Hermann Görings Fazit lautete: »Ihr hättet lieber zweihundert Juden umbringen sollen, statt so viele Wertsachen zu vernichten.«

Erst acht Monate nach dem Anschluß gelang es meinem Vater, Österreich zu verlassen. Inzwischen hatte Hitler schon angefangen, das Dritte Reich »judenfrei« zu machen, indem er die deutschen Juden in die Tschechoslowakei und Polen bringen ließ. Viele flohen nach Palästina und in andere Länder, aber fast allen jüdischen Familien, die es schafften, aus Deutschland oder Österreich herauszukommen, war es nur mit Chuzpe oder Bestechung gelungen, den vielen drohenden Gefahren zu entgehen. Wer kein Geld, keine Beziehungen oder einfach nicht den rechten Überblick hatte, konnte sich keinen Weg durch das Labyrinth bahnen, das am Ende vielleicht in die Freiheit führte. Wer ins Ausland wollte, sah sich einem gewaltigen Papierkrieg gegenüber. Deutsche und österreichische Staatsbürger brauchten eine Bestätigung, daß sie ihre Steuern bezahlt hatten und nicht von der Polizei gesucht wurden. Derlei konnte mein Vater natürlich nicht vorweisen. Als Ausgebürgerte durften Juden gar keine Steuern zahlen, obendrein war wegen Roberts Schriften gegen die Nazis und seiner Tätigkeit im Untergrund die Gestapo hinter ihm her. Da die Gestapo jetzt nicht nur in Deutschland agierte, sondern auch Österreich unsicher machte, hatte er bald keinen Ort mehr, an dem er sich verstecken konnte, wenn er nicht die Bekannten gefährden wollte, die ihm Unterschlupf gewährten.

Er vertiefte sich nun in Fahrpläne und hielt Ausschau nach Fluchtrouten, indem er vorgab, Reisende zum Zug zu bringen. Dabei fiel ihm auf, daß in einem D-Zug nach Paris der Schlafwagen häufig leer blieb. Im Gespräch mit den Zugschaffnern erfuhr er, daß bis Paris niemand den Schlafwagen betreten durfte. Mangels anderer Möglichkeiten faßte Robert einen kühnen Entschluß. Er kratzte eine größere Geldsumme zusammen und drückte sie dem Zugschaffner in die Hand, damit der wegsah, wenn Robert sich in einem leeren Schlafwagenabteil versteckte, bis der Zug Österreich verlassen hatte. An der Schweizer Grenze betraten erwartungsgemäß Grenzbeamte den Zug, gingen von Waggon zu Waggon und überprüften die Papiere der Reisenden, während ihre Kollegen auf dem Bahnsteig die Zugtüren bewachten. Starr vor Angst drückte sich mein Vater auf einem Oberbett an die Zugwand. Da der Schaffner den Beamten versichert hatte, der Schlafwagen sei wie üblich leer, gingen sie, ohne zu kontrollieren, durch und gaben nur hin und wieder einem der geschlossenen Vorhänge vor den Betten einen versuchsweisen Schubs.

Nach einem scheinbar endlosen Aufenthalt stiegen die Grenzer aus, und der Zug fuhr an. Robert war in Sicherheit.

Da er kein Visum für die Schweiz hatte, fuhr er bis Paris durch. Jetzt, im November 1939, konnte er endlich meine Mutter anrufen und ihr melden, daß er glücklich aus Österreich herausgekommen war. Sie versuchte, so schnell wie möglich mit mir nach Paris zu fahren, aber die Kristallnacht hatte eine Verfolgungswelle ausgelöst, und Frankreich hatte seine Grenzen auch für deutsche Flüchtlinge geschlossen, die versuchten, von der Schweiz aus ins Land zu kommen. Noch vier Monate mußten wir uns gedulden, bis wir unsere Visa für die Vereinigten Staaten bekamen. Mit diesen Papieren konnten wir durch Frankreich fahren, um von Cherbourg aus die Überfahrt nach Amerika anzutreten.

Ein Jahr nachdem sich meine Eltern getrennt hatten, um Österreich verlassen zu können, packte meine Mutter wieder unsere Sachen. Wir bestiegen einen Zug nach Paris. Zürich blieb hinter uns zurück. Als wir in Paris ausstiegen, sah ich meinen Vater auf dem Bahnsteig stehen. Er war so lange fort gewesen, daß ich fast nicht mehr geglaubt hatte, er würde je wiederkommen. Doch da stand er, in seinem langen dunkelblauen Mantel, schwenkte den Hut und kam jetzt lächelnd auf uns zu. Ich riß mich von der Hand meiner Mutter los und lief, »Papa! Papa!« schreiend, auf ihn zu. Er nahm mich in die Arme und drückte mich an sich. Kratzig und kalt spürte ich sein Gesicht an meiner Wange. Er ließ mich auch nicht los, als er meine Mutter küßte, während ich immer noch »Papa! Papa!« schrie. Nach ein paar Minuten sagte er beschwichtigend: »Ja, Mausli, ich bin ja da, ich bin wirklich und wahrhaftig da.«

»Jetzt beruhige dich«, mahnte meine Mutter, »die Leute gucken ja schon!« Aber meine Freude und Erleichterung waren so groß, daß ich lange nicht aufhören konnte zu schreien, und schließlich mußten meine Eltern lachen, und auch ihre Spannung löste sich. Glückselig gingen wir zum Ausgang. Bis heute höre ich noch diese schrille Kinderstimme ohne Ende »Papa! Papa!« rufen.

Meine Eltern und ich konnten nach Amerika auswandern, weil die amerikanische Einwanderungsbehörde Flüchtlingen mit Verwandten in den Vereinigten Staaten den Vorzug gab, die bereit waren, für die Neuankömmlinge zu bürgen. Rosa, die Mutter meines Vaters, und ihre Schwestern Flora und Irma, die schon seit etlichen Jahren in Amerika lebten, bemühten sich sehr, weiteren Familienmitgliedern zur Ausreise in die Freiheit zu verhelfen, aber laut Vorschrift durften sie sich in einem Jahr nur für eine Familie als Bürgen zur Verfügung stellen. Weil mein Vater besonders gefährdet war, einigten sie sich darauf, ihn zuerst herüberzuholen. Wenige Tage nach unserer Wiedervereinigung in Paris konnten wir mit der letzten Atlantiküberquerung des Passagierdampfers *Aquitania* die Reise nach Amerika antreten. Wir hatten ein paar Handkoffer, einen Schrankkoffer mit den Manuskripten meines Vaters und dreihundert Dollar, um ein neues Leben anzufangen. Inzwischen hatte ich gelernt, daß man sein Herz nur an so viele Dinge hängen darf, wie in einen Koffer paßten, für den Fall, daß man einmal schnell weiterziehen mußte.

Unsere Überfahrt auf einem Schiff von der Größe einer Kleinstadt dauerte fünf Tage. Die Passagiere hatten nichts anderes zu tun, als die zahlreichen Feste und Lustbarkeiten zu besuchen, bei denen reichlich gegessen und getrunken wurde und von denen man sich hinterher stundenlang auf Deckstühlen erholen konnte, oder zu lesen oder mit neuen Schiffsbekanntschaften zu plaudern. An einem sonnigen Nachmittag stand ich in einem dieser plaudernden Grüppchen neben dem Deckstuhl meiner Mutter und hielt eine Puppe im Arm. Plötzlich sah eine Dame in meine Richtung und kicherte. »Eine so häßliche Puppe hab ich mein Lebtag noch nicht gesehen.« Alle Blicke richteten sich auf mich, und das Gelächter der Erwachsenen ließ mich zur Salzsäule erstarren. Bekümmert betrachtete ich meine geliebte alte Puppe, fand aber bei ihr nicht den gewohnten Trost, sondern sah sie mit ganz neuen Augen. Sie war nackt, der Gummikörper grau und abgegriffen und fast kahl. Dort, wo sich einst blondes Puppenhaar gewellt hatte, war nur blanke Kopfhaut mit kleinen Löchern, aus denen hier und da kittfarbene Büschel ragten. Eins der blauen Porzellanaugen fehlte. Ja, es war wirklich eine häßliche Puppe, und ich schämte mich in Grund und Boden, daß ich ein so abstoßendes Ding geliebt hatte. Zornig und gedemütigt warf ich sie in hohem Bogen über die Reling. Dann aber flüchtete ich vor der plötzlich still gewordenen Gruppe wütend und puppenlos in unsere Kabine und rollte mich, sehr einsam in meiner Scham, in meiner Koje zusammen, bis meine Eltern hereinkamen, um sich für das große Dinner herauszuputzen.

Die gedankenlose Frotzelei der Passagiere hatte mich zwar verletzt, aber sie hatten es nicht böse gemeint. Sie versuchten nur, sich mit leichter Unterhaltung über die Tage zwischen ihrem früheren Leben und einer ungewissen Zukunft hinwegzuretten, während das Schiff nach Amerika dampfte. Vermutlich waren alle gewaltsam aus ihrer gewohnten Umgebung gerissen worden, hatten Dinge verloren, an denen sie hingen, und sich – was noch schmerzlicher war – von geliebten Menschen trennen müssen. Mein Vater sorgte sich um Henrys Familie, die noch auf die Ausreise wartete, um seinen Vater, der zwar glücklich in London eingetroffen, aber gesundheitlich angeschlagen war, und um Freunde und Kollegen, die alle versuchten, aus Europa hinauszukommen. Meine Mutter hatte Angst um ihre Familie – Mutter Hedwig, Schwester Lotti und deren Mann und Sohn Heinz, ihre jüngste Schwester Irma und deren Mann, die alle noch in Berlin waren. Sie mußten zwar als Nichtjuden nicht um Leib und Leben fürchten, aber sie befanden sich in einem Land, das im Eiltempo auf einen Krieg zusteuerte.

An einem dunstigen Märzmorgen 1939 lief die *Aquitania* in den Hafen von New York ein. Die Passagiere hatten sich an Deck versammelt und beobachteten in feierlichem Schweigen, wie wir uns der Freiheitsstatue näherten. Flüchtlinge, die heute mit dem Flugzeug über sie wegschweben, werden nie jenes Ausmaß an Erleichterung, Dankbarkeit und Hoffnung empfinden können, das wir empfanden, als wir von See aus erlebten, wie sie uns kraftvoll, majestätisch, mit hochgereckter Fackel in der Freiheit willkommen hieß.

2

Ankunft

Kopfschüttelnd blätterte der Einwanderungsbeamte in den Papieren. Meine Eltern erstarrten. Was war da los? Was konnte uns jetzt noch passieren? Wir waren inzwischen an die Spitze einer der langen Menschenschlangen im Ballsaal des Passagierschiffs *Aquitania* vorgerückt. Es war März 1939, Hitler hatte gerade die Tschechoslowakei überfallen, und wir gehörten zu den etwa 60 000 deutschen Einwanderern, die seit 1933 in die Vereinigten Staaten gekommen waren. Der Ballsaal diente als provisorische Abfertigungshalle für die Einwanderer, die sehnsüchtig darauf warteten, in die USA einreisen zu dürfen. Sie waren, nachdem sie ein Europa voller Barrieren, Bürokraten und Grenzpolizisten hinter sich gelassen hatten, das Warten gewohnt und gern bereit, hier auf dem Schiff geduldig auszuharren, wenn sich ihnen zum Schluß nur das Tor zur Neuen Welt öffnete. Die Beamten der Einwanderungsbehörde waren an Bord der *Aquitania* gegangen, nachdem sie im Hafen von New York angedockt hatte, und prüften jetzt Pässe und Ausweispapiere. Das leiseste Zögern oder leicht hochgezogene Augenbrauen konnten die Verweigerung der letzten Zuflucht bedeuten.

Ich stand bei dieser Paßkontrolle zwischen meinen Eltern. Damals verstand ich noch kein Englisch, aber ich spürte die Nervosität meiner Mutter, als ihr Griff um meine Hand fester wurde. Später haben sie mir das Gespräch übersetzt.

»Ich sehe hier zwei Namen«, sagte der Beamte zu meinem Vater. »Auf der Geburtsurkunde steht Robert Winterfeld, auf dem Paß und dem Visum Robert Gilbert. Sind das zwei Personen? Welcher sind Sie denn nun?«

»Ich kann das erklären«, sagte mein Vater scheinbar lokker, während er sich mit seinem holprigen Schulenglisch mühte. »Ich bin Schriftsteller und Komponist, dafür habe ich den Namen Robert Gilbert. Das ist der Name für meine Bücher und meine Lieder. Geboren bin ich als Robert Winterfeld, das ist mein richtiger Name.«

»Unter zwei verschiedenen Namen können wir Sie nicht einreisen lassen.«

Meine Eltern standen da wie angewurzelt und sahen den Mann wortlos an.

»Sie müssen sich für einen Namen entscheiden«, erklärte der.

Robert versuchte es noch einmal. »Gilbert ist der Name, unter dem ich meine Tantiemen bekomme. Eigentlich heiße ich Winterfeld, aber unter dem Namen Winterfeld bekomme ich kein Geld.«

»Es spielt keine Rolle, für welchen Namen Sie sich entscheiden«, wiederholte der Beamte mit Nachdruck. »Aber es muß *ein* Name sein, und Sie müssen ihn dann durchgehend benutzen.«

Meine Eltern wechselten einen Blick und nickten sich zu. »Man muß dich erkennen können«, drängte meine Mutter, »wir brauchen das Geld.« Es war wichtig, alles, was Robert an Beziehungen zum Showbusiness hatte, auch hier aufrechtzuerhalten.

»Gilbert«, verkündete er. »Hier in Amerika heißen wir von jetzt an Gilbert.« Unsere Unterlagen wurden umgeschrieben und mit dem Einwanderungsstempel versehen. Wir waren in Sicherheit, und ich war nicht mehr Marianne Winterfeld. In Amerika erwarteten mich ein neues Leben und ein neuer Name.

Zu jener Zeit wußte ich schon, daß der Name Gilbert in meine Familie gekommen war, als man meinem Großvater Max Winterfeld geraten hatte, sich einen Künstlernamen mit französischem Klang zuzulegen. Auch mein Vorname war ja eine Verbeugung vor der französischen Kultur. »Marianne haben wir dich nach der Symbolfigur von Frankreich genannt«, erklärte mir meine Mutter oft voller Stolz. Nun hatten wir hier in Amerika jenen Künstlernamen angenommen, der den Menschen glatter über die Lippen ging. Damals nahm ich die Erklärung meiner Mutter hin, daß es um finanzielle Erwägungen gegangen sei. Später fragte ich mich, ob nicht in jenen bösen Hitlerjahren unausgesprochen auch die Überlegungen eine Rolle spielten, die schon vorher zur Wahl eines weniger jüdisch klingenden Nachnamens geführt hatten.

1938 wurde den deutschen Juden untersagt, nichtjüdisch klingende Nachnamen anzunehmen. Darüber hinaus mußten nun laut Gesetz alle jüdischen Männer neben ihrem eigenen Namen den Vornamen Israel und alle jüdischen Frauen den Vornamen Sarah tragen. In Amerika änderten nicht nur

Flüchtlinge wie wir ihre Namen. Antijüdische Artikel, von Henry Ford finanzierte Medienkampagnen und die Rundfunktiraden von Pater Coughlin führten in den 30er Jahren zu wachsendem Antisemitismus, und viele amerikanische Juden nahmen andere Namen an. Neben Schauspielern und anderen Pesonen des öffentlichen Lebens waren das meist verheiratete, wohlhabende Männer, die glaubten, daß jüdischen Namen ihrer Karriere im Wege stehen würden.

Am Pier erwarteten uns zwei aufgeregte ältere Damen, die formlose dunkle Mäntel und Hüte mit Schleier und Federn trugen. Das waren Flora und Irma, die Tanten mütterlicherseits meines Vaters, die in den zwanziger Jahren nach Amerika gekommen waren, weit vor Hitlers Machtantritt. Beide kamen mir vor wie uralte Vögel. »Gott sei Dank«, gurrten sie immer wieder, während sie uns begrüßten und umarmten, nachdem wir am Dock den Zoll passiert hatten.

»Wir haben eine Wohnung für euch direkt in der Stadtmitte«, verkündete die rundliche Flora, als wir glücklich auf dem Gehsteig standen.

»In der 52. Straße«, zwitscherte Irma, die Hagere. »Wir haben uns gedacht, daß ihr gern möglichst nah an den Nachtklubs und Theatern wohnen würdet. Die Wohnung ist klein, aber die beste, die wir uns leisten konnten.«

»Ihr könnt jederzeit wieder ausziehen«, ergänzte Flora stolz. »Wir haben sie ohne Mietvertrag bekommen.«

Die beiden unverheirateten Schwestern meiner Großmutter hatten, beruflich und finanziell nicht an Deutschland gebunden, das Land in der schlechten Zeit nach dem Ersten Weltkrieg verlassen, um sich mit ihren Fähigkeiten in der Neuen Welt zu bewähren. Sie ließen sich in New York nieder. Fiete, ihr Bruder, fand Arbeit als Kammerjäger. Sein Geschäft florierte in einer Stadt, in der es nicht nur von Menschen, sondern von Insekten und Nagetieren aller Art wimmelte. Flora und Irma waren Putzmacherinnen, und ihre flotten Kopfbedeckungen fanden so viel Anklang, daß sie ein Hutgeschäft in der Lexington Avenue eröffnen konnten. Hergestellt wurden die Hüte in dem vollgestellten Hinterzimmer, an die Frau gebracht in dem freundlichhellen Verkaufsraum. Nach dem langen Arbeitstag waren die Schwestern erschöpft, und der Rücken tat weh, doch das Geschäft brachte ihnen ein bescheidenes, aber sicheres Einkommen. Als die Judenverfolgungen in Deutschland immer schlimmer wurden und sich dann über ganz Europa bis nach Polen, Österreich und Frankreich ausbreiteten, wurden die beiden alten Jungfern, die sich mit überraschendem Weitblick rechtzeitig um die amerikanische Staatsbürgerschaft bemüht hatten, das erste Glied in der Kette der Verwandten, die nach Amerika kommen sollten, denn die Einwanderungsbehörden gaben Verwandten von US-Bürgern immer den Vorrang.

Das amerikanische Einwanderungsgesetz sah vor, daß jeder US-Bürger pro Jahr für eine Person oder ein Paar mit minderjährigen Kindern bürgen konnte. Der Bürge mußte eine eidesstattliche Erklärung unterschreiben, daß die Neuankömmlinge eine Unterkunft und eine Arbeitsstelle hatten, um sicherzustellen, daß sie in absehbarer Zeit nicht dem Staat zur Last fallen würden.

Die erste Verwandte, für die Flora und Irma gebürgt hatten, war ihre ältere Schwester Rosa, meine Großmutter, die am Tag unserer Ankunft krank im Bett lag. Rosa war 1936 gekommen und arbeitete ebenfalls in dem Hutgeschäft. Danach bemühten sie sich um die Bürgschaft für meinen Vater, dem in Deutschland wegen seiner politischen Tätigkeit lange Haftstrafen gedroht hätten. Fiete wollte für Onkel Henry und dessen Familie bürgen, die in Paris noch immer auf die Einreisegenehmigung warteten.

Als unser Gepäck vom Schiff gekommen war, zwängten wir uns alle fünf in ein großes gelbes Taxi. Das Gepäck wurde aufs Dach geschnallt. Mit Rücksicht auf den Beruf meines Vaters hatten Flora und Irma ihre bescheidenen Mittel zusammengelegt, um eine möblierte Wohnung mitten in Manhattans Nachtklubgegend zu mieten. Das Taxi rumpelte am Fluß entlang über das Kopfsteinpflaster, vorbei an Trucks, Kisten und Warenstapeln und vielen gelben Taxis, die Fahrgäste und Gepäck aufnahmen. Dann bogen wir in eine schmale Straße ein, in der zunächst Lieferwagen und Lagerhäuser vorherrschten, bald aber kamen zwischen schmuddeligen Vortreppen von Backsteinhäusern und Hauseingängen hin und wieder Restaurants und Bars in Sicht. Je weiter wir diese Straße hinunterfuhren, desto mehr bestimmten Restaurants und Bars das Straßenbild, vor denen Schilder und Klapptafeln standen. In der Gosse lagen zerknautschtes Papier, Zigarettenschachteln und Scherben. Auf dem Gehweg versperrten Kisten und prallvolle Müllsäcke den Weg.

»Wie schmutzig die Straßen sind!« bemerkte meine Mutter. »Wird der Müll nicht abgeholt?«

»Ach wo«, gab Flora zurück. »New York ist überall furchtbar schmutzig. Leider.«

»Ein bißchen Schmutz schadet nicht«, sagte mein Vater. »Hauptsache, man lebt.«

»Der Central Park ist hübsch«, ergänzte Irma. »Dahin kannst du mit Marianne zum Spielen gehen.«

Das Taxi hielt vor einem Wohnblock, an dessen Fassade Plakate mit fast nackten Frauen und Trompete blasenden Schwarzen hingen. Meine Eltern hievten das Gepäck herunter, im Gänsemarsch betraten wir einen langgestreckten Hausflur und stiegen zwei Treppen mit metallbeschlagenen Stufenkanten hoch. Flora holte einen Schlüssel hervor und öffnete eine Tür, die unmittelbar in ein kleines düsteres Zimmer führte. Meine Eltern stellten die Koffer ab und gingen noch einmal nach unten, um den Schrankkoffer mit den Manuskripten und Noten meines Vaters hochzuschleppen. Meine Tanten ließen Rollos hochschnellen und machten Licht. Inzwischen waren meine Eltern wieder oben angekommen, mein Vater wischte sich mit einem Taschentuch das Gesicht und den kahlen Kopf, und wir machten uns daran, unser erstes amerikanisches Heim zu inspizieren. Der Raum, in dem wir uns befanden, war die Küche. In der Mitte standen ein gestrichener Tisch und vier nicht zusammenpassende Stühle, darüber hing eine nackte Glühbirne. An einer Wand stand ein grün emaillierter Kochherd mit Beinen neben einer Doppelspüle, über der ein Abtropfbrett lag, das gleichzeitig als Arbeitsfläche diente. In einer Ecke fand sich ein weißgestrichener Eisschrank mit einer Auffangschale für Schmelzwasser. Flora machte die Eisschranktür auf. »Hier sind Kaffee, Eier, Brot, Butter und Marmelade, damit ihr euch was zum Frühstück machen könnt. Zum Abendessen kommt ihr heute zu uns.«

Vor einer zweiten Ecke hing ein schmuddeliger grüner Vorhang. Meine Mutter zog ihn beiseite. »Um Gottes willen«, stieß sie hervor. Hinter dem Vorhang war eine Toilette zum Vorschein gekommen.

»Keine Sorge, es gibt noch eine zweite«, tröstete Flora.

Neugierig ging ich weiter. Eine halbhohe Wand verbarg hinter der Küche einen quadratischen Raum, in dem eine Kommode, ein dunkelbraunes Sofa und ein rotbrauner Polstersessel standen, dessen Kopfteil dunkelbraun verfärbt war. Eine Tür führte in ein Schlafzimmer mit einem einzigen staubigen Fenster, durch das man über einen schmalen Hof hinweg eine geschwärzte Backsteinwand sah. Außer für das Doppelbett war hier gerade noch Platz für eine zweite Kommode mit angelaufenem Spiegel. Durch eine weitere Tür kam man in einen begehbaren Kleiderschrank.

Meine Mutter folgte mir sichtlich fassungslos. Die anderen warteten in beklommenem Schweigen.

»Das ist natürlich nur vorübergehend. Bis ihr auf eigenen Füßen steht. Wir mußten rasch was finden.« Irma wurde allmählich nervös.

»Aber wo ist das Badezimmer?« fragte meine Mutter. Diese Örtlichkeit fand sich draußen auf dem Treppenabsatz, sie war für alle vier Mietparteien unseres Stockwerks gedacht. Ich betätigte die Klospülung mit einer langen Schnur, die von dem hoch oben an der Wand angebrachten Wasserkasten herunterhing. Waschen und baden, erklärte Flora, müsse man in der Wohnung, es sei eine sogenannte Kaltwasserwohnung. In der Doppelspüle der Mehrzweckküche war ein flaches Becken für die Reinigung von Händen und Geschirr und ein tiefer quadratischer Zuber, in dem man sich selbst und seine Sachen waschen konnte. Wenn es soweit war, brachte man in Kesseln und Töpfen auf dem Herd Wasser zum Kochen und gab kaltes Wasser aus dem Hahn dazu. Meine Eltern besahen sich schweigend die beiden Spülen.

»Es war das Günstigste, was wir so schnell finden konnten«, erklärte Irma. »Zu unserem Geschäft ist es nicht weit, und ihr habt alle Nachtklubs in der Nähe, so daß ihr euch mit den Musikern bekannt machen könnt.«

Sie zog an einem zweiten schmuddeligen Vorhang, wobei ihr Hut ein bißchen verrutschte, um uns vorzuführen, daß man ihn über die halbhohe Wand ziehen konnte, um bei der Körperpflege ungestört zu sein. Es war eine primitive, praktische und aus meiner Sicht völlig zufriedenstellende Regelung. Wenn ich mir vorstellte, daß ich die intimen Verrichtungen meiner Eltern gleichsam hautnah miterleben konnte, fühlte ich mich so geborgen wie ein Vogeljunges zwischen Ästchen und Wollfäden.

»Wie gemütlich!« sagte ich begeistert. »Wir können alles zusammen machen.«

Alle lachten, und die Spannung löste sich ein wenig, aber meine Eltern waren bei weitem nicht so entzückt wie ich. So hatten sie sich Amerika nicht vorgestellt. »Das ist doch unmöglich, wie können wir hier leben?« sagte meine Mutter leise und den Tränen nahe.

»Es ist eine Geldfrage«, erwiderte Flora ziemlich scharf. »New York ist eine teure Stadt. Sobald ihr Geld habt, könnt ihr euch was Besseres suchen.« Niemand, keiner der Verwandten oder Bekannten, die in jenen Jahren aus Europa flohen, hatte Geld, alle brachten nur eine sorgsam gehütete kleine Summe mit, die reichen mußte, bis sie sich etwas verdienen konnten.

Mein Vater lachte leise vor sich hin. »Fürs erste ist das wunderbar, liebe Tanten«, sagte er, »ihr seid wirklich sehr gut zu uns.« Mit seinen dankbar beschwichtigenden Worten im Ohr zeichneten die Tanten einen kleinen Plan für den Weg zu ihrer Wohnung über dem Hutgeschäft und ließen uns allein, damit wir uns einrichten konnten.

Am frühen Abend stiegen wir die Treppe wieder hinunter und setzten uns, dem Plan der Tanten folgend, in Bewegung. Die Straßenbeleuchtung war gerade angegangen, bunte Neonreklamen blinkten, die Eingänge zu Klubs und Restaurants wirkten warm und einladend. An den meisten hingen Plakate von schwarzen Musikern mit glänzendem Haar und von hübschen Damen mit kaum mehr als ein paar Fransen und einem bißchen Flitterkram auf dem geölten Leib. Die Passanten waren an diesem frostigen Frühlingsabend wärmer gekleidet. Männer kamen in langen Mänteln daherstolziert, die Filzhüte tief in die Stirn gezogen, die Frauen hatten sich in ihre Pelzkragen eingemummelt und hielten mit behandschuhten Händen die zierlichen Hüte fest. Im Abendlicht hatte das alles den Glamour eines Bühnenbildes. Um unheilvolle Entwicklungen in der Ferne schien sich keiner zu scheren. Die Männer legten sanft steuernde Hände auf Frauentaillen, die Frauen lächelten zu ihnen hoch. Alle sahen sie aus, als gingen sie zu einer Party, und wir waren mittendrin. New York funkelte, und unsere Zukunft strahlte plötzlich wie eine Geburtstagstorte mit hundert Kerzen.

In den folgenden Wochen hatten meine Eltern in unserer Wohnung in der 52. Straße keine Privatsphäre, und wegen der Nachtschwärmer, die lachend und singend von einer Bar zur nächsten zogen, kamen sie auch nicht recht zum Schlafen. Ich hingegen schlief tief und fest in dem winzigen Wohnzimmer, geborgen in dem Bewußtsein, daß beide Eltern ganz in der Nähe waren, und von den wechselnden roten und weißen Lichtern der Neonreklamen vor meinem Fenster sanft in den Schlaf geleitet. Bis auf meine anfängliche Begeisterung über die Aussicht, in unserer engen Wohnung mit meinen Eltern Vater-Mutter-Kind spielen zu können, ist mir von den Wochen, die wir dort verlebten, wenig in Erinnerung geblieben. Kinder leben in einer kleinen Welt. Ich weiß nur noch, daß ich viele Stunden bei meiner Großmutter und den Tanten verbrachte und im Hinterzimmer des Hutladens mit Filzresten und Federn spielte. Daß meine Eltern den ganzen Tag damit beschäftigt waren, in der Stadt Fuß zu fassen, war mir wohl nur dunkel bewußt.

So froh sie auch waren, den Nazis entkommen zu sein – in mittleren Jahren noch einmal ganz von vorn anfangen zu müssen, war hart. Die schlimmsten Gefahren waren überstanden, aber ihre neue Freiheit bedeutete auch, daß sie sich in einem fremden Land behaupten mußten. In Europa waren meine Eltern wortgewandte, bekannte und finanziell gutgestellte Menschen und in ein großes Netz von Verwandten und Bekannten eingebunden gewesen. Amerikanischen Boden betraten sie mit mangelhaften Englischkenntnissen, ohne Status, so gut wie keinen Beziehungen und fast mittellos. Sie waren froh und dankbar, daß sie mit dem Leben davongekommen waren, aber nun ging es darum, den Lebensunterhalt zu sichern.

Es war meine Mutter, die zuerst Arbeit suchte und fand. Ihr flottes, gepflegtes Aussehen, ihre tänzerische Begabung, ihre deutschen Schlager – das alles war hier in Amerika zunächst nicht gefragt, aber daß sie als junges Mädchen schneidern gelernt hatte, ließ sich jetzt verwerten. Mit Hilfe von Flora und Irma kam sie bei einer kleinen Konfektionsfirma im Garment District, dem New Yorker Modeviertel, unter.

Man setzte sie an eine der in langer Reihe hintereinander aufgestellten Nähmaschinen. In dem ständigen ohrenbetäubenden Rattern konnte man sich nur schreiend oder kreischend verständlich machen. Elke fürchtete sich vor dem Vorarbeiter, der ihr zubrüllte, ihre Aufgabe sei es, Ärmel in Blusen einzusetzen. Die Frauen um sie herum begrüßten sie mit rauher Herzlichkeit und amüsierten sich über ihre blondierten Haare, das europäische Make-up und die gepflegte Garderobe. Sie nannten Elke »Herzogin«, wohl weil sie nicht mit den Frauen reden konnte oder wollte. Sie ließ sich nichts anmerken, war aber sehr nervös, besonders wegen des verlangten Arbeitstempos. Sie arbeitete zunächst so, wie sie es als junges Mädchen in Berlin gelernt hatte, indem sie jeden Ärmel sorgsam im Armloch feststeckte und heftete, dann mit der Maschine steppte, die Kanten mit der Zackenschere versäuberte und den Heftfaden herauszog.

Als der Vorarbeiter auf seiner Runde vorbeikam, beugte er sich zu ihr herunter und röhrte: »Was zum Teufel machst du denn da? Warum brauchst du so lange?«

Elke zeigte ihm mehrere geheftete Ärmel.

Er schlug sich mit der Hand an die Stirn. »So geht das nicht, dazu ist keine Zeit. Guck dir an, was sich bei dir schon anstaut. Du hältst den ganzen Betrieb auf!«

Elke sah nach links, wo ein hoher Stapel fertiger Vorderteile auf ihre Ärmel wartete, dann nach rechts, wo ihre Kollegin schon auf dem Sprung stand, um die Kragen anzunähen.

Elke beugte sich wieder über ihre Maschine und versuchte das Tempo zu steigern. Schluß mit dem Heften, zwei Stecknadeln zum Fixieren mußten genügen. Am nächsten Tag konnte sie den Ärmel schon freihändig einnähen und ihn beim Nähen halten und drehen. Trotzdem war sie noch zu langsam, nach wie vor stauten sich Blusenteile neben ihr. Wenn der Vorarbeiter vorbeikam, schüttelte er bedenklich den Kopf. Sie versuchte sich noch mehr zu beeilen. In ihrer Hast schnitt sie mit der Zackenschere mitten in einen Ärmel hinein. Der Schreck fuhr ihr in alle Glieder. Was jetzt? Der Vorarbeiter war am anderen Ende des Saals. Mit zitternden Händen griff sie sich einen Stoffrest, machte einen kleinen Flicken und nähte ihn verstohlen mit der Hand über den klaffenden Spalt. Sie war gerade fertig geworden, als der Vorarbeiter auftauchte und sich drohend vor ihr aufbaute.

»Was zum Teufel ist denn das?«

»Ich bin mit der Zackenschere in den Ärmel gekommen, das versuche ich in Ordnung zu bringen«, erklärte sie matt.

»Nimm deine Sachen«, fuhr er sie an. »Du bist zu unerfahren. Wenn du ein Stück vermurkst hast, muß es weg. Flicken kostet Zeit und Geld, beides haben wir nicht. Tut mir leid, das wird nichts mit dir.« Er kritzelte etwas auf einen rosa Zettel, den er ihr in die Hand drückte. »Hol dir dein Geld an der Kasse.«

Schockiert zog Elke den Arbeitskittel aus, nahm ihre Handtasche und schritt die lange Reihe der Nähmaschinen und Frauen ab, die ihr nachsahen, ohne eine Miene zu verziehen. Hoch erhobenen Hauptes ging sie zum Schalter des Kassierers und legte den rosa Zettel vor. Irgendwie schaffte sie es, irgendwelche Unterschriften zu leisten und das ihr zustehende Geld in Empfang zu nehmen. Dann ging sie die Treppe hinunter. Unten angekommen, lehnte sie sich an eine Hauswand und schluchzte, bis sie sich so weit beruhigt hatte, daß sie sich die Busfahrt zurück in die 52. Straße zutraute.

Am nächsten Tag meldete sie sich auf eine Anzeige in der *New York Times*. Im Kaufhaus Gimbel suchte man eine Verkäuferin für die Kosmetikabteilung. Daß sie mit Make-up umgehen konnte und sehr weltläufig wirkte, sprach für sie. Elke bekam die Stelle. Das lange Stehen war ungewohnt und anstrengend, aber daß sie eine feste Stellung gefunden hatte, empfand sie als großen Sieg. Sie brachte jetzt regelmäßig jede Woche eine kleine Summe nach Hause, und das reichte, um uns alle drei satt zu bekommen.

Mein Vater setzte sich inzwischen mit allen Bekannten in Verbindung, die aus Theatern oder Verlagen in Deutschland oder Österreich nach New York gekommen waren. Sein Freund und Mitarbeiter Robert Stolz, der »Walzerkönig«, war im Vorjahr eingetroffen und hieß ihn herzlich willkommen. Auch sein früherer Schulkamerad Frederick

»Fritz« Loewe hatte sich in New York niedergelassen, konnte ihm aber nicht helfen. Alle Freunde und Kollegen, die es bis nach Amerika geschafft hatten, kämpften wie Robert darum, sich dort zu etablieren. Wer konnte, schenkte oder lieh ihm kleine Geldsummen und vermittelte ihn hin und wieder für einen Abend zum Klavierspielen an Bars, in denen deutsche Exilanten verkehrten. Die deutschen Libretti, Schlager und Gedichte aus dem Schrankkoffer aber, den er mitgebracht hatte, wollte niemand haben.

So arm wir auch waren – niemand wäre auf die Idee gekommen, meinen Vater zu einer Lohnarbeit zu überreden. Für die Familie galt er nicht als arbeitslos. Seine Arbeit hatte ihm früher viel Geld gebracht. Wegen der internationalen Krise war diese Arbeit jetzt kein bares Geld mehr wert. Der Einkommensverlust war schmerzlich, schmälerte aber die Bedrohung seiner Tätigkeit nicht. Nie habe ich jemanden etwas anderes sagen hören. Seine Texte und seine Musik schufen den Zusammenhalt, den meine Eltern für ihr Leben brauchten, für das Bild, das sie sich von sich selbst machten, und für die Ideen, für die sie standen. Ohne ihn hätten sie sich vielleicht als verarmte Flüchtlinge gesehen, deren einziges Ziel das nackte Überleben war. Mit ihm hatten sie die Kraft, ihre Vorstellungen von Meinungsfreiheit und schöpferischer Energie in Kunst und Politik zu leben. Die Arbeit meiner Mutter brachte uns über die Runden, aber nur das musikalische Talent meines Vaters, glaubten sie, könnte, wenn er erst Englisch gelernt und Zugang zu den Broadway-Theatern gefunden hätte, Ansehen und Wohlstand der Familie wiederherstellen. Auf ihn richteten sich ihre Hoffnungen für die Zukunft.

Zunächst aber galt es, eine angemessenere Wohnung zu finden. Meine Eltern hatten das Bedürfnis nach mehr Privatsphäre – was ich insgeheim bedauerte –, nach mehr Ruhe und mehr Distanz zu dem lärmenden Nachtleben der 52. Straße. Sie wünschten sich auch ein zusätzliches Zimmer, in dem sich ein Klavier zum Komponieren unterbringen ließ, und eine sichere Gegend mit einer Schule in der Nähe für mich. Sie begriffen sehr bald, daß Tante Flora recht hatte: Es war eine Geldfrage. Die Mieten in den Vierteln Manhattans, in denen sich leben ließ, überstiegen ihre Mittel bei weitem. Freunde erwähnten Riverdale, das am Rand der Bronx, aber in der Nähe der U-Bahn-Linie nach Manhattan lag, als unter Umständen geeignete Wohngegend. Zum Broadway und zum Showbusiness war es von dort eine weite Fahrt, aber angesichts ihrer prekären Finanzlage begannen meine Eltern, Kleinanzeigen nach Wohnungen in dieser Gegend zu durchforsten.

Während wir noch die ersten tastenden Schritte in unser neues Leben taten, blieb Tausenden diese Möglichkeit von vornherein versagt. Die alten Tanten waren unser Rettungsanker. Viele, die der Naziherrschaft entkommen wollten, aber keine Verwandten in Amerika hatten, durften nicht einreisen. 1939, im selben Jahr, als meine Eltern mit mir, der siebenjährigen Tochter, in Amerika eintrafen, stimmte der amerikanische Kongreß nach ausführlicher Debatte dafür, zwanzigtausend meist jüdischen Flüchtlingskindern aus Deutschland, deren Eltern verzweifelt nach einer Rettungsmöglichkeit für sie suchten, die Einreise zu verweigern.

3

Im Schmelztiegel

Im April 1939 kamen wir nach Riverdale. Damals war das ein teils städtischer, teils noch ländlicher Vorort am nördlichen Rand von New York City. Mit Bus und U-Bahn brauchte man eine Stunde nach Manhattan, und wir hatten uns diese Adresse nicht wegen der hübschen grünen Umgebung ausgesucht, sondern weil die Miete für unsere Wohnung im vierten Stock ohne Fahrstuhl relativ niedrig war.

Zwei Tage nach unserem Einzug lernte ich Erna Krueger kennen, meine erste amerikanische Freundin. Meine Eltern waren damit beschäftigt, die Möbel aufzustellen, die sie von der Heilsarmee bekommen hatten, und schickten mich zum Spielen auf die Straße. Nachdem ich die vielen Treppenstufen bewältigt hatte, traute ich mich nicht weiter weg, sondern ging hinters Haus, wo sich ein von mehreren Garagen begrenzter kleiner Hof befand. Ich hatte einen Wildlederbeutel mit Murmeln mitgenommen, die reihte ich in den Spalten des Betonbodens auf und stellte mir eine Schule vor, in der die Murmeln meine Schüler waren. In diesem Moment kam ein Mädchen um die Ecke. Es trug grüne Shorts und eine weiße Bluse, die dicken braunen Zöpfe waren um den Kopf festgesteckt. Als sie mich ansprach, stand ich auf und betete gewissenhaft den Satz herunter, den man mir beigebracht hatte. »I don't speak English.«

Das Mädchen lächelte. Es war größer als ich und kräftig gebaut. Aus dem freundlichen stupsnasigen Gesicht sahen mich zwei lang bewimperte Augen an, die so blau waren wie meine schönste Murmel. »*Sprichst du Deutsch?*« fragte sie.

Ein Wunder war geschehen: Das erste Kind, dem ich hier in Amerika begegnete, auf der anderen Seite des großen Teiches, sprach deutsch mit mir! Ich war nicht mehr das einsame kleine Mädchen, das sich im Wald verirrt hatte, ich hatte eine neue Freundin, die mir mit Rat und Tat zur Seite stehen würde. Auf deutsch tauschten Erna und ich rasch unsere Namen und unser Alter aus. Sie war – wie es sich für eine Beschützerin gehört – zwei Jahre älter als ich. Am 9. Juli, eröffnete sie mir stolz, würde sie zehn werden. Sie wollte wissen, wann ich nach Amerika gekommen war, und erklärte dann: »Meine Eltern kommen auch aus Deutschland, da war ich noch nicht auf der Welt, aber sie sprechen noch deutsch zu Hause.«

Meine erste amerikanische Freundin war also ein Einwandererkind.

Erna nahm mich mit zu ihren Eltern, die das Lebensmittelgeschäft des Viertels betrieben. Beide waren weißhaarig, wirkten alt wie Großeltern und in ihren fleckigen weißen Schürzen rund wie Tonnen. Als wir hereinkamen, standen sie hinter einem langen Ladentisch und bedienten Kunden. Mr. Krueger schnitt Scheiben von langen Würsten herunter, schnitt Käse und knuspriges Roggenbrot, das bei jedem Messerschnitt knisterte. Mrs. Krueger machte belegte Brote, die sie jeweils mit einem Dillgürkchen in Wachspapier packte. Erna stellte mich als ihre neue Freundin aus Deutschland vor, aber sie hatten so viel zu tun, daß sie kaum Notiz von mir nahmen. »Ist gut, Erna«, sagte Mrs. Krueger nur. »Geh mit deiner Freundin nach hinten, und gib ihr ein Glas Milch.«

Von köstlichen Düften umweht gingen wir vorbei am Ladentisch und einer langen Wand mit Regalen, die vom Boden bis zur Decke mit bunten Schachteln und Dosen bestückt waren, in ein Hinterzimmer, das der Familie als Lagerraum, Küche und Wohnzimmer diente. Durch eine Fliegengittertür führte mich Erna auf einen Hinterhof, der Gemeinschaftsbesitz der vier Geschäfte war, die an der Riverdale Avenue lagen, dem Lebensmittelgeschäft, einem Drugstore, einem Obst- und Gemüseladen und einem Friseur (wo ich ein paar Jahre später meine erste erstaunliche Dauerwelle bekam).

»Das ist mein Hof.« Erna deutete mit einer ausladenden Armbewegung auf das betonierte Quadrat mit einem unbebauten Grundstück auf der einen und einem schmalen Durchgang auf der anderen Seite. »Hier kommen alle Kinder her, wenn ich sie lasse. Du darfst auch kommen.« Ich freute mich über die Einladung, auch wenn mir bei der Vorstellung, »allen Kindern« gegenüberzutreten, ein bißchen mulmig wurde.

Einige Tage nach unserem Einzug gingen meine Eltern mit mir zu meiner künftigen Schule. Von unserem Haus zur Public School Nr. 7 waren es über drei Kilometer, erst den langgezogenen Hang der Riverdale Avenue hinunter und dann noch mehrere Blocks weiter. Im Sekretariat überprüfte man unsere Ausweispapiere und meine Schulzeugnisse aus

Österreich und der Schweiz. 1939 galt Deutschland in Amerika – mit Fug und Recht – als feindlicher Aggressor, und weil ich dort geboren war, führte man mich in meiner neuen Akte als »Enemy Alien«, als feindliche Ausländerin. Ich konnte mir unter dem Begriff nichts Rechtes vorstellen, wußte aber, daß er mich als andersartig brandmarkte. Unseren komplizierten Status als deutsch-jüdische Flüchtlinge, einer Mischung aus Aggressor und Opfer, durchschaute ich damals nicht, aber ich lernte den leisen Argwohn im Blick der Leute fürchten, wenn sie erfuhren, aus welchem Land wir kamen.

Endlich waren die Formalitäten erledigt, und ich kam in die zweite Klasse. Dort mußte ich mich nicht nur daran gewöhnen, nun offiziell nicht mehr Winterfeld, sondern auch daran, Gilbert zu heißen. Mein Vorname war zwar von der Schreibweise her unverändert, wurde aber so anders ausgesprochen, daß ich mich nicht mehr mit ihm identifizieren konnte.

Niemand nannte mich mehr Marjánne, mit der Betonung auf der dritten Silbe. Als meine neue Lehrerin mit ihrem nasalen Bronx-Akzent eine »Mirijen« aufrief, bezog ich das zunächst nicht auf mich. Frustriert, weil ich nicht reagierte, versuchte sie es mit »Marion«, was einen immerhin vertrauteren Klang hatte, und noch Jahre später nannte ich mich so.

Am Montag darauf ging Erna mit mir die Riverdale Avenue hinunter zu unserer Schule, brachte mich in meinen Klassenraum und verschwand dann in ihrem eigenen. Sie war eine Klasse höher als ich. Sehr schnell merkte ich, daß ich falsch angezogen war. Keins der anderen kleinen Mädchen trug eine weiße Schürze über dem Kleid oder dicke braune Baumwollstrümpfe. Keins der Kinder hatte für die Bücher einen ledernen Schulranzen, den man auf den Rükken schnallen konnte. Als ich nachmittags heimkam, stopfte ich all das ganz hinten in meinen Schrank und weigerte mich, damit noch einmal das Haus zu verlassen. Ich war schon erwachsen, als diese Dinge wieder modern wurden. Als Kind wollte ich nur aussehen wie alle anderen, auch wenn mir an Tagen, an denen es schneite, die damalige Mode der Kniestrümpfe und offenen Gummischuhe frühmorgens auf dem Schulweg brennende Oberschenkel und eiskalte Fesseln einbrachte.

Das Äußerliche war nur eine Facette meiner Bemühungen, mich anzupassen. So schnell wie möglich machte ich mich daran, Englisch zu lernen und alles abzulegen, was fremdländisch an mir war.

Meine Eltern hatten die amerikanische Staatsbürgerschaft beantragt, mit deren Bewilligung erst in etwa fünf Jahren zu rechnen war. Als im Land lebende Ausländer fanden auch sie es wichtig, die neue Sprache zu beherrschen. Sie sprachen nur Schulenglisch, beschlossen aber mit einer Tapferkeit, die ich damals nicht zu würdigen wußte, zu Hause untereinander und mit mir nur noch englisch zu sprechen. Da ich mich mit Sprachen leichttat, fiel mir bei diesem Vorhaben die Führung zu. Ich hatte den Auftrag, täglich amerikanische Redensarten aufzuschnappen, heimzubringen und dem Familienfundus einzuverleiben.

In der Schule war ich ununterbrochen von englischen Lauten umspült – geordnet und von Erwachsenen gesteuert im Unterricht, mit wildem Kreischen in den Pausen und beim Mittagessen. Ich lernte, indem ich völlig in die Sprache eintauchte.

Als nach einem Vierteljahr – Ende Juni – die großen Ferien anfingen, hatte ich im Sprechen und im Denken komplett auf die neue Sprache umgeschaltet. Am 13. Juli, meinem achten Geburtstag, wartete ich nachmittags in zitternder Vorfreude auf meine Eltern, die sich hinter der geschlossenen Küchentür zu schaffen machten. Ich hörte Teller klappern und Papier rascheln. Endlich ging die Tür auf, und strahlend winkten sie mich hinein. Auf dem Tisch stand ein Kuchen mit brennenden Kerzen, daneben lag etwas Rechteckiges in buntem Geschenkpapier. Ich war so aufgeregt, daß ich nicht wußte, was ich zuerst machen sollte. Es war der erste Geburtstag, den ich mit beiden Eltern feierte. Sie halfen mir, die Kerzen auszublasen, und sahen dann Arm in Arm zu, wie ich das bunte Papier abstreifte. Darunter kam mein erstes richtiges Buch in englischer Sprache zum Vorschein, eine Prachtausgabe von Johanna Spyris *Heidi.* Ich hatte *Heidi* auf deutsch gelesen, ja verschlungen, es war mein Lieblingsbuch gewesen. Jetzt lag es auf englisch vor mir, wunderschön gestaltet mit vielen bunten Bildern. »Das schenken wir dir zum Geburtstag, weil du so gut Englisch gelernt hast«, sagte mein Vater. Es fiel mir schwer, die Hände von dem Buch zu lassen, während wir uns den Kuchen schmecken ließen.

In den nächsten Tagen arbeitete ich mich voller Stolz und Begeisterung von Buchdeckel zu Buchdeckel. Dicke, langweilige Wörterbücher brauchte ich dazu nicht. Ich kannte die Handlung, so daß ich unbekannte Wörter aus dem Zusammenhang enträtseln konnte. *Heidi* auf englisch zu lesen war eine Freude, die noch lange nachwirkte. Das Lesen, ein wichtiger Teil meines Lebens, den man mir genommen hatte, war mir jetzt, verwandelt und verheißungsvoll, wiedergeschenkt. Ich war nicht mehr das kleine deutsche Mädchen, das die zwei, drei aus der Schweiz herübergeretteten Bücher immer wieder lesen mußte. Ganz in der Nähe meiner Schule war eine öffentliche Bibliothek, wo man vier Bücher auf einmal ausleihen durfte. Ich genoß meine neue Macht. Englisch war wunderbar, und Amerika war voller Bücher.

Soweit ich mich erinnere, trübte keine Trauer über den Verlust des Deutschen meine Begeisterung für die englische Sprache. Ich hatte nicht das Gefühl, etwas verloren, sondern im Gegenteil das Gefühl, etwas dazugewonnen zu haben. Für mich, ein Kind, das man bereits mehrmals an einen neuen Ort, in eine neue Sprache verpflanzt hatte, war der Begriff Heimat eher vage. Im Kindesalter erweitert sich der Wortschatz rasch, und so wuchs ich wie von selbst und mit der Freude, die stetige Steigerung und schließlich Meisterschaft mit sich bringt, ins Englische hinein. Sicher registrierte ich dabei auch mit Genugtuung, daß ich besser Englisch sprach als meine Eltern.

Für meinen Vater, der Amerika erst als Erwachsener betreten hatte, waren Wörter, die er in der Zeitung gelesen oder im Gespräch aufgeschnappt hatte, wie Gesteinsbrokken aus einer felsigen Landschaft, und er klopfte sie wie ein Goldsucher nach möglichen Reimen und Wortspielen ab. »Popocatepetl«, trompetete er, nachdem er in der *Times* einen Artikel über Mexiko gelesen hatte. »Popocatepetl ... Popocatepetl ist nicht nur ein kleines Schtetl. Jeder bringt jetzt seinen Bettel runter nach Popocatepetl ...« Und dann verzog er sich in sein Zimmer, um mit seinem neuen Schatz zu spielen und Reime zu schmieden. Kurz nach mir fingen auch er und meine Mutter an, englischsprachige Bücher zu lesen. Mit Hemingways lakonischem Stil konnte mein Vater nicht viel anfangen, Faulkners verschlungene und musikalische Prosa dagegen gefiel ihm sehr. Auch Dashiell Hammetts Kriminalromane las er gern, vor allem wegen des städtischen Ganovenslangs. »Da hängen zwei *mugs* in der Ecke rum, die mir nicht recht gefallen«, las er laut vor, und dann war er in Fahrt: »... mugs – *you're a big lug, I'll throw you in the jug.*« Ich fand ihn viel lustiger als die anderen Väter, aber auch ein wenig wunderlich.

Im August kam ich für zwei Wochen ins Sommerlager. Um das Camp bezahlen zu können, hatten meine Eltern mit den Besitzern oder Betreibern des Sommerlagers vermutlich irgendeine Abmachung getroffen. Damals schlugen wir uns häufig mit Tauschgeschäften durch oder waren auf die Großherzigkeit anderer Leute angewiesen, denn Bargeld war immer knapp. In den Wochen vor meiner Abreise sah ich gespannt, aber auch ein wenig ängstlich zu, wie meine Mutter Namensschilder in zwei grüne Shorts, ein rotes Halstuch, weiße Hemdblusen, zwei Schlafanzüge, einen Parka, Unterwäsche, Socken und eine rote Mütze nähte. Am festgesetzten Tag holte mich ein Elternpaar ab, das ein eigenes Auto besaß, und fuhr mich die zwei Stunden ins Camp Hiawatha. Ich schlief zusammen mit sieben kleinen Mädchen in einem Blockhaus, gegessen wurde in einem primitiven Gebilde aus Balken und einem Dach, aber ohne

Wände. So gut ich mich in der Schule eingewöhnt hatte – im Camp versagte ich auf der ganzen Linie. Heimwehkrank und orientierungslos, kapierte ich die Regeln beim Sport nicht, kannte keinen Liedertext und hatte keine Ahnung von indianischen Sitten und Gebräuchen. Mit den Zeremonien zum Sonnenaufgang und den Abendgebeten konnte ich auch nichts anfangen.

Der Tag begann damit, daß wir uns alle um die Fahnenstange scharten. Wir sangen »My country, 'tis of Thee«, und ein Betreuer befestigte mit Hilfe eines der Kinder die amerikanische Fahne am Seil und zog sie hoch. Die eher zweifelhafte Ehre, zum Helfen eingeteilt zu werden, traf einmal auch mich. Man mußte dafür sorgen, daß kein Fitzelchen Fahne den Boden berührte, und die Umstehenden beobachteten einen mit Argusaugen, bis die Fahne endlich auf dem Weg nach oben war. Ich wußte nicht, was passiert wäre, wenn die Fahne doch mal Bodenkontakt bekommen hätte, aber daß die Folgen fürchterlich sein würden, war klar. Wenn die Fahne oben an der Stange wehte, folgten Gelöbnisse und Gebete, dann schlurften wir in einem großen Kreis um die Fahnenstange herum, hüpften auf und nieder, schlugen uns mit der hohlen Hand an den Mund und begrüßten nach angeblicher Indianerart mit lautem Hohoho den neuen Tag. Bei Sonnenuntergang wurde unter weiteren Gebeten und Gesängen und langen Schweigeminuten die Fahne wieder eingeholt.

Die anderen Kinder, in ihrer nationalen Identität sicher aufgehoben, hatten ihren Spaß, wenn sie sich mit dem beschäftigten, was als indianisch galt, aber für eine Immigrantin, die sich erst noch mit der Mehrheitskultur vertraut machen mußte, kam das zu früh. Das ungewohnt einfache Leben störte mich nicht, aber die organisierte Frömmigkeit war mir zutiefst peinlich. Die Betreuer machten ein feierliches Gesicht, die Kinder senkten beim Beten den Kopf oder blickten mit der Ehrfurcht, die einem Indianer geziemt, zum Himmel hoch, während ich sie, innerlich ungerührt, verstohlen beobachtete und überlegte, was für Gefühle ich von Rechts wegen hätte haben müssen. Die beiden Wochen im Sommerlager waren mein erster Kontakt mit religiösen Riten in der Öffentlichkeit und mögen schuld daran sein, daß mich mein Leben lang bei solchen Anlässen Unbehagen überkommen hat. Trotz Lagerfeuer und getoasteter Marshmallows war ich heilfroh, als die Ferien zu Ende waren und ich nach Hause durfte. Ins Sommerlager brachten mich danach keine zehn Pferde mehr. Mit den Kindern auf Ernas Hof hatte ich bedeutend mehr Spaß.

Ich hatte rasch gelernt, daß die Nachbargeschäfte ausrangierte wie ungeöffnete Kartons mit Waren auf Ernas Hof lagerten, weil der für sie als Allgemeinbesitz galt. Für die zehn, zwölf Kinder aber, die in Ernas kleine Truppe aufgenommen wurden, war der betonierte Innenhof hinter den Geschäften ihr Reich und diente uns mit Ernas Erlaubnis als Leseraum, Softballfeld, Schlittschuhbahn, Imbißbude und Schmugglerhöhle. Es war Ehrensache, daß Kisten oder Kartons, die unmittelbar am rückwärtigen Ausgang des betreffenden Geschäfts standen, Eigentum der Besitzer waren. Standen sie erst in dem Durchgang daneben, waren sie Müll, und der Müll gehörte uns.

Wir sahen nie hungrige oder obdachlose Menschen dort nach Essen suchen, überhaupt waren selten Erwachsene in Sicht, wenn wir aufgeregt zwischen Mülltonnen und gestapelten Kisten auf Schatzsuche gingen. Man konnte dort die überraschendsten Dinge entdecken – glänzende Lackschachteln, Apfelsinenkisten, die sich als Regale oder Sitzmöbel verwenden ließen, ganze Papierpacken, saubere Eierkartons, hölzerne Milchflaschenkisten, alte Zeitschriften, ja sogar hier und da abgepackte Glückwunschkarten, angestaubt, aber noch durchaus brauchbar. Enttäuschend waren nur die Tage, an denen diese Beute durch weggeworfene Lebensmittel beschädigt war. Die äußeren Salat- oder Kohlblätter richteten nicht viel Schaden an, aber verfaultes Obst konnte einen ganzen Stapel leerer Eierkartons ruinieren. Ich entwickelte mich zur Expertin in Sachen Müll, ein Talent, das meine Eltern nicht so recht zu würdigen wußten, das aber dazu beitrug, daß ich mich auf jeden neuen Tag in Riverdale freute.

Während ich meine Rückkehr zu den Freunden aus der Nachbarschaft genoß, griffen meine Eltern jeden Tag begierig zur *New York Times*, um sich über die Krise in Europa zu informieren. Nach Hitlers Einmarsch in die Tschechoslowakei hatte dieses Land aufgehört zu existieren. Der britische Premierminister Neville Chamberlain versuchte auf dem Verhandlungsweg eine weitere deutsche Aggression zu verhindern, aber da war Hitler, ermutigt durch die ausbleibenden Proteste, schon eifrig dabei, den deutschen *Lebensraum* noch weiter auszudehnen. Im September 1939 überfiel die deutsche Wehrmacht Polen. Diesmal stellten

England und Frankreich ein Ultimatum. Dann fiel auch die Sowjetunion – damals Deutschlands Verbündeter – von Osten über Polen her, was zur Teilung des Landes führte. Meine Eltern und ihre Freunde und Bekannten waren tief besorgt über die geballte Macht Deutschlands und der Sowjetunion und atmeten auf, als England und Frankreich durch ihre Kriegserklärung endlich den entscheidenden Schritt taten, Hitler Einhalt zu gebieten.

Nachdem wir uns in Riverdale einigermaßen eingelebt hatten, war meine Mutter an fünf Tagen in der Woche elf Stunden täglich unterwegs. Früh um sieben fuhr sie mit dem Bus zur U-Bahn, abends kam sie erst nach sechs zurück. Sie arbeitete in Lower Manhattan, erst als Kosmetikverkäuferin, dann als Schneiderin in einer von Flüchtlingen betriebenen Konfektionsfirma. Mit ihrem Gehalt konnten wir die Miete zahlen, Lebensmittel kaufen und bekamen dadurch auch Kredit bei den Geschäften in unserem Viertel, wenn die unregelmäßigen Tantiemenzahlungen an meinen Vater einmal ausblieben. Kam dann ein Scheck, konnte meine Mutter die Schulden beim Drugstore und bei Gristede, dem Obst- und Gemüseladen, zahlen und vielleicht das eine oder andere zusätzlich kaufen, Stoff für Vorhänge etwa oder Kleidung für sich und für mich. Dank ihres sicheren Modegeschmacks und ihres Geschicks mit Nadel und Faden waren wir beide auch mit wenig Geld immer gut angezogen.

Einmal nähte sie sich ein Sommerkleid aus einem blauen Baumwollstoff mit weißem Margeritenmuster. Aus den Stoffresten schnitt sie einzelne Blüten aus. Atemlos vor Bewunderung sah ich zu, wie sie sorgfältig die Blütenränder umstach und an den Ausschnitt und die kurzen Ärmel nähte. Aschenbrödel auf dem Ball konnte unmöglich schöner gewesen sein als meine Mutter in ihrem Margeritenkleid.

Abgesehen von den unregelmäßigen Tantiemenzahlungen aus früheren erfolgreichen Werken verdiente mein Vater kein Geld, aber er schrieb jeden Tag. Niemand wäre auf die Idee gekommen, zu verlangen, daß er mit irgendwelchen anderen Arbeiten magere Zeiten überbrücken half. Wahrscheinlich hätte er das auch gar nicht gekonnt. Robert Gilbert, ein liebenswert unordentlicher, gutmütiger Mann, konnte schon vor dem Frühstück Verse machen, war aber in praktischen Dingen hoffnungslos unbegabt. Er hatte nie eine Lampe repariert, ein Regal gebaut, einen Vorhang aufgehängt. In Riverdale lernte er immerhin, wie man Kartoffeln schält und Wasser zum Kochen bringt, und wenn meine Mutter abends von der Arbeit kam, konnte er mit diesen beiden Fertigkeiten einen Beitrag zum Abendessen leisten. Auch im Abwaschen war er bald fit, es mache ihm sogar Spaß, behauptete er, weil das Geräusch von fließendem Wasser das Nachdenken über den Schlager förderte, an dem er gerade arbeitete. Seine wahre Begabung aber waren Texte und Musik. Tagsüber komponierte er Operetten und Schlager und schrieb ernste Gedichte, die er in Amerika weiterhin auf deutsch verfaßte. Allerdings versuchte er sich auch an englischen Liedertexten. Am späten Nachmittag fuhr er oft mit dem Autobus und der U-Bahn nach Manhattan, in den Theaterbezirk, wo er sich mit anderen Emigranten in der Hoffnung traf, Broadway-Produzenten für sich zu interessieren.

Man stellt sich das Leben mit einem Komponisten gern als ein immerwährendes musikalisches Fest vor. In Wirklichkeit brauchte mein Vater während seiner Arbeitszeit strikte Ruhe. Durch die verglaste Tür seines Arbeitszimmers sah ich ihn in einem alten grauen Pullover am Schreibtisch sitzen oder eine Melodie am Klavier ausprobieren, nicht mit dem Schwung seiner Darbietungen auf einer Party, sondern mit konzentriert gerunzelter Stirn, die Augen zusammengekniffen, um sie gegen den Rauch zu schützen, der von der dünnen ovalen Regent-Filterzigarette zwischen seinen Lippen aufstieg. Ab und zu nahm er die Zigarette heraus, um sich etwas auf dem Notenblatt zu notieren, das vor ihm lag, und die Kante des alten Klaviers, auf dem eine vergessene Regent nach der anderen verschmorte, war voller Brandflecken, die aussahen wie gerippte schwarze Raupen. Ich hatte strenge Anweisung, ihn nur im Notfall zu stören und nicht zu singen oder das Radio laufen zu lassen, weil das die Musik im Kopf meines Vaters gestört hätte. Meist las ich deshalb, spielte in meinem Zimmer mit Puppen oder Murmeln oder machte aus Ton plumpe Figürchen, mit denen ich meine Phantasiedörfer bevölkerte. Vorbild für diese Dörfer war *Die Kinder von Timpetill oder Stadt ohne Eltern*, ein Buch meines Onkels. Darin geht es um ein Bergdorf, in dem die Erwachsenen einen Tagesausflug ohne die Kinder machen. Die Erwachsenen verirren sich im Wald und geraten über die Grenze, wo sie verhaftet und eine Woche festgehalten werden. In Abwesenheit der Eltern müssen die Kinder sich im Dorf selbst um alles kümmern – die Post austragen und die Milch ausliefern, die Straßenbahnen fahren, die ortsbekannten Rabauken überlisten und sogar Zähne ziehen. Onkel Henry hatte nicht nur das Buch mir und meinem Vetter Thomas gewidmet – unsere Namen prangten ganz vorn auf einer eigenen Seite –, sondern die beiden Hauptfiguren, die Anführer, die die meisten Heldentaten vollbrachten, auch nach uns benannt.

Aber ich hatte keine Lust, die ganze Zeit zu lesen, allein zu spielen und mich ruhig zu verhalten. Unter der Woche war ich ja fast den ganzen Tag in der Schule, aber wenn sich meine Eltern am Wochenende ausschliefen, dehnte sich für mich die Zeit fast endlos. Ich war immer sehr früh auf, horchte auf Lebenszeichen, aß mein Frühstücksbrötchen und trank mein Glas Milch. Wenn sich danach immer noch nichts rührte, zog ich mich an, hängte mir meinen Hausschlüssel an einer Schnur um den Hals und machte mich auf den Weg zu Ernas Hinterhof in der Hoffnung, daß auch sie schon draußen war und mit mir spielen konnte. Mr. Krueger machte sein Lebensmittelgeschäft um acht auf, Erna und ihre Mutter folgten ihm um neun, aber meist mußte ich mich eine Weile gedulden, denn Erna durfte erst dann weg, wenn sie ihr »Pensum« erledigt hatte. Diese Verquickung von Pflicht und Vergnügen fand ich wunderbar amerikanisch.

An einem dieser Samstage hatte Erna mehr zu erledigen als sonst. Nachdem sie den Gehsteig vor dem Haus gekehrt und die Glasvitrinen auf dem Ladentisch geputzt hatte, kam sie nur heraus, um mir zu sagen, sie müsse noch Kartoffeln in Scheiben schneiden. Da mein Vater so etwas in fünf Minuten zu erledigen pflegte, dachte ich mir, daß es bei Erna nicht viel länger dauern konnte, aber in dem vollgestellten Hinterzimmer zeigte sie mir einen riesengroßen Kessel, der auf dem Herd stand. So viele geschälte Kartoffeln hatte ich noch nie beisammen gesehen. Ernas Vater hatte sie gekocht, Ernas Mutter streifte gerade die rötliche, papierdünne Schale von den letzten Knollen, die am Boden einer badewannengroßen weißen Emailschüssel lagen.

»Hast du Lust zu helfen?« fragte Erna. Ich nickte. Besser, als draußen allein herumzustehen, war es allemal.

»Du mußt ganz gleichmäßige Scheiben schneiden«, erklärte sie. »Bis zu dem letzten, untersten Rest.« Sie nahm eine kleine runde Kartoffel in die linke, das Messer in die rechte Hand und zog es in Richtung ihres Daumens durch die Kartoffel. Wunderschöne gleichmäßige Scheiben landeten mit einem Plopp in der Schüssel. Bei meinem ersten Versuch fiel mir die Kartoffel aus der Hand, die zweite konnte ich gerade noch festhalten, aber meine Scheiben waren schief und krumm.

»Du hast zu kleine Hände, nimm lieber das Brett«, riet mir Mrs. Krueger und stellte mich an den Tisch vor ein hölzernes Schneidebrett, wo ich von oben nach unten schneiden konnte und Scheiben zustande brachte, die als annehmbar durchgingen. Ich kam langsam voran und arbeitete noch ungeschickt, konstatierte aber zufrieden, daß mein kleiner Beitrag den Kartoffelberg in der Emailschüssel immerhin um einiges anwachsen ließ.

Das Pellkartoffelschneiden wurde nun eine meiner regelmäßigen Samstagvormittagsbetätigungen. Nach einiger Übung konnte ich genau wie Erna die Kartoffeln freihändig zum Daumen hin schneiden, und bei der Arbeit schmiedeten wir unsere Pläne für den Tag. Wenn wir fertig waren, verbannte Mr. Krueger uns aus der Küche, um nach seinem

Geheimrezept eine Sauce zu komponieren, die aus einem gewöhnlichen Kartoffelsalat den besten Kartoffelsalat des Viertels machte, einen außergewöhnlichen Kartoffelsalat, einen Kartoffelsalat, der so berühmt war, daß man Ernas Vater, wie sie sagte, schon Riesensummen, Hunderte von Dollars, für das Rezept geboten hatte.

Wenn wir auf unsere Weise dafür gesorgt hatten, daß das Geschäft lief, stürzten Erna und ich uns auf den neu eingetroffenen Abfall in unserem Durchgang und beeilten uns, die Beute zu verstecken, ehe der Müllwagen kam.

Erna war ein Wildfang. Die Schule verlangte, daß wir Kleider trugen, und die standen ihr nicht. In der Freizeit, in weißen Hemdblusen, Shorts und Turnschuhen, die Zöpfe hochgesteckt wie eine Krone, mit ihren kräftigen Schultern und dem ruhigen Blick aus ihren schönen blauen Augen, war sie sehr nett anzusehen. Sie brachte mir bei, was ich an sportlichen Fertigkeiten brauchte, um mich unter den Kindern des Viertels zu behaupten. Sie lehrte mich Rollschuh laufen, rannte neben mir her, während ich zitternd und zagend meine ersten Radfahrversuche machte, und trichterte mir die Softballregeln ein. In all diesen Sportarten brachte ich es nie zu Meisterleistungen, kam aber immerhin so weit, daß ich bei einem improvisierten Softballmatch im Hinterhof und beim Cowboy- und Indianerspielen auf dem überwachsenen Grundstück neben uns mitmachen konnte.

Als mein erstes Jahr in Riverdale zu Ende ging, hatte sich mein deutscher Akzent abgeschliffen, und mit Ernas Hilfe war ich recht gut angepaßt. Ab und zu stolperte ich trotzdem noch über eine amerikanische Redensart. Einmal beeilten Erna und ich uns beim Kartoffelschneiden, weil wir danach den Tisch decken, bunte Pappteller hinstellen und einen Kuchen und Kerzen hinter dem Vorhang vorholen sollten, wo er versteckt war. Es sollte eine Überraschungsparty für Mrs. Krueger geben, die an dem Tag Geburtstag hatte. Als wir mit den Kartoffeln fertig waren, ging Erna nach vorn ins Geschäft, um sich weitere Anweisungen zu holen, und kam mit langem Gesicht zurück. Mr. Krueger erschien, um seine Kartoffelsalatsauce zu den Kartoffeln zu geben, und schickte uns hinaus, sonst passierte nichts. Keine Rede mehr von bunten Papptellern, Kuchen, Kerzen. »Sollte es nicht eine Überraschungsparty geben?« fragte ich.

»Aus der wird nichts«, maulte Erna. »Mein Vater hat geplaudert, und meine Mutter sagt, daß sie jetzt keine Zeit hat.«

Ich habe lange nicht begriffen, warum Ernas Vater sich nicht hätte unterhalten sollen und daß Erna mit »plaudern« »ein Geheimnis *aus*plaudern« gemeint hatte.

Im Mai 1940, fünfzehn Monate nach unserer Ankunft in den Vereinigten Staaten, rief überraschend Onkel Henry an. Er sei mit Tante Else und meinem Vetter Thomas soeben in New York gelandet. Sie waren gerade noch rechtzeitig aus Frankreich weggekommen. Alles Geld, das Henry mit seinen Büchern verdient hatte und das sie von der Hebrew Sheltering and Immigrant Aid Society bekommen hatten, mußten sie darauf verwenden, die Erteilung der Ausreisevisa zu beschleunigen. Als sie in Amerika ankamen, hatten sie gerade noch genug für den Anruf bei meinem Vater.

»Aber das ist ja wunderbar, Henry!« stieß mein Vater ganz fassungslos hervor, während meine Mutter und ich gespannt am Telefon warteten. Er sagte Henry, wie er dem Taxifahrer den Weg zu unserer Wohnung beschreiben sollte. Ich wurde ins Lebensmittelgeschäft geschickt, um Aufschnitt, Brot und etwas von Mr. Kruegers berühmtem Kartoffelsalat zu holen. Eine halbe Stunde später drängten wir uns alle am Fenster und hielten nach dem Taxi Ausschau. Endlich kam es, die sehnsüchtig Erwarteten stiegen aus, und wir riefen und winkten in freudiger Erregung, bis sie uns hörten und zurückwinkten. Dann lief mein Vater die Treppe hinunter, um das Taxi zu bezahlen.

Bei einem improvisierten Essen hörten wir ihre Geschichte. Sie hatten in Frankreich ganz andere Erfahrungen gemacht als wir. Während wir uns im März 1939 nur zwei Wochen in Paris aufgehalten hatten und dann die Schiffsreise nach Amerika antreten konnten, waren Henry und Else schon ein Jahr früher, nämlich 1938, nach Frankreich gekommen. Zunächst hatten sie dort bleiben wollen, dann aber sahen sie sich, wie so viele jüdische Flüchtlinge aus dem Dritten Reich, verstärkter Feindseligkeit gegenüber. Frankreich war für Juden zwar nicht ganz so gefährlich wie Deutschland und Österreich, aber zunehmend waren sie auch dort das Ziel antisemitischer Propaganda, staatlicher Restriktionen und willkürlicher Razzien und Ausweiskontrollen durch die Polizei. Nachdem meine Eltern und ich abgereist waren, beschlossen auch Henry und Else, die Ausreise in die USA zu beantragen. Sie mußten ein Jahr warten, bis dieses zweite Familienvisum genehmigt wurde. Nachdem Frankreich im September 1939 Deutschland den

Krieg erklärt hatte, galten Angehörige eines feindlichen Staates, die in Frankreich lebten, als verdächtig, obwohl ironischerweise die meisten vor den Nazis geflüchtet waren. Anfang Oktober 1939 wurden 15 000 Einwanderer aus dem Dritten Reich, meist Männer, sowohl Juden als auch Nichtjuden, verhaftet. Einer von ihnen war Onkel Henry. Man brachte ihn zuerst ins Roland-Garros-Tennisstadion, wo er und mehrere tausend Leidensgenossen eine Woche unter freiem Himmel festgehalten wurden, dann kam er in ein Lager in Nevers, etwa 150 Kilometer südlich von Paris, wo er ein halbes Jahr interniert war. Else und Thomas standen in Paris tausend Ängste aus, bemühten sich um seine Entlassung und versuchten, die Erteilung der Visa zu beschleunigen.

Zum Glück für Henry wurden vor dem Mai 1940 zahlreiche internierte Ausländer entlassen. Vor allem Über-Vierzigjährige, Kranke und mit französischen Frauen Verheiratete kamen frei, im April auch mein Onkel, der sich im Lager Magengeschwüre zugezogen hatte. Als er nach Paris zurückkam, waren gerade ihre Visumanträge genehmigt worden, und sie nahmen das nächste Schiff nach New York. Damit blieb ihnen das Schicksal all jener erspart, die in Frankreich geblieben waren. Im Mai marschierten die Deutschen in Frankreich ein, und die Franzosen verhafteten und internierten abermals alle männlichen Immigranten und schickten sie in Lager. Die Frauen und fünftausend Kinder wurden getrennt interniert. Ende 1940 saßen vierzig- bis fünfzigtausend Menschen in Lagern über Frankreich verteilt. Siebzig Prozent von ihnen waren Juden.

»Was hast du denn im Lager gemacht, Onkel Henry?«

wollte ich wissen. Er wechselte einen Blick mit meinem Vater, machte sich eine Weile mit seiner Pfeife zu schaffen und lachte dann gemütlich vor sich hin.

»Ich habe aufs Essen gewartet und versucht, mich warm zu halten. Und ich habe Schach gespielt, kleine Nichte. Wir haben alle viel Schach gespielt.«

Mit Hilfe meiner Eltern, der treuen Tanten und jüdischer Hilfsorganisationen kamen Onkel und Tante in einer kleinen Wohnung im fünften Stock am Mosholu Parkway in der Bronx unter, auf der anderen Seite des großen, wundersamen Van-Cortland-Parks, der uns voneinander trennte. Bei ihnen war es ähnlich wie bei uns – die Männer arbeiteten zu Hause, während die Frauen »downtown« für den Lebensunterhalt sorgten. Henry schrieb weiter seine Kinderbücher, während Else Arbeit in einer Fabrik für Stofftiere fand. Wie sich herausstellte, besaß sie eine natürliche Begabung auf diesem Gebiet und experimentierte bald mit eigenen Entwürfen. Zu Hause kreierte sie eine Puppe, die sie Trudi nannte. Trudis Kopf hatte drei Gesichter, von denen man jeweils nur eins sah, denn sie trug einen Schlafanzug aus Plüsch mit rosablauer Kapuze. Die Puppenmutter konnte nun an einem Knopf drehen, der in Form einer Rosette an der Kapuze angebracht war, und sich je nach Lust und Laune ein lächelndes oder schlafendes oder weinendes Gesicht heranholen. Else brachte ein Modell zu einem Bekannten, Armin Rosenberg, der so begeistert war, daß er die Idee an Geldgeber verkaufte, Else als Chefdesignerin einstellte und die »Three-in-One-Doll«-Spielzeugfabrik gründete, die mehrere Jahre Bestand hatte.

Anders als meine Eltern sprachen Henry und Else zu

Hause kein Englisch. Sie unterhielten sich untereinander und mit Thomas, der bei der Ankunft in Amerika sechzehn war, immer noch auf deutsch. Später konnte ich das Ergebnis dieser gegensätzlichen Entscheidungen vergleichen. Nach fünf Jahren sprachen meine Eltern ein fließendes, wenn auch akzentbehaftetes Englisch, während Onkel und Tante sich noch immer durch einen Dschungel unbekannter Worte und Aussprachen kämpften. Mein Vetter ist zwar heute komplett zweisprachig, aber sein Englisch hat fatale Ähnlichkeit mit dem von Henry Kissinger. Andererseits spricht, liest und schreibt er mühelos Deutsch, während mein Deutsch auf dem Stand einer Zweitkläßlerin stehengeblieben ist, die auf Kriegsfuß mit der Rechtschreibung steht.

Unser Viertel steckte zwischen Stadt und Land. Riverdale Avenue, die breite Hauptstraße, begann am Rande von Kingsbridge, das mit seinen großen fünf- und sechsstökkigen Mietshäusern ohne Fahrstuhl, mit Reihenhauszeilen, kleinen Einzelhandelsgeschäften, zwei Kinos, meiner Schule, der Primary School 7, der Hochbahnstation an der 231st Street und Broadway und einer zentralen Bushaltestelle einen sehr städtischen Anstrich hatte. Ein etwa eineinhalb Kilometer breiter Hang trennte Kingsbridge von Riverdale, das an der ersten Bushaltestelle am höchsten Punkt der Straße, direkt an unserer Ecke, begann. Riverdale brüstete sich damit, daß es nicht nur höher lag, sondern auch bessergestellte Familien beherbergte. Die wenigen großen Mietshäuser hatten Fahrstühle, vor allem aber gab es hier komfortable Einfamilienhäuser, die größer und luxuriöser wurden, je näher man dem Hudson kam. Beidseits des Flusses gab es imposante Grundstücke mit schönen Villen, die man durch Bäume oder halbversteckte Auffahrten nur mit Mühe erkennen konnte. Durch diese wohlhabende Gegend schlängelten sich schmale Wege, auf denen Wochenendwanderer und herumstreifende Kinder zu den Gleisen der New York Central Railroad gelangten, die am Fluß verliefen. Man konnte ohne weiteres über die Gleise wegsteigen und kam so zu einem unbefestigten Fußweg, der sich am steinigen Flußufer entlangzog. Dort gab es schöne stille Anwesen, Züge, die mit einem Schwall von Lärm und Luft vorüberrauschten, Felsblöcke und Schilf am Ufer des breiten glitzernden Flusses mit Blick auf die New Jersey Palisades. Mein Vater und ich streiften oft durch diese faszinierende Landschaft, die von uns aus zu Fuß in nur einer halben Stunde zu erreichen war.

Die Ansammlung von Häusern und Geschäften in unserem Viertel war durch den Hang von Kingsbridge getrennt. Die Kinder, die in großen Häusern lebten und vom Chauffeur zu Privatschulen wie der Riverdale Country Day School oder der Fieldstone School gefahren wurden, kannten wir nicht. In unserer Gegend hatte damals kein Mensch ein Auto, und die meisten wohnten in kleinen Wohnungen, deren Zimmer mit sperrigen Kommoden oder Kleiderschränken vollgestellt waren, die die fehlenden Einbauschränke ersetzten. Meist schlief ein Familienmitglied auf einer Klappcouch oder einem Schrankbett im Wohnzimmer. Manchmal wurde dieser Schlafplatz einer Tante, einem Onkel oder einem Großelternteil zugewiesen, meist aber dem Kind, wenn es nur eines gab. Ich hatte Glück: In unserer Familie schliefen meine Eltern auf der Klappcouch im Wohnzimmer. Eines der Schlafzimmer hatte mein Vater zum Arbeitszimmer umfunktioniert, das andere war mein Reich. Für diese Aufteilung hatten meine Eltern sich entschieden, weil sie dadurch abends länger aufbleiben konnten, ohne auf Zehenspitzen um ein schlafendes Kind herumgehen zu müssen und ohne daß ich sie am Wochenende zu unerwünscht früher Stunde aus dem Schlaf riß.

Wegen der beengten Wohnverhältnisse trafen wir Kinder uns draußen zum Spielen. Wir fuhren auf Rollschuhen oder mit dem Rad durch Nebenstraßen und hielten uns an allen möglichen Orten auf – auf Vortreppen, in Hinterhöfen, zugewucherten leeren Grundstücken und vor und in den Geschäften der Gegend. Als ich alt genug war, um die Verkehrsampeln zu verstehen, schickte mich mein Vater oft zum Zigarettenholen über die breite Riverdale Avenue zu Shapiros Laden, der zu einem meiner liebsten Aufenthaltsorte wurde. Harriet, die Tochter des Besitzers, war in meinem Alter, ein nachdenkliches, dickliches Kind mit strähnigem, hinter die Ohren gekämmtem Haar, schwarzen kaffeebohnenkleinen Augen, teigigem Gesicht. Harriet ging nicht in meine Schule, sondern in die Primary School 39, weil sie an der Buslinie in Richtung Yonkers ein Stück weiter weg wohnte. Ich habe sie nie zu Hause besucht und sie mich auch nicht. Die ganze Familie wohnte praktisch im Geschäft, das von sieben Uhr morgens bis elf Uhr abends geöffnet war. Über eine ganze Wand erstreckte sich eine wunderbare Soda Fountain mit Lunchtheke. Dort servierte Mrs. Shapiro Sandwiches, Kaffee und Eiskreationen. Die Kunden saßen auf drehbaren, mit rotem Kunstleder bezogenen Sitzen, die einzeln auf Chromsockeln montiert waren. An der gegenüberliegenden Wand waren auf Stellagen, die bis zur Decke gingen, Zeitungen und die verschiedensten verlockenden Zeitschriften und Comichefte ausgelegt. Mr. Shapiro hatte seinen Posten vorn am Ladentisch. Er behielt von dort aus die blätternden Kunden im Auge und verkaufte viele verschiedene Tabak- und Zigarettensorten. Am Sonntagmorgen brachte ich nicht nur die flachen, eleganten Schachteln Regents-Zigaretten für meinen Vater nach Hause, sondern auch das rituelle Wochenendvergnügen meiner Eltern, die vier Pfund schwere Sonntagsausgabe der *New York Times* – schwarzweiß, ohne die bunten Comics, die ich neidisch in anderen Sonntagszeitungen erspähte. Wenn ich zeitig kam, sah ich oft Harriet, die bereits zusammengelegte Teile verschiedener Sonntagszeitungen in den gerade angelieferten Nachrichtenteil steckte. An einem Sonntag fielen ihr ständig die Einlagen herunter, während die Schlange ungeduldiger Kunden immer länger wurde. Ich fragte, ob ich ihr helfen könne. Es war nicht weiter schwierig. Man mußte nur einen Packen in den richtigen anderen stecken, und bald fühlte ich mich meiner Aufgabe voll gewachsen. Harriet war mir dankbar, und danach richtete ich es sonntags immer so ein, daß ich rechtzeitig zum Einsortieren kam, was ich viel spannender fand, als mucksmäuschenstill in unserer Wohnung zu warten, bis meine Eltern wach wurden. Harriet merkte mir wohl an, wieviel Spaß ich an der Sache hatte, denn an einem Sonntag fragte sie – und es klang wie die Einladung zu einem geheimen Ritual –: »Willst du mir am Donnerstag beim Einsortieren der ersten Teile helfen? Mein Vater hat nichts dagegen.«

Meiner wichtigen Rolle bewußt, meldete ich mich am Donnerstag darauf nach der Schule bei den Shapiros zur Stelle. Diesmal war die Sache komplizierter. Zuerst legte Mr. Shapiro Stapel mit einzelnen Teilen der *Times*-Sonntagsausgabe vor den Zeitschriftenregalen aus. Unter seinem wachsamen Blick gingen Harriet und ich an den Stapeln entlang und hoben die einzelnen Teile in der richtigen Reihenfolge auf – in der *Times* wurden Feuilleton und Freizeit, Reise, Kleinanzeigen, Buchbesprechungen und das brave schwarzweiße Magazin in den Immobilienteil eingelegt. Wenn wir uns davon überzeugt hatten, daß der Packen komplett war, kam er bis zum Sonntag auf einen Stapel im Hinterzimmer. Dann mußten diese Packen in die vorderen Teile, die Nachrichten der Woche im Überblick und die Wirtschaft, eingelegt werden. Nach der *Times* legte Mr. Shapiro die Beilagen für die *Daily News*, die *New York Post*, das *Journal American* und die anderen Zeitungen aus, die Comics und gesonderte Anzeigenteile hatten, und Harriet und ich machten uns wieder ans Zusammentragen, Überprüfen und Stapeln. Danach waren wir bis zu den Ellbogen und im Gesicht voller Druckerschwärze. Wir wuschen uns an einem schmierigen kleinen Becken in der engen Toilette, und wenn wir einigermaßen sauber waren, gab es zur Belohnung eine Karussellfahrt auf den Thekenhockern und eine Schokoladeneiercreme.

Für Harriet war das Zeitungsstapeln eine lästige Pflicht, für mich war es ein Spaß, ich war nicht allein und wurde nicht zuletzt in meinem Selbstwertgefühl bestärkt. Wenn ich für Ernas Delikatessengeschäft Kartoffeln schnitt und für Harriets Laden Zeitungen stapelte, während die Eltern meiner Freundinnen anerkennend zusahen, vermittelte mir das ein Gefühl der Tüchtigkeit und Tugendhaftigkeit, das sich bei den Aufgaben, die ich bei uns zu Hause erledigen mußte, nie einstellte. Dort mußte ich abends den Tisch dekken und einmal in der Woche das Badezimmer putzen, wobei ich, wenn ich die Badewanne scheuern wollte, hineinsteigen mußte, weil ich noch so klein war. In meinem Zimmer räumte ich auf und wischte Staub, ehe meine Mutter – ebenfalls einmal in der Woche – mit dem Staubsauger anrückte. Meine Mutter brachte mir auch bei, wie man Sokken so stopft, daß ein perfektes Gitterwerk ohne Hubbel entsteht, die beim Tragen drücken könnten. All das aber war keine ruhmreiche Betätigung, und meine Freundinnen konnten nicht daran teilhaben. Ernas und Harriets Pflichten waren gewichtiger, fand ich, die beiden leisteten einen Beitrag zum Familienbetrieb, und wenn ich ihnen half, tat ich das auch. Für mich war es etwas bewundernswert Handfestes, ein Geschäft zu haben mit Sachen, die andere Leute kaufen kamen. Die Position der Eltern meiner Freundinnen fand ich beneidenswert und erstrebenswerter als das, was meine Mutter »downtown« oder mein Vater täglich am Schreibtisch machte. Daran hatte ich keinen Anteil, in dem sozialen Umfeld meiner Kindheit genossen sie kein Ansehen. Mein eigenes Leben erschien mir flüchtig und ohne Wert. Eine greifbare, befriedigende Realität war für mich nur durch meine Teilhabe am Leben anderer zu erlangen. Ich wünschte mir eine Lebensweise, die mit praktischer Arbeit zu tun hatte, ohne hochfliegendes Gerede oder Ideen, die mein Verständnis überstiegen – eine Lebensweise, die ich als amerikanisch empfand. Um Klassenunterschiede zu erkennen, war ich zu jung, und auch daß viele unserer Nachbarn erst vor kurzem eingewandert waren, fiel mir nicht auf.

Wir wohnten im obersten Stockwerk eines vierstöckigen Backsteinbaus mit Flachdach. Auf jeder Etage waren zwei Wohnungen. In der Wohnung uns gegenüber wechselten die Bewohner häufig, die übrigen Mieter waren beständiger. Unmittelbar unter uns wohnte die einzige angelsächsische Familie, Mr. und Mrs. Winslow, mit ihrem Sohn Norman – blond, schlaksig, vier Jahre älter als ich und unnahbar. Die Winslows sprachen kaum mit uns, meine Familie war ihnen ganz offensichtlich ein Ärgernis. Weil wir uns keine Teppiche leisten konnten, mußten sie unsere Schritte auf den nackten Holzdielen ertragen – den schweren Schritt meiner robusten Schnürschuhe, das Klacken der hochhackigen goldenen Hauspantoffeln, in denen meine Mutter herumlief, und – was für die Winslows am schlimmsten war – den kräftigen Zwanziger-Jahre-Schuh meines Vaters auf den Klavierpedalen, wenn meine Eltern Bekannte zu einem Musikabend eingeladen hatten. Mit Norman Winslow hatte ich nur Kontakt, wenn er an Schultagen auf der Treppe an mir vorbeiraste oder am Samstagabend um neun oder zehn als linkischer Sendbote seiner verärgerten Eltern bei uns klingelte. »Mein Vater läßt sagen, daß es spät ist. Würden Sie bitte aufhören, Krach zu machen.« Das war üblicherweise das Signal für die kleine Flüchtlingsrunde, die Lustbarkeiten zu beenden, die muffigen Mäntel zu nehmen und die Autobus- und U-Bahn-Reise zurück nach Manhattan anzutreten.

Bis auf eine Zahnarztpraxis im Erdgeschoß lebten in den übrigen Wohnungen Verwandte der Eigentümer, Mrs. und Mrs. Lombardos. Die beiden wohnten im zweiten Stock nach vorn hinaus und waren in meinen Augen geradezu beängstigend alt. Mrs. Lombardo tat nie einen Schritt aus dem Haus, und Mr. Lombardo tauchte nur dann auf, wenn wir mit der Miete im Rückstand waren. Dann quälte er sich an dem eisernen Treppengeländer die Marmorstufen bis zu unserer Wohnungstür hoch. Dort blieb er keuchend stehen und brachte kein Wort heraus. Aber das war auch nicht nötig. Meine Mutter, die wir für derlei Verhandlungen immer vorschickten, bat ihn nie herein. Sie begrüßte ihn in ihrem durchsichtigen Negligé und sagte bekümmert und vorwurfsvoll: »Wir erwarten am Montag Geld mit der Post. Aber Sie sollten nicht all die Treppen steigen, Mr. Lombardo, das ist zu anstrengend für Sie, und sie wissen doch, daß wir die Miete zahlen. Haben Sie nicht bisher immer Ihr Geld bekommen? Sobald die Post da war, bringen wir es Ihnen.«

Dann machte sie die Wohnungstür zu, und Mr. Lombardo tapste die Treppe wieder hinunter, Italienisches vor sich hin murmelnd, aber bereit, sich vertrösten zu lassen, bis die Post den versprochenen Scheck gebracht hatte.

Die Post zu holen war eine fast religiöse Handlung. Damals wurde sie werktags zweimal täglich und einmal am Samstagvormittag ausgetragen. Deshalb bot jeder Vormittag und jeder Nachmittag der göttlichen Fügung eine Möglichkeit, uns Gutes zu tun – in Form der seltenen Tantiemenzahlungen, mit Berichten über Konzerte oder Theateraufführungen irgendwo in Europa und Briefen von Verwandten und Bekannten, die in Deutschland, Österreich oder Frankreich ein gefährdetes Leben führten oder wegen der nationalsozialistischen Verfolgung Zuflucht in fernen Ländern gefunden hatten. Wer konnte, war nach Amerika gekommen, aber die beiden Schwestern und meine Großmutter mütterlicherseits waren noch in Berlin. Mein Großvater väterlicherseits war mit seiner zweiten Familie in Argentinien. Andere Verwandte und Bekannte hatten sich in England und Schweden in Sicherheit gebracht. Die dünnen hellblauen Luftpostumschläge mit dem gestreiften Rand und einer unbekannten Handschrift brachten Neuigkeiten, die die Besorgnis entweder noch verstärkten oder vorübergehend beschwichtigten. Die Briefkästen waren im Hausflur, und wer von uns das Haus betrat oder verließ, warf zuerst einen Blick hinein. Wenn ich beim Hinausgehen Post vorfand, brachte ich sie rasch noch nach oben, sonst stellte ich mich in den Durchgang am Haus und rief zu Vater oder Mutter hoch, die aus dem Küchenfenster lehnten, daß keine Post da war.

Diese Art der Kommunikation von unten nach oben oder umgekehrt spielte eine wichtige Rolle in unserer Straße. Unsere italienischen Nachbarn fanden nichts dabei, sich den Schlüssel aus dem Fenster werfen zu lassen oder jemandem auf diese Weise einen Auftrag zu geben, aber meine Mutter fand es unpassend, in der Öffentlichkeit herumzuschreien. Wir lösten das Problem mit der Winterfeldmelodie, sechs Tönen – CDE CDC –, die so laut gepfiffen werden mußte, wie die Lungen es hergaben. In Europa hatten die Männer der Familie Winterfeld sich damit auf belebten Straßen oder in Straßencafés wiedergefunden. In New York übernahmen meine Eltern das Signal. Ich mußte lange üben, bis ich die Töne herausbekam. An dem Tag, als es mir zum erstenmal gelang, rannte ich die Treppen hoch, um meinen Erfolg vorzuführen, aber als meine Eltern über mein rot verquollenes Gesicht lachten, mußte ich auch lachen und konnte nicht mehr pfeifen. »Wartet doch!« flehte ich und zwang mich, ein ernstes Gesicht zu machen. Auch meine Eltern unterdrückten ihre Heiterkeit, so gut sie konnten. Ich pfiff das CDE, aber der Rest ging wieder in Gelächter unter. Immerhin wußte ich jetzt, wie es ging, und das Signal tat uns viele Jahre gute Dienste. Wenn wir es vom Gehsteig unter unserer Wohnung hörten, konnten wir vom Fenster aus nachsehen, was gewünscht wurde.

»Wir haben Post, wirf den Schlüssel runter.«

»Gristede hat keine richtige Sahne, kann's auch Kaffeesahne sein?«

»Krieg ich einen Nickel für ein Eis?«

4

Der Krieg beginnt

1940 kamen nur schlechte Nachrichten aus Europa. Hitler eroberte Belgien, Holland und Luxemburg. Italien trat unter Mussolini in den Krieg ein. Die Engländer mußten schwere Niederlagen hinnehmen, und Frankreich kapitulierte vor den Nazis. Überall wurden Juden zusammengetrieben, in Viehwagen gepfercht und in Ghettos und Konzentrationslager verschleppt. Im Sommer erlitten die Briten gewaltige Verluste und mußten 350 000 Mann aus Europa evakuieren. Bei der sogenannten Schlacht um Dünkirchen mußten sich die englischen und französischen Truppen der deutschen Wehrmacht geschlagen geben. Den Briten gelang es in einer einmaligen Evakuierungsaktion, der Operation Dynamo, gerade noch, 350 000 alliierte Soldaten nach England in Sicherheit zu bringen. In den Vereinigten Staaten beobachtete man die Häufung der Niederlagen mit großer Sorge, und Präsident Roosevelt verkündete den Aufbau einer Friedensarmee. Meine Eltern und ihre nach Amerika ausgewanderten Landsleute schätzten den amerikanischen Präsidenten sehr. Die Vereinigten Staaten nahmen 250 000 Juden auf, mehr als jedes andere Land. Allerdings schlug Roosevelt – was meine Eltern damals nicht wußten – verschiedene Möglichkeiten aus, eine noch viel größere Zahl zu retten.

Nur an ihren Seufzern beim Lesen der neuesten Schlagzeilen und ihren besorgten Gesprächen mit Freunden und Bekannten merkte ich, wie sehr sie um die Menschen fürchteten, die sie zurückgelassen hatten. Das Wort Genozid hatte ich damals noch nicht gehört, aber Geschichten von nazistischer Verfolgung begleiteten meine ganze Kindheit. Dagegen erschienen mir Märchen von Drachen, Riesen und bösen Hexen, die es auf schöne Prinzen und goldhaarige Prinzessinnen abgesehen hatten, weit weniger bedrohlich. Dort siegten letztlich immer Jugend, Tugend und Schönheit, außerdem hatte diese Zauberwelt der Burgen und finsteren Wälder so gar keine Ähnlichkeit mit dem, was ich kannte, und das war beruhigend. Bilder von eiskalten blonden Männern in Uniform mit Hakenkreuz und blanken Stiefeln aber, die bei verängstigten und nur dürftig bekleideten Menschen Türen eintraten, sie am Eßtisch verhafteten oder aus dem Bett zerrten und mit ihren jämmerlichen Köfferchen auf ganz normale Straßen hinaustrieben – diese Bilder hilfloser Menschen, die aussahen wie meine Familie und deren Kinder aussahen wie ich, stiegen immer wieder aus den Tiefen meines Bewußtseins hoch. Wahrscheinlich weigerte ich mich deshalb, die Wirren da draußen in der fernen Welt zur Kenntnis zu nehmen, die alle Erwachsenen um mich herum so besorgt machten. Ich hielt mich an meine amerikanische Umgebung und unser tägliches Leben, das sich jetzt so beständig anfühlte, als hätten wir schon immer in unserer kleinen Wohnung in Riverdale gelebt und würden das auch weiterhin tun.

Und wenn ich einmal dem Alltag entkommen wollte, gab es da jene munteren Geschöpfe, die sich in den Kinofilmen tummelten. Sobald ich den Weg zu den beiden Filmtheatern in Kingsbridge kannte – sie waren nur ein paar Blocks hinter meiner Schule –, war auch ich unter den Zuschauern, die quietschend vor Aufregung jeden Samstag in der Kindermatinee saßen. Die Entscheidung zwischen den beiden Kinos fiel mir immer schwer. Von meinen Eltern bekam ich einen Quarter – fünfzehn Cents für die Eintrittskarte und zehn Cents für Süßigkeiten –, dafür gab es einen Kulturfilm, ein sogenanntes B-Movie, eine Wochenschau, eine Vorschau, ein oder zwei Zeichentrickfilme und die Fortsetzung eines Kurzfilms. Das waren drei oder vier Stunden Glückseligkeit, in denen ich und die anderen Kinder lernten, wie man sich zu benehmen, was man zu tragen, wie man zu kämpfen, gehen, reden, flirten, küssen hatte, wie man Zigaretten anzündete und richtig rauchte, wie man korrekt in ein Auto ein- und aus dem Auto wieder ausstieg, wie man es nach Möglichkeit den Erwachsenen nachtat. Wir gingen vielleicht auch deshalb so gern ins Kino, weil manche Erwachsene meinten, es sei womöglich schlecht für uns. Ich zum Beispiel konnte zu Hause so viele Bücher lesen, wie ich wollte, aber Kinobesuche beschränkten meine Eltern strikt auf einen Nachmittag in der Woche. Zweimal wöchentlich wäre dieses Vergnügen nicht nur zu teuer gewesen, sondern, so ihre Angst, womöglich gefährlich für den Geist und verderblich für den Charakter.

In unserem zweiten New Yorker Jahr schrieb und komponierte mein Vater weiter und nahm nachmittags die stundenlange Fahrt nach Manhattan auf sich, um Exilierte aus dem Showbusiness für seine Arbeiten zu interessieren. Meine

Mutter meldete sich für einen Abendkurs in Technischem Zeichnen an, weil sie sich von dieser Weiterbildung bessere Arbeitsbedingungen und mehr Gehalt erhoffte. Daher war sie immer sehr lange außer Haus, und als der Sommer kam, sah sie sich nach bezahlbaren Möglichkeiten um, mich zumindest für einen Teil der langen Sommerferien aufs Land zu schicken.

In dem heißen feuchten Sommerklima New Yorks war es unter dem geteerten Flachdach in unserer Wohnung im vierten Stock kaum auszuhalten. An vielen schwülen Tagen und Nächten regte sich kein Lüftchen. Einen elektrischen Ventilator hatten wir nicht, und klimatisiert waren damals ausschließlich Filmtheater, die mit blauen Eiszapfen auf ihren Markisen auf diesen Luxus hinwiesen. Hin und wieder brachte ein Gewitter Erleichterung, aber wenig später schnellte die Quecksilbersäule schon wieder hoch. Mein Vater wischte sich mit dem unvermeidlichen weißen Taschentuch das Gesicht, die weißen Kurzarmhemden klebten ihm am Körper. Meine Mutter war erschöpft und ausgelaugt, wenn sie von der Fahrt mit der U-Bahn zurückkam, deren Züge wie eine Sauna waren. Alle drei nahmen wir zwei- oder dreimal am Tag ein kühles Bad oder eine kühle Dusche.

Gegen Ende des Schuljahrs eröffnete mir meine Mutter, daß sie mich den Juli über auf einer Farm untergebracht hatte, die Bekannten in Connecticut gehörte. Nach meinen unglücklichen Erfahrungen mit dem Sommerlager hielt sich meine Freude in Grenzen. Ein idyllisches Landleben konnte mich nicht locken. Ich stellte es mir viel schöner vor, den Sommer in unserem Viertel zu verbringen, mich kreischend mit Erna und unseren Freunden auf ihrem Hof vom Gartenschlauch naß spritzen zu lassen und abends mit meinen Eltern zu essen.

»Mach dir keine Sorgen um mich, Mommy. Daddy ist den ganzen Vormittag zu Hause, und nachmittags kann ich mich schon beschäftigen. Das mache ich doch jetzt auch. Warum muß ich dann weg?«

»Wegen der Abendkurse komme ich immer sehr spät nach Hause, und du brauchst frische Luft und viel Grün. Die Farm wird dir gefallen, die Goldenbergs sind sehr lieb. Ihre Tochter Trudy ist nur wenig älter als du und eine nette Freundin für dich. Du wirst dich bestimmt wohl fühlen.«

»Aber hier habe ich doch auch Freunde. Ich will nicht weg, ich will bei dir bleiben.«

»Wie oft soll ich dir sagen, Darling, daß wir nicht alles zusammen machen können. Du hast dein Leben, und ich habe meins.« Dieser Spruch war mir nur allzu vertraut, und ich begriff, daß ihr Entschluß unumstößlich war.

Wie sich zeigte, hatte meine Mutter recht gehabt. Es gefiel mir wirklich gut auf der Farm. Herman und Frieda Goldenberg und ihre beiden Kinder, John und Trudy, waren Flüchtlinge aus Deutschland. Sie waren – eine Ausnahme unter den Einwanderern – nicht in der Stadt geblieben, sondern hatten beschlossen, auf einer Farm in Plainfield, Connecticut, einen Neuanfang zu wagen. Den Lebensunterhalt wollten sie in erster Linie mit der Hühnerzucht und dem Verkauf von Eiern bestreiten. Obwohl sie keinerlei Erfahrung in der Landwirtschaft hatten, machten sie sich mit Hilfe von Hand- und Lehrbüchern tapfer ans Werk. Die bescheidene Summe, die meine Eltern für meinen Aufenthalt bezahlten, brachte willkommenes Bargeld in die Kasse, und ein Kind in meinem Alter machte kaum mehr Arbeit.

So unglücklich ich im Sommerlager gewesen war, so wohl fühlte ich mich auf der Farm. Wenn ich morgens aufwachte, konnte ich es kaum erwarten, nach draußen zu gehen und mit den jungen Kätzchen zu spielen, während die runde, grauhaarige Frieda mit ihrer großen Schürze sich daranmachte, zu buttern oder Joghurt herzustellen. Herman, ihr Mann, kahlköpfig und langsam in seinen Bewegungen, und John, der behende Sohn, arbeiteten inzwischen in der Scheune. Am späteren Vormittag ging ich dann im Hühnerhaus durch die schmalen Gänge zwischen den Hühnern, die auf der Stange saßen, sammelte die noch warmen Eier ein, legte sie behutsam in meinen Korb und dann in Eierkartons. Ich liebte die besonnten Wiesen, auf denen Sonnenhut und Wilde Möhren blühten, Bienen summten, Grillen zirpten und Vögel zwitscherten. Ich war von allem hingerissen. Die Familie erledigte die anfallenden Arbeiten am frühen Vormittag und am späten Nachmittag. Während der Mittagshitze ruhte man im kühlen Haus. In diesen stillen Stunden durfte ich zusehen, wenn Trudy, die vier Jahre älter war als ich, ihr langes glänzendes Haar mit exakt hundert Bürstenstrichen bearbeitete, und durfte ihre Filmzeitschriften durchblättern. Als richtige Freundin war sie zu alt für mich, aber sie war sehr nett zu mir. Durch sie lernte ich Lana Turner lieben, Hedy Lamarr, Veronica Lake, Robert Taylor, Tyrone Power, Errol Flynn und all die anderen makellosen Gesichter, die mir von den sepiafarbenen Seiten entgegensahen.

Zweimal in der Woche hielt hupend der Brotwagen am

Straßenrand und sorgte für große Aufregung. Wir liefen schnell hin, um zu sehen, was er mitgebracht hatte. Ich durfte mir jedesmal einen Muffin aussuchen. Am Samstagabend setzten wir uns alle in den Pick-up, fuhren in die Stadt ins Kino, und hinterher gab es noch Ice Cream Soda im Drugstore. An warmen sonnigen Nachmittagen schwammen wir in einem nahe gelegenen schilfumstandenen Weiher mit seidenweich glitschigem Untergrund und klarem, kühlem Wasser. Das Schwimmen fiel aus, wenn eine Wiese gemäht worden war und der Grasschnitt vor einem plötzlichen Sommergewitter in die Scheune gebracht werden mußte. Dann bündelten wir stundenlang schwitzend das stachlige Heu, die Männer und zwei zusätzlich angeheuerte Helfer luden es in den Pick-up und pendelten zwischen Wiese und Scheune, bis alles eingebracht war.

Von einem Aspekt des Landlebens allerdings wurde ich ferngehalten. Als ein Zuchtbulle auf die Farm kam, um eine der Kühe zu decken, schlossen die Goldenbergs mich im Haus ein, machten Türen und Fenster zu, und Frieda paßte auf, daß ich nicht von einem Fenster aus die geräuschvolle Prozedur verfolgte. Nicht, daß sie meinten, ich sei mit den allgemeinen Fakten der Fortpflanzung überfordert – sie fanden nur, daß die donnernde Gewalt so einer Paarung ein Kind in meinem Alter überwältigen und verschrecken könnte. Von dieser Ausnahme abgesehen, gehörte ich ganz zur Familie, und als sich im nächsten Jahr wieder die Gelegenheit bot, einen Monat auf der Farm zu verbringen, freute ich mich sehr. Zum erstenmal sah ich den Spruch meiner Mutter, daß sie ihr Leben hatte und ich meins, nicht als Ausgrenzung, sondern als Vorteil. Wenn bei dieser Trennung ein Monat auf der Farm herauskam, sollte es mir recht sein.

Das, was ich in diesen beiden Sommern erlebte und erfuhr, war für mich ideales Familienleben. Hier liefen die einzelnen Familienmitglieder nicht auseinander, um unterschiedlichen Tätigkeiten an unterschiedlichen Orten nachzugehen, wie das bei uns der Fall war, hier arbeiteten alle zusammen an einem Platz. So sollte es sein, fand ich, so fand ich es schön. Ich hätte mit Freuden jeden Sommer bei ihnen verbracht, aber für sie war das Landleben nicht so idyllisch, wie ich es mir vorstellte. Als der dritte Sommer kam, konnten sie, sosehr sie auch schufteten, von der Farm nicht mehr leben. Sie mußten ihren Traum aufgeben, die Farm verkaufen und wieder in die Stadt ziehen, wo Hermans Schwager ihn als Vertreter bei der Bürstenfirma Fuller unterbrachte.

In Connecticut hatte ich die Landschaft New Englands liebengelernt, besonders aber in der romantisierenden Version der bunten Bilder, die in der *Saturday Evening Post* erschienen. Jede Woche schnitt ich ein oder zwei aus und schmückte mein Zimmer mit sonnenbeschienenen Wiesen, Feldwegen, über die der Schatten knorriger Bäume fiel, malerischen Farmhäusern und unfaßbar ordentlichen Scheunen. Bald bildeten diese Bilder einen Fries, der sich, sorgsam mit Tesafilm befestigt, um das ganze Zimmer zog. Ich sehnte mich nach dem Leben, das ich in diese perfekten, puppenstubenkleinen Welten hineindachte, geschlossene Welten voller Geborgenheit. Hin und wieder forderten meine Eltern mich auf, Bekannten »meine Kunstgalerie« zu zeigen. Die schritten dann den Fries ab und äußerten vorsichtig zurückhaltende Bewunderung. Aber die belustigten Blicke, die sie tauschten, sagten mir, daß sie meine Vorliebe für diese Traumbilder ländlicher Harmonie nicht teilten.

Am späten Nachmittag mußten die meisten Kinder zu Hause sein, um sich vor dem Abendessen zu waschen, das üblicherweise um sechs stattfand. Ich mußte mich mit dem Essen gedulden, bis meine Mutter aus der Stadt zurück war. Sie hatte eine 40-Stunden-Woche und mußte morgens und abends über eine Stunde pendeln, so daß sie meist erst um halb sieben oder sieben zurückkam. Am frühen Abend, wenn meine Eltern beide fort waren, kam mir die Wohnung sehr verlassen vor. Ich deckte in der Küche den Tisch und hörte mir Radio-Seifenopern an wie *Captain Midnight* und *Jack Armstrong, All American Boy* und manchmal *Mary Noble, Backstage Wife.* Danach wußte ich nicht mehr, was ich mit mir anfangen sollte, lief griesgrämig durch alle Zimmer und wartete.

Eines Abends waren die Sendungen im Radio vorbei, auf der Küchenuhr war es Viertel nach sieben, aber meine Eltern waren noch nicht zurück. Allmählich wurde ich unruhig. Es war sehr still und einsam in der Wohnung. Ich versuchte zu lesen, konnte mich aber nicht konzentrieren. Ich schaute aus dem Fenster, das nach vorn hinausging, dort war aber außer den Häusern gegenüber nichts zu sehen. Dann ging ich zum Seitenfenster in meinem Zimmer. Wenn ich senkrecht nach unten sah, war da nur der schmale bewachsene Hang, der zu dem Hof hinter den Geschäften führte, auf dem Erna und ich spielten, aber wenn ich schräg über die Flachdächer spähte, konnte ich bis zu dem Block auf der anderen Seite der Riverdale Avenue sehen, wo der Bus aus der Stadt hielt. Ich holte mir einen Stuhl ans Fenster und setzte mich, die Arme aufs Fensterbrett gestützt. Ein Bus näherte sich, hielt und ließ Fahrgäste aussteigen. Erst als er langsam hügelauf rollte, konnte ich erkennen, daß mehrere einsame Gestalten in verschiedenen Richtungen davongingen und eine kleine Gruppe darauf wartete, die Straße zu überqueren. Aus dieser Entfernung war nicht auszumachen, ob meine Eltern darunter waren. Damals trugen Frauen wie Männer Hüte, und im Dämmerlicht wirkten alle Sachen dunkel und formlos. Als die Ampel umsprang, setzten sich die Passanten in Bewegung. Es waren wildfremde Leute. Enttäuscht wartete ich auf den nächsten Bus. Das Tageslicht schwand, aber ich machte das elektrische Licht nicht an, weil ich sonst draußen nichts erkannt hätte. Die Zeit schlich dahin. Die Busse kamen nur alle zehn Minuten. Um mir die Wartezeit zu vertreiben, sang ich. Das Blau des Himmels wurde dunkler. Die Straßenbeleuchtung ging an und zeichnete goldene Lichtkreise auf die Gehsteige. Ich wartete und trällerte die Schlager aus der Radio-Hitparade, die ich mit großem Interesse verfolgte. Jede Woche notierte ich gewissenhaft die neu aufgenommenen Songs, registrierte, wie sie allmählich aufstiegen und dann in der Beliebtheitsskala wieder absanken. Ich sang mich durch die Top Ten der letzten Wochen, »All or Nothing at All« und »The Last Time I Saw Paris«. Besonders liebte ich »When you wish upon a Star« aus dem wunderbaren Film *Pinocchio* und das melancholische »I'll Never Smile Again«, was mir besonders angemessen schien, wenn wieder ein

Bus den Hang hochrumpelte, hielt und weiterfuhr, ohne mir meine Eltern zurückzubringen.

Um meinen Vater machte ich mir keine Gedanken, bei ihm wußte man nie genau, wann er wieder auftauchen würde. Aber wo war meine Mutter? So spät war sie noch nie gekommen. Hatte es einen Unfall gegeben? War sie tot? Würde ich die ganze Nacht, vielleicht für immer allein bleiben müssen? Die Minuten dehnten sich. Der Himmel war jetzt ganz schwarz. Immer weniger Fahrgäste stiegen aus den fast leeren Bussen. Endlich, um halb neun, standen, als der Bus wieder anfuhr, zwei Frauen an der Bordsteinkante. Ich hielt den Atem an. Als sie sich in Bewegung setzten, erkannte ich in der einen meine Mutter. Danke, flüsterte ich ins Weltall hoch und stürmte die Treppen hinunter, ihr entgegen.

»Wo warst du denn? Es ist doch schon schrecklich spät«, stieß ich halb zornig, halb schluchzend hervor.

»Wir hatten eine Betriebsstörung in der U-Bahn. An der 125th Street haben wir fast eine Stunde zwischen zwei Bahnhöfen festgesessen.« Nach ihrem langen Tag sah meine Mutter blaß und müde aus. Ich war so froh, sie wieder bei mir zu haben, daß ich ihr den ganzen Abend kaum von der Seite wich.

Danach bezog ich häufig meinen abendlichen Beobachtungsposten am Fenster, wartete auf die Busse und vertrieb mir die Zeit mit Singen. War mein Vater um diese Zeit zu Hause, wartete ich, bis ich meine Mutter aussteigen sah, und rief: »Sie ist da!« Dann setzte er die Kartoffeln auf, die er geschält hatte. Meine Mutter machte einen Salat und briet Koteletts oder wärmte Reste des Sonntagsbratens auf, während ich die Bastsets auf den Küchentisch legte und hellgelbes Geschirr herausholte. Der Holztisch und die drei Stühle mit runden Sitzflächen und den gewölbten Rückenlehnen waren von der Heilsarmee, meine Mutter hatte sie dunkelblau gestrichen. Wenn das Essen fertig war, setzten wir uns und tauschten unsere Neuigkeiten aus. Für meine Eltern muß unsere beengte Küche ein armseliger Ersatz für vergangene Pracht gewesen sein, aber ich freute mich an den fröhlichen Farben und genoß unsere gemeinsamen Mahlzeiten.

Immer wieder gab es Störungen im U-Bahn-Betrieb, Buspannen und hin und wieder unvermeidliche Überstunden, so daß die Rückkehr meiner Eltern eine recht unsichere Sache war. Nicht immer packte mich die Angst, aber eine gewisse Anspannung blieb, und die Erleichterung, wenn eine von weitem erspähte Gestalt sich beim Näherkommen als meine Mutter oder mein Vater entpuppte, war jedesmal riesengroß. Jetzt war ich in Sicherheit, und der lange stille Nachmittag war überstanden.

Im Zweiten Weltkrieg war das Essen bekanntlich ein zentrales Thema für deutschsprachige Einwanderer nach Amerika. Zunächst, als alle arm waren, ging es nur darum, so viel zu verdienen, daß man sich satt essen konnte. Aber auch als sich die Verhältnisse besserten, blieb das Essen ein Gesprächsthema und erinnerte sie immer wieder an ihre Entwurzelung. Meine Eltern waren keine Ausnahme. Das amerikanische Essen in all seiner Fülle bereitete ihnen immer wieder Enttäuschungen. Das Obst sah aus wie gemalt, schmeckte aber nach nichts, es gab vorzügliches Fleisch, das aber in der amerikanischen Küche häufig ruiniert wurde, und die im Geschäft gekauften Backwaren waren katastrophal. Eine besondere Zumutung war das abgepackte schwammartige Weißbrot, das überall in den Regalen lag. Eßbar war nur das Roggenschnittbrot aus dem Feinkostgeschäft. Mit Kuchen und Torten war es nicht besser. Die Muffins, Plunderstücke und die mit grellbunten Rosen aus Zuckerguß verzierten Torten bezeichnete mein Vater als »chemische Keule«. Wenn die Emigranten ein wenig Geld hatten, leisteten sie sich Obsttorten und Petits fours, die fast so aussahen wie in der alten Heimat, von der Konditorei Eclair. Am Sandwich als einem schnellen Mittagsimbiß fanden sie allmählich Gefallen, aber abends wurde nach Rezepten aus der Jugend gekocht.

Was aßen wir? Frühstück und Mittagessen waren unkompliziert, denn diese beiden Mahlzeiten nahmen wir selten alle drei zusammen ein. Zum Frühstück gab es Brötchen mit Orangenmarmelade oder Honig, an den Wochenenden ergänzt durch weichgekochte Eier. (Setzeier oder Rührei mit Speck zählten als einfaches, aber ausreichendes Abendessen, nicht aber als Frühstück.)

Zum Mittagessen gab es Käse oder Aufschnitt auf Roggenbrot oder Pumpernickel für meine Eltern, für mich Thunfisch- oder Eiersalat auf Weißbrot.

Unsere Hauptmahlzeit war das Abendessen, das wir, wenn nicht gerade Besuch da war, gemeinsam am Küchentisch einnahmen. Da gab es Wiener Schnitzel mit Petersilienkartoffeln und gewürfelten Möhren; Steaks mit Bratkartoffeln, grünem Salat mit einem Dressing aus Öl, Zitrone und einem gehäuften Teelöffel Zucker; Kalbsbraten mit Kartoffelbrei und Soße, zarten Erbsen aus der Dose und Apfelmus; Enten- oder Gänsebraten oder Brathähnchen mit Backofenkartoffeln, sehr weich gekochtem Rosenkohl oder Kohlrabi; Schmorbraten, Kartoffelklöße und Rotkohl; Rouladen mit Kartoffeln (ein Essen ohne Kartoffeln war undenkbar). Und zum Nachtisch Palatschinken, Schokoladenpudding mit Schlagsahne, Schichtkuchen aus der Bäckerei an der Ecke, Petits fours von Eclair.

Als Kind aß ich vieles davon gern, aber als ich älter wurde, gab sich das. Bei mir zu Hause koche ich so etwas kaum, und als ich neulich meine erwachsene Tochter bat, mir die Gerichte aufzuzählen, an die sie sich aus ihrer Kindheit erinnerte, stand auf der Liste keins von denen aus Europa. Offenbar ändern sich beim Übergang von einer Kultur zur anderen auch die Eßgewohnheiten.

Auch der persönliche Geschmack spielte eine Rolle. Um manche Gerichte, die meine Eltern liebten, drückte ich mich, wo ich nur konnte: Szegediner Gulasch, das mir zu scharf und zu orangefarben war; Hammelfleisch mit Bohnen, weil ich mich vor den Knochen und den Bohnenfäden ekelte; Bratensoßen, in denen durchsichtige Zwiebelstückchen schwammen; Sahnemeerrettich (frisch geriebener Meerrettich mit ungesüßter Schlagsahne), eine Spezialität meiner Mutter, die unsere Gäste genüßlich verspeisten, die aber für mich eine Tortur war; jüdisches Roggenbrot (ich mochte keinen Sauerteig); Bückling oder Räucheraal, der in Wachspapier ins Haus kam (war fett und roch schlecht); Honig (klebrig und mit einem seltsamen Beigeschmack). Kaffee. Ginger Beer. Selters.

Dafür aß ich Sachen, die meine Eltern nicht anrührten.

Schokoladensandwich (Butterbrot mit Schokoladenbröseln); Mayonnaise- oder Ketchupbrote (die man sich rasch mal machen konnte, wenn niemand zu Hause war); Wonderbread (weich, fad, geschmacksneutral); Brownies mit Nüssen und Schokoladenüberzug aus der Bäckerei; Kakao, Coca-Cola, Milch.

An viele amerikanische Lebensmittel gewöhnten wir uns zwar, aber sie kamen nie ins Haus, etwa Erdnußbutter (das erste Brot mit Erdnußbutter und Gelee habe ich erst als Erwachsene gegessen), abgepackte Frühstücksflocken, Pfannkuchen, Waffeln oder bißfeste Gemüse (bei uns wurde Gemüse so lange gekocht, bis es zu einem wohlschmekkenden Mus geworden war).

Jeder von uns aß manches besonders gern, tolerierte anderes und lehnte bestimmte Sachen schlichtweg ab, aber schon damals wußte ich, daß geschmackliche Vorlieben ein Luxus waren. 1939 waren wir bitterarm, aber bald hatten wir, auch wenn unser Einkommen weiter schwankte, genug zum Leben. Wenn die Tantiemen nur tröpfelten oder ganz ausblieben, mußte meine Mutter beim Lebensmittelhändler anschreiben lassen und die Miete schuldig bleiben. Aber Essen hatten wir immer auf dem Tisch, und zwar keine Bettelportionen, sondern gute, abwechslungsreiche Kost, bei der sowohl kulturelle Vorlieben als auch persönliche Macken zu ihrem Recht kamen.

Als Zehnjährige ging ich einmal den Hang der Riverdale Avenue hinunter zur Schule. Ich hatte mich in dem üblichen Streit mit meiner Mutter über die Notwendigkeit warmer Strümpfe bei kaltem Wetter durchgesetzt und trug meine

Kniestrümpfe. Die eisige Luft strich mir um die nackten Beine, aber ich freute mich, daß ich aussah wie die anderen Mädchen in der Schule. Gewöhnlich drängten sich, wenn ich morgens unterwegs war, Autos und Busse auf der Straße, heute aber war der Verkehr zum Erliegen gekommen. Still lag die Welt unter dem Schleier des stetig fallenden Schnees. Der noch nächtlich dunkelblaue Himmel wurde allmählich heller, weit und breit war alles weiß, nur um die Straßenlaternen herum verwandelte das Licht die Flocken in tanzende Funken. Ich legte mir im Kopf ein Gedicht über den Schnee zurecht und paßte dabei das Metrum dem Rhythmus meiner Schritte an: ein Gedicht über den Schnee, der sich über die Welt legte und die Menschen tröstete, indem er alles Häßliche weich und weiß und schön werden ließ.

Als ich in meiner Klasse angekommen war, klappte ich meinen Pultdeckel auf, holte das Schulheft mit dem schwarzweiß marmorierten Umschlag heraus und schrieb mein Gedicht hinein. Dann zeigte ich es der Lehrerin. Sie las es der Klasse vor, und alle hörten ehrfürchtig schweigend zu. Ich genierte mich, war aber auch sehr beglückt. In so einem Moment hatte ich nichts dagegen, anders zu sein als die anderen. Meine Lehrerin meinte, die beiden letzten Zeilen könnten noch ein wenig verbessert werden, und fügte als eigenen Gedanken an, die Schönheit des leisen Schneefalls bedecke den Schmerz »zahlloser Millionen, die so leiden«. Die Wendung machte mir Eindruck, und ich notierte die beiden Zeilen in meinem Heft.

Abends las ich das Werk meinen Eltern vor. Sie waren beide stolz auf mein erstes Gedicht in englischer Sprache.

Mein Vater ließ es sich in meinem Schulheft zeigen. Warum ich die beiden letzten Zeilen ausgestrichen und neu geschrieben hätte, wollte er wissen, und ich erklärte ihm, daß sie von meiner Lehrerin stammten.

Und dann sagte mein Vater, Komponist, Librettist und Dichter, sehr ernst: »Sie hat es gut gemeint, aber sie hätte dir nicht dreinreden dürfen. Ihr Text ist banal, dein Schluß war besser.«

Dein Schluß war besser... War das der Augenblick, in dem ich beschloß, Schriftstellerin zu werden? Oder kam das schon früher, als der Gang durch den Schnee mich zu einem Gedicht angeregt hatte?

Ab 1941 mußten alle Juden im Dritten Reich einen fest an die Überbekleidung genähten gelben Davidstern tragen. Mit diesem Gesetz hatten sich die Nazis bei einer jahrhundertealten antisemitischen Tradition bedient. 1215 machte die katholische Kirche, um die Teilhabe der Juden am normalen Leben zu beschneiden, eine Anleihe bei einer noch älteren Vorschrift des Islam und verordnete den Juden als »Zeichen der Schande« eine besondere Kennzeichnung, meist in Form eines gelben Kreises als Symbol für die Liebe der Juden zum Gold. In vielen Orten kam noch ein gelber Spitzhut dazu. Wie schon im Mittelalter hatten diese Bestimmungen auch jetzt weitreichende Folgen für die Juden, denn sie führten zu sozialer Isolation und machten sie zu einem leichten Ziel für feindselige Übergriffe.

Wie alle Kinder hörte ich gern Geschichten aus der Jugend meiner Eltern. Am leichtesten ließ sich meine Mutter zum

Sprechen bewegen, wenn sie beim Nähen war. Dann zog ich mir einen Stuhl heran und sagte: »Wie war das, als du ein kleines Mädchen warst?« An den Geschichten, die sie mir dann erzählte, konnte ich mich nicht satt hören. Ihre Erinnerungen gingen zurück bis zu ihrem zweiten Lebensjahr, als sie mit einem großen weißen Sonnenhut unter einem Zaun hindurch aus dem Garten in ein Feld gekrabbelt war. Ihre Mutter sah von einem Fenster aus den kleinen weißen Punkt, holte sich die Tochter zurück und versohlte sie.

Mit vier oder fünf ließ meine Mutter sich von ihrem Vater gern im Kreis herumschwenken. Eines Tages rutschte sie ihm aus den Händen und prallte gegen einen Türrahmen. Bei dem Unfall brach sie sich die Nase, die von da an den charakteristischen breiten Sattel hatte.

Als Sechsjährige war sie mit ihrer Schwester Lotti unterwegs. Sie sahen zwei Straßenbahnen zu, die in entgegengesetzter Richtung aneinander vorbeifuhren, und Elsbeth brachte Lotti auf die Idee, sich auf den schmalen Mittelstreifen zu stellen und dort auf die nächsten beiden Straßenbahnen zu warten. Eine entsetzte Passantin bekam die kleinen Mädchen noch zu fassen und schleuderte sie an den Straßenrand. Fünf Minuten mit viel Blut, Schmutz und Tränen folgten, aber die Kinder waren in Sicherheit. Auch diesmal setzte es Prügel. Meine Mutter ließ, wenn sie diese Geschichte erzählte, keine Spur von Reue erkennen, sie hatte offenbar Spaß an ihrer Missetat gehabt.

Auch die Geschichte, wie sie mit zehn den Kaiser mit seinem Gefolge gesehen und sich über seine Privilegien geärgert hatte, liebte ich. »Warum darf er in einer goldenen

Kutsche sitzen und ich nicht?« hatte sie damals gefragt, und auch später hat sie nie eine schlüssige Antwort darauf gefunden.

Als sie vierzehn war, kam ihr Vater in das Sanatorium, in dem er zwei Jahre später starb. Die Familie mußte notgedrungen bei den verhaßten Großeltern unterkriechen. Aber schon als junges Mädchen hatte meine Mutter einen guten Blick für alles Modische. Sie hatte zwar kein Geld, konnte aber gut nähen und hatte schon damals eine dramatische Ader. Eine einfache weiße Bluse hatte sie auf einer Seite gerafft, so daß die nackte Schuler zu sehen war. Dazu trug sie einen Hut mit Federn an jeder Seite, die aussahen wie Flügel. Als sie sehr zufrieden mit ihrem Aussehen an einer Gruppe Berliner Bauarbeiter vorbeikam, die bekanntlich rauh, aber herzlich waren, rief einer seinem Kumpel zu: »Kiek ma, gleich hebt se ab!«

Über diese Bemerkung konnte sich meine Mutter noch nach Jahren amüsieren. Die Szenen aus ihrer Jugend, die mich als Kind bezauberten, hatten sich ihrem Gedächtnis unauslöschlich eingeprägt. In einem so reichen, abwechslungsreichen Leben waren es die kleinen persönlichen Erlebnisse, die sie auch in ihren letzten Jahren nie vergaß. Daß in ihren Geschichten die Politik nicht vorkam, als ich klein war, ist verständlich, aber auch später war das nicht der Fall. Die geschichtlichen Umwälzungen – Revolutionen, Kriege, globale Machtverschiebungen – krempelten ihr Leben und das ihrer Familie von Grund auf um, alle ihre späteren Erfahrungen waren in diesem Zusammenhang zu sehen. Sie war sich dieser Tatsache bewußt, aber wenn sie unmittelbar aus ihrem Leben erzählte, spielte die Ideologie nur eine untergeordnete Rolle. Weit wichtiger waren die kleinen Triumphe einer sich allmählich entwickelnden eigenständigen Persönlichkeit und die Reaktionen von Mitmenschen, die sie geliebt und gehaßt, an denen sie gehangen und die sie verloren hatte.

Manchmal durfte ich dabeisein, wenn mein Vater Freunde mit Geschichten aus seiner Jugendzeit unterhielt. Sein Vater hatte ein Zirkusorchester dirigiert und dadurch Robert eine herrlich aufregende frühe Kindheit beschert. »Als kleine Jungen haben wir uns viel im Zirkus herumgetrieben«, begann er. Die Gruppe in unserem Wohnzimmer wartete in gespanntem Schweigen auf seine Erzählungen, in denen sich stets Dichtung und Wahrheit vermischten. »Einmal spielten wir in einer der Manegen mit Murmeln im Sand, während mein Vater mit dem Orchester einen Tusch probte, der den Auftritt der Zirkuspferde ankündigen sollte. Die Blechbläser setzten zu einem eindrucksvollen Crescendo an – tara tara tara –, und die breiten Türen an einer Seite der Manege öffneten sich. Henry und ich hockten im Sand und waren in unser Spiel vertieft, mein Vater stand mit dem Rücken zu uns vor dem Orchester, aber zwei Arbeiter sahen uns, stürzten hin und zerrten uns aus der Manege. Wir waren empört und wehrten uns tretend und zappelnd. Als plötzlich vierzig Zirkuspferde an uns vorbeidonnerten, haben wir doch recht dumme Gesichter gemacht.« Alles lachte, aber ich schauderte bei der Vorstellung, daß sie nur mit knapper Not davongekommen waren.

»Wir haben uns oft frei unter den Zirkustieren bewegt«, fuhr mein Vater fort. »Henry hatte besonders eine Giraffe ins Herz geschlossen, die nachmittags immer ein Schläfchen machte; dann legte Henry oft zärtlich die Arme um sie. Eines Tages aber stand die Giraffe auf, und mein kleiner Bruder baumelte ihr am Hals.«

Roberts Zuhörer lächelten über dieses Bild. »Und dann?« fragte ich atemlos.

»Er ist einfach runtergerutscht, bis er wieder festen Boden unter den Füßen hatte. Aber von da an hat er sich dieser Giraffe gegenüber mit seinen Zärtlichkeiten etwas zurückgehalten.«

Robert hielt inne, um sich eine Zigarette anzuzünden, und fuhr dann in seinen Zirkusgeschichten fort. Irgendwann durften die Knirpse auf einem Elefanten reiten. Der Dompteur führte den Elefanten langsam durch die Manege, und die Jungen saßen in der Howdah auf seinem Rücken. Plötzlich entdeckte der Elefant ein offenes Tor und entschloß sich zu einem kleinen Ausflug. Er setzte sich in Trab, die Jungen klammerten sich an die rüttelnde Howdah, und der Dompteur und alle anderen Zirkusleute rannten hinterher. »Es war eine muntere Hatz«, sagte mein Vater, »aber schließlich hatte der Elefant genug davon, blieb unter einem Baum stehen und fraß die Blätter ab, bis der Dompteur und die anderen ihn eingeholt hatten. Alle keuchten und prusteten nach dieser Verfolgungsjagd, sogar der Elefant. Dann führten sie ihn zurück in seinen Verschlag, und wir stiegen ab.«

Die Gäste hatten ihren Spaß. Sie tranken ihren Kaffee und hofften auf mehr.

»Ja, das war eine herrliche Zeit«, stellte mein Vater abschließend fest, »genaugenommen war sie schöner als alles, was danach kam. Mein Vater wurde reich und berühmt, und wir zogen in die Wannseevilla. Er gab große Essen und lud sich Prominente ein, aber das war nichts für mich, ich fand das snobistisch und öde. Diese Langweiler waren gar nicht wie richtige Menschen. Sie wollten sich nur wichtig machen – mit ihrem Besitz, ihren Häusern, ihrem Schmuck, ihren Autos. So wollte ich mal nicht werden. Zur Bar-Mitzva schenkte mir mein Vater eine Smokingjacke mit kurzer Hose, ein erstaunliches Ensemble, und einen Brillantring, den ich prompt am nächsten Tag verlor. Ich habe nie wieder Schmuck getragen.«

»Aber du hättest nichts dagegen, wenn Elke ein paar Brillanten hätte, was?« fragte jemand.

»Schöne Frauen dürfen funkeln, das haben sie verdient«, räumte mein Vater ein.

Über das Netzwerk der Flüchtlinge erreichten meine Eltern 1941 immer wieder alarmierende Nachrichten von Verhaftungen und Deportationen einer immer größeren Zahl von Juden. Daß der Hitler-Stalin-Pakt zerbrochen war, machte zwar ein wenig Mut, aber Amerika hielt sich aus dem Krieg immer noch heraus. Dann kamen der Überraschungsangriff auf Pearl Harbor und Roosevelts berühmte Rede zum »Tag der Schande«. Die Vereinigten Staaten erklärten den Achsenmächten Deutschland, Italien und Japan den Krieg. Rußlands Kehrtwendung und der Eintritt Amerikas in den Krieg erleichterten all jene, die Hitlers Expansionskrieg verfolgt und unter ihm gelitten hatten. Noch etliche Jahre wurde weitergekämpft, noch viele Schlachten sollten gewonnen und verloren werden, viel menschliches Leid entstehen, aber daß Amerika sich den Alliierten anschloß, war der sehnsüchtig erwartete Wendepunkt für den Krieg in Europa. Im Winter 1941/1942 gipfelte Hitlers unselige Entscheidung, Rußland zu überfallen, in dem Verlust von über einer Million deutscher Soldaten.

Besonders die Nachricht von der verlorenen Schlacht bei Stalingrad belastete die Flüchtlinge sehr. Zu dem Kummer und Entsetzen angesichts der Zerstörung, die Hitler über das Land ihrer Geburt gebracht hatte, kam nun noch die Trauer über den Tod so vieler junger Menschen. Ihre ganze Hoffnung setzten sie jetzt auf einen Sieg über Hitlerdeutschland und eine Vernichtung seines verbrecherischen Regimes.

Fast ihr ganzes Leben lang war meine Mutter sehr stolz auf ihren Körper oder besser gesagt auf das, was sie daraus gemacht hatte. Nach meiner Geburt hatte sie sich für eine Brustverkleinerung entschieden, weil ihr Busen nicht ihrem Schönheitsideal entsprach. Mit Ende Dreißig, als es bestimmt noch nicht nötig gewesen wäre, hatte sie sich auf Vorschlag eines Pariser Bekannten, der sich gerade zum Schönheitschirurgen ausbilden ließ, das Gesicht liften lassen. Ansonsten war sie mit ihrem Körper zufrieden, hätte es wohl aber gern gehabt, wenn mehr Menschen ihn hätten sehen können, um ihr entsprechende Komplimente zu machen. Ein wenig trauerte sie den Zeiten nach, in denen große Damen, wie ihr Idol, die französische Kurtisane Ninon de l'Enclos, Freunde und Bekannte zum *lever* in ihr Boudoir baten. Weil so etwas heutzutage leider nicht mehr üblich war, verbrachte sie einen Großteil des Tages zumindest halb oder ganz unbekleidet.

Wenn sie vormittags nicht aus dem Haus gehen mußte,

trug sie bis zum Mittag ein fast durchsichtiges Nachthemd und/oder Negligé und hochhackige goldene Pantöffelchen. Dann duschte sie, schminkte sich, zog einen transparenten BH, Höschen und Strümpfe an, klackte, nach wie vor in Hauspantöffelchen, in der Wohnung umher und überlegte, was sie anziehen sollte. Es dauerte Stunden – jedenfalls kam es mir so vor –, bis sie endlich, endlich ein Kleid anhatte. Sie dachte sich überhaupt nichts dabei, dürftig bekleidet an offenen Fenstern vorbeizugehen, sich mit dem Briefträger zu unterhalten, der unten auf der Straße stand, mit meinem Vater zu plaudern, Staub zu wischen, zu frühstücken, Zeitung zu lesen, zu nähen und zu erledigen, was der Vormittag sonst noch brachte.

Oft durfte ich zu ihr ins Badezimmer, wenn sie geduscht hatte. Dann erzählte ich ihr, was mich beschäftigte, während sie sich – ohne einen Faden am Leib – auf ihr Aussehen konzentrierte und mir nur hin und wieder mit einem zerstreuten Hm … Hm … antwortete. Ich weiß nicht, ob ihr tatsächlich nicht bewußt war, daß sie nackt herumlief, ob es sie nicht kümmerte oder ob sie überhaupt wußte, wie der unbekleidete Körper eines Elternteils auf ein Kind wirkt. Auf jeden Fall genoß sie es. Ich hockte dann auf dem Toilettensitz und sah zu, wie sie sich abtrocknete und puderte und sich vor mir zur Schau stellte, aber die Wirkung war nicht so, wie sie es sich wohl gedacht hatte. Ich fand diese nackte erwachsene Frau zwar faszinierend, ihre Körperlichkeit aber erdrückend. Damals war ich eine kleine Puritanerin, meine Ideale waren Bescheidenheit und Zurückhaltung. Meine Mutter aber warf sich bewußt in Positur, und wenn sie ihre goldenen Locken gekämmt hatte, fuhr sie mit dem Kamm auch durch das hellbraune Schamhaar. »Zum Auflockern«, erläuterte sie lachend – man hätte denken können, es sei eine Lektion in Körperpflege –, wenn sie meinen ernsten gesammelten Blick sah. Sie wollte wohl, daß ich ihr sagte, wie schön ich sie fand, daß ich mich auf die Zeit freute, in der auch ich mich so würde »verschönern« können. Ich aber fand ihre sommersprossige Haut mit den grünlichen Adern weiß und schwabbelig, kein Vergleich mit den glatten gebräunten Körpern meiner gleichaltrigen Freundinnen. Um die Ohren herum hatte sie durchscheinende weiße Narben, über ihren Bauch zog sich ein hellbrauner Strich, und unter jeder Brust saß ein weißer Knubbel. Sie konnte diese Male von oben kaum erkennen, aber ich sah sie von meinem Beobachtungsposten aus ganz deutlich. Für mich war ihr Körper nicht schön, sondern fast beängstigend, und ich war immer heilfroh, wenn sie sich mittags ankleidete.

Für den nackten Körper meiner Mutter konnte ich mich nicht begeistern, aber ihr morgens noch ungeschminktes Gesicht sah ich gern. Ohne Make-up war es blaß und mit ein paar Sommersprossen getüpfelt, ein freundliches Gesicht mit einem natürlichen, herzlichen Lächeln und grünen Augen, in denen goldene Punkte waren. Doch dieses Gesicht dekorierte sie noch hingebungsvoller als ihren Körper. Einmal, als ich ihr bei diesem Ritual zusah, sagte ich: »Dein eigenes Gesicht mag ich am liebsten, Mami. Du siehst so hübsch aus ohne Make-up, kannst du es nicht heute mal weglassen?« Sie lachte nur. »Das würde dir bestimmt nicht gefallen, da sehe ich ganz blaß und müde aus.« Dann machte sie sich mit ihren Pinselchen und Stiften an die Arbeit wie eine Künstlerin, mischte Farben, Puder und getönte Hautcreme.

»Man muß sich immer bei Tageslicht schminken«, belehrte sie mich, während sie im Spiegel ihr Gesicht musterte. »In künstlicher Beleuchtung wirkt man hübscher, aber da sieht man nicht, was man macht. Die richtige Hautfarbe kriegst du nur in hellem Morgenlicht hin.«

Foundation, zwei Schattierungen von Rouge, Lidschatten, mit winzigen Bürstchen aufgetragene Wimperntusche, eine silberne Zange, die den Wimpern den richtigen Schwung gaben, eine raffinierte Puderkomposition und dann ein neuer Mund, der zunächst mit einem dunkelroten Konturenstift nachgezogen, dann mit rotem, weißem und rostfarbenem Lippenstift ausgefüllt und mit einem Kleenex-Kuß fixiert wurde. Das fertige Werk – die Augen grün und tigergoldfarben, der Mund ein perfektes Rot, ebenmäßige weiße Zähne, glänzend goldenes Haar – war eine schimmernde Wehr, die das schlichte sanfte Gesicht darunter vor der Welt verbarg. Schnell wurde dann die Überkleidung angelegt, dazu zwei goldene Armbänder, ein Schlangenring, eine dreireihige Perlenkette. Noch einmal rasch durch die Haare gefahren, ein breites Lächeln in den Spiegel, um zu prüfen, ob kein Lippenstift an den Zähnen war, und unser Tête-à-tête war zu Ende. Nachdem meine Mutter in dem langen Spiegel des Dielenschranks noch den Sitz der Strumpfnähte kontrolliert hatte, war sie bereit für ihren Auftritt.

5

Freunde, Bekannte, Religion

Ich durfte zwar Freundinnen in unsere Wohnung einladen, aber wenn wir die strikten Ermahnungen zur Ruhe vergaßen, durch die Räume tobten oder in der Küche anfingen zu kichern, kam mein Vater aus seinem Arbeitszimmer und trauerte einer Melodie nach, die wir ihm aus dem Kopf getrieben hatten. Deshalb verbrachte ich meine Freizeit lieber auf der Straße, und den meisten Kindern, die in kleinen Wohnungen lebten, ging es ähnlich. Doch als ich in der fünften Klasse war, lernte ich Lillian Pennington kennen, die gerade in ein Mietshaus in der Nähe gezogen war. Sie kam in meine Klasse, und wir hatten nun den gleichen Schulweg. Sie war ein hübsches Mädchen mit haselnußbraunen Augen und blondem Haar. Wenn ich sie sah, mußte ich unwillkürlich an die Weizenfelder Iowas auf meinem Fries denken, aber ihre Familie war aus einer kleinen verrußten Wohnung von Manhattan nach Riverdale gezogen. Die Eltern arbeiteten noch in der Stadt und waren deshalb den ganzen Tag außer Haus. »Willst du mit zu mir?« fragte Lillian eines Tages, als wir von der Schule kamen.

»Ich müßte aber meinem Vater Bescheid sagen«, meinte ich zögernd. Er würde sicher nichts dagegen haben, aber ich wollte nicht, daß er sich Sorgen machte, wenn ich nicht zur gewohnten Zeit von der Schule heimkam.

»Okay«, sagte Lillian. »Wir haben Telefon.« Das war also geklärt.

Lillian wohnte im zehnten Stock eines großen Mietshauses mit Fahrstuhl. Auch die Wohnungen waren moderner geschnitten als unsere. Sie bestanden nicht aus einer Reihe schuhkartonähnlicher Räume für unterschiedliche Funktionen, sondern man betrat, wenn man hereinkam, unmittelbar einen großen Wohn-Eß-Bereich mit einer kleinen offenen Küche. Über einen kurzen Gang kam man zum Badezimmer und zum Elternschlafzimmer. Wir warfen einen Blick hinein, aber außer einem glänzenden Spiegel konnte ich nicht viel erkennen, weil die Rollos heruntergelassen waren. Das Zimmer wurde während der Abwesenheit der Eltern immer abgedunkelt und war offenkundig verbotenes Terrain, ansonsten konnte sich Lillian in der ganzen Wohnung frei bewegen. Sie selbst schlief auf dem Sofa im Wohnzimmer und packte jeden Morgen ihr Bettzeug in den Dielenschrank, in dem auch ihre Kleider hingen.

Auf einem niedrigen Tischchen lagen ein paar Zeitschriften, aber anders als bei mir zu Hause gab es weder Bücherregale noch Bücher. Statt dessen lagen auf dem Eßzimmertisch stapelweise Broschüren.

»Was ist denn das?« wollte ich wissen.

»Die gehören meinem Vater.«

Ich ging näher heran. Auf über der Hälfte der Broschüren war Jesus Christus zu sehen. Jesus mit langem Haar und in Farbe, Jesus in voller Größe mit einem Lamm auf dem Arm, Jesus, der mit ausgestreckten Händen eine Schar blonder lockenköpfiger Kinder segnete, Jesus ganz nah, von Licht umflossen – ein Bild, das ich schon mal irgendwo gesehen hatte –, mit hellbraunem gewelltem schulterlangem Haar und blauen Augen. Daneben gab es Heftchen mit Überschriften wie »Jesus heilt unsere Sünden« – »Kehre um, Jesus wartet« oder »Gott liebt dich«.

»Ist dein Vater Pfarrer?« fragte ich beklommen. Weil wir nicht wie andere Familien zur Kirche gingen, hatte ich immer ein mulmiges Gefühl, wenn von Religion oder der Kirche die Rede war.

»Ja«, bestätigte sie stolz. »Er ist Hochwürden Arthur Daniel Diestersack Dingley Dingley Pennington.« Sie grinste.

»So viele Namen …«, staunte ich. »Arthur Daniel …«

»Diestersack Dingley Dingley Pennington.« Wir sangen es im Duett. Erst langsam: »Arthur Daniel Diestersack…«, dann immer schneller, im Takt zuckend und zappelnd – »Dingley Dingley Pennington« –, bis wir lachend aufs Sofa plumpsten.

»Was macht er denn mit den vielen Broschüren?«

»Er bringt sie unter die Leute. Früher hat er sie in der U-Bahn verteilt, aber das haben sie ihm verboten, deshalb steckt er sie jetzt in die Hausbriefkästen. Manchmal helfe ich ihm.«

»Könnte er sie nicht einfach den Leuten geben, wenn sie in die Kirche kommen?«

»Im Augenblick hat er keine.«

Ich hatte noch nie von einem Pfarrer ohne Kirche gehört, aber in Sachen Religion war ich eben sehr unbedarft. Daß er keine Kirche hatte, hielt Hochwürden Arthur Daniel Diestersack Dingley Dingley Pennington offenbar nicht von seiner Mission ab, die Sünder zu Jesus zurückzuführen. »Arbeitet er denn als Briefträger, weil er diese Sachen austrägt?«

»Nein, das macht er nur an den Wochenenden, an den übrigen Tagen muß er arbeiten. Er ist U-Bahn-Schaffner. Aber nur vorübergehend«, setzte Lillian rasch hinzu, »weil er Geld für unseren Lebensunterhalt verdienen muß. Nur bis er eine Kirche bekommt.«

Ich nickte, Verständnis heuchelnd, obwohl ich mir beim besten Willen einen Pfarrer, einen doch sicher unheimlich frommen Mann, nicht als U-Bahn-Schaffner vorstellen konnte. Aber Lillian hatte offenbar erst mal genug von den Traktaten ihres Vaters. »Komm, wir spielen Monopoly«, sagte sie und kramte im Schrank nach der Schachtel mit dem Spiel.

Später lernte ich dann Hochwürden Pennington kennen, der mich sehr enttäuschte. Er sah nicht unheimlich fromm aus, sondern nur ausgesprochen nichtssagend und blaß und teigig von der Arbeit ohne Tageslicht. In dem dunklen Haar hatte die Dienstmütze am Hinterkopf eine Delle eingedrückt, die nicht mehr wegging. Seine Traktate lernte ich näher kennen, als Lillian und ich ihm beim Falten und Stapeln halfen. Obwohl man ihn schon mehrmals auf sehr unerfreuliche Art und Weise aus Hausfluren verjagt hatte, weil er die Briefkästen vollstopfte, widmete Mr. Pennington sich unverdrossen dem Werk des Herrn. Ich merkte, wie sehr ihm das am Herzen lag, besonders weil er fast jeden Tag sah, wie sich in der U-Bahn unter seinen Augen Sünder der Lüsternheit und der Unzucht hingaben; aber in dieser Situation das Werk des Herrn zu tun kam mir einigermaßen peinlich vor, und ich beneidete Lillian nicht um ihren Vater. Familien, die sonntags zur Kirche gingen, fand ich bewundernswert, und an den Wochenenden zweifelhafte Traktate über Sünder in Briefkästen zu stecken schien mir keine gute Alternative.

Im Lauf der Zeit wurde der Bekehrungseifer ihres Vaters Lillian zunehmend peinlich. Er hatte noch immer keine eigene Kirche, und als wir anfingen, uns für Jungen zu interessieren, verstärkte sich Lillians Unbehagen über die ambulante Seelsorgertätigkeit ihres Vaters. Als seine Route ihn durch das Viertel führte, in dem Billy Morgan wohnte, rebellierte sie und ließ sich ein paarmal dazu hinreißen, ihren Vater anzuschreien, aber Mr. Pennington setzte seine einsamen Touren unverdrossen fort. Recht ehrbar anzusehen in dunklem Anzug mit Krawatte und schwarzer Aktentasche, ging er herum und steckte im Umkreis von vielen Kilometern seine Traktate in die Briefkästen. Da half es nichts, daß seine Tochter ihn anflehte, Gegenden auszulassen, in denen sie Bekannte hatte. Wie gräßlich, wenn man sie gefragt hätte: »Hab ich da nicht neulich deinen Vater gesehen?«

Als kleines Mädchen in Europa war mir kaum aufgefallen, daß ich keine religiösen Bindungen hatte, und es hätte mich wohl auch nicht weiter bekümmert, aber in Riverdale machte mir diese Tatsache nun doch zu schaffen. Es war sicher keine spirituelle Suche, die mich umtrieb, aber ich spürte deutlich, daß wir in dieser Beziehung anders waren als andere Familien. Daß Mr. Penningtons Fanatismus nicht die Norm war, hatte ich sehr schnell begriffen, aber ich wünschte mir sehr, zu jenem stark von Frömmigkeit geprägten Kulturkreis zu gehören, den ich in verklärter Form aus Filmen und Zeitschriften kannte. Dabei wußte ich von religiösen Bräuchen so gut wie nichts. Die Brutalitäten des Sowjetregimes hatten in den dreißiger Jahren meine Eltern – wie so viele frühere Kommunisten – abgestoßen und mit Entsetzen erfüllt, aber in der Rückkehr zum Glauben vermochten sie kein Heilmittel gegen die menschliche Grausamkeit zu sehen. Auch die Religion selbst hatte ja ihre Geschichte der Kriege und Verfolgungen. Ich hatte deshalb keinerlei religiöse Unterweisung bekommen und fühlte mich jetzt in unserem Viertel unwissend und angreifbar. Andererseits war Lillian mit ihrem frommen Eiferer als Vater nicht besser dran als ich mit Eltern, die keiner Religionsgemeinschaft angehörten. Wir wollten beide einfach so sein wie die anderen Kinder, die wir kannten.

Ende 1941 hatten die Juden schon lange Jahre der Verfolgung, der Verhaftungen und Verschleppung in Konzentrationslager hinter sich. Mehr als 700 000 Juden waren bereits erschossen worden, aber die Erschießungen waren langwierig und belasteten die Männer, die dafür eingeteilt wurden. Unter Richard Heydrichs Leitung hatten Techniker der ss Giftgas getestet, mit dem man Tötungen in größerem Maßstab durchführen konnte. Im Juni jenes Jahres war mit dem Bau großer Gaskammern in Auschwitz begonnen worden.

Im Januar 1942 kam das Oberkommando der ss in Wannsee zusammen, in ebenjenem vornehmen Berliner Vorort, in dem mein Großvater einst eine Villa besessen und in dem mein Vater und mein Onkel aufgewachsen waren. Die sogenannte Wannsee-Konferenz – bei der Adolf Eichmann Protokoll führte – legte die Strategie für die Vernichtung der gesamten jüdischen Bevölkerung fest. Eichmann erklärte später, die Endlösung der Judenfrage hätte darin bestanden, Giftgas zur Tötung einzusetzen. Im Juni 1942 begannen die geheimen Massenvergasungen in Auschwitz.

Wie mit Mischlingen zu verfahren war, wurde erst nach einer Debatte darüber entschieden, ob die »Endlösung« auf Halbjuden ersten Grades ebenso anzuwenden sei wie auf Volljuden. Man einigte sich schließlich, diese Halbjuden zu sterilisieren, um eine weitere rassische »Verschmutzung« des deutschen Volkes zu verhindern.

Bei schönem Wetter wanderte mein Vater, wenn er nachmittags nicht nach Manhattan fuhr, gern über den Henry Hudson Parkway zu den Grünflächen am Hudson River. Manchmal nahm er mich mit, ließ mich an seinen Gedanken teilhaben und unterhielt sich mit mir. Bei einem dieser Spaziergänge fragte ich ihn, warum wir nicht zur Kirche gingen wie andere Familien. Die meisten Leute, die in die Kirche gingen, erklärte er, glaubten an ein allmächtiges Wesen, das die Welt erschaffen hatte und sich um alles kümmerte, was auf ihr geschah. Nach ihrem Tod, glaubten sie, würde Gott sie an einen schrecklichen Ort schicken, der sich Hölle nannte, wenn sie in ihrem Leben etwas Böses getan hatten, oder in ein herrliches Paradies namens Himmel, wenn sie brav gewesen waren. Allerdings, setzte mein Vater freundlich hinzu, glaubten weder er noch meine Mutter das, und deshalb gingen sie nicht in die Kirche.

Ich ließ nicht locker. »Warum nicht?«

»Weil uns niemand je hat beweisen können, daß es so einen Gott gibt oder daß die Geschichten, die man in der

Kirche hört, der Wahrheit entsprechen. Wenn du groß bist, kannst du dich selbst mit dieser Frage beschäftigen und deine eigene Entscheidung treffen. Wenn du dann der Meinung bist, daß du an Gott glauben und zur Kirche gehen willst, kannst du das tun, Mutti und ich werden dir nicht im Wege stehen. Auch wir haben als junge Menschen unsere Entscheidung getroffen, und ich glaube nicht, daß du uns jemals in einer Kirche oder Synagoge sehen wirst.«

Wir gingen eine Weile schweigend nebeneinanderher, ich mußte das Gehörte erst verarbeiten. Wir überquerten den Viadukt, der über den Parkway führte, und setzten unseren Weg auf einer baumbestandenen Straße mit großen schönen Villen fort.

»Was passiert deiner Meinung nach, wenn man gestorben ist?« wollte ich wissen.

»Das fragen sich viele Menschen – ob sie auf irgendeine Art weiterleben werden. Ich habe da meine Zweifel. Vor langer Zeit gab es im alten Griechenland einen berühmten Philosophen namens Sokrates. Er liebte die Wahrheit und lehrte auch andere, nach der Wahrheit zu streben. Das brachte ihm Probleme mit den Herrschenden des Landes – was oft passiert, wenn man darauf besteht, die Wahrheit zu sagen –, und sie steckten ihn ins Gefängnis. Er wurde vor Gericht gestellt, und dort befand man, daß er sterben müsse, und zwar durch einen Becher mit einem Gift, das Schierling heißt. Vorher besuchten ihn noch seine Freunde im Gefängnis und fragten: ›Was glaubst du, was dir geschehen wird, wenn du das Gift getrunken hast? Wirst du, wenn du tot bist, für immer schlafen oder aber im Olymp erwachen und dort oben weiterleben?‹ Sokrates überlegte eine Weile, dann sagte er: ›Ich weiß es nicht. Sollte ich einschlafen, nachdem ich das Gift getrunken habe – nun, ich schlafe ohnehin gern. Sollte ich mich aber im Olymp wiederfinden und Gespräche mit meinen Freunden führen können und sogar mit den berühmten Philosophen vergangener Zeiten, wäre auch das schön. Ich weiß nicht, was geschehen wird. Wie es auch kommt, ist es recht.‹ Ich habe diese Geschichte nie vergessen«, schloß mein Vater, »und ich stimme Sokrates zu: Wie es auch kommt, ist es recht.«

Auch mich überzeugte die Geschichte, solange ich an der starken, verläßlichen Hand meines Vaters mit ihm weiterging, bis wir den Fluß vor uns durch die Bäume schimmern sahen. In Gesellschaft meiner Freunde aber ging es mir weniger um persönliche Glaubensprobleme als um Symbole der Zugehörigkeit. Daß meine Eltern, nach ihren religiösen Bindungen befragt, schlicht antworteten, sie seien Atheisten, genügte mir nicht. Richtige, hundertprozentige Amerikaner waren keine Atheisten. Die Kinder, mit denen ich spielte, mit denen ich zur Schule ging, wußten nicht, was das Wort bedeutete, und wenn man es ihnen erklärte, verstanden sie den Sinn nicht. »Meinst du damit, daß deine Eltern nicht an Gott glauben? Aber das ist doch unmöglich, an Gott glaubt doch jeder«, erklärten sie geradezu schockiert. Das Wort »Agnostiker«, das ich später lernte, klang nicht ganz so schroff, bot aber auch nicht die ersehnte Sicherheit. Irgend etwas mußte ich doch sein. Mich als Jüdin zu bekennen wagte ich nicht, denn das war eine verfolgte Randgruppe, über deren Sitten und Gebräuche ich nichts wußte. Ich beschloß, mich als Christin auszugeben, aber im einzelnen wußte ich auch über das Christentum so gut wie nichts, und die hohen christlichen Feiertage waren für mich nur Anlaß zu allerlei weltlichen Vergnügungen. Wir feierten Weihnachten mit einem Baum und Geschenken. Wir färbten Ostereier, und meine Mutter versteckte Körbchen mit Schokoladenosterhasen. Ich ging mit den anderen Kindern aus dem Viertel an Halloween von Haus zu Haus und bettelte um Süßigkeiten. Die anderen Kinder aber besuchten zu vielen solcher Anlässe auch die Kirche und zeigten sich in den neuen Sachen, die sie zu Ostern bekommen hatten, während ich am Ostermorgen nie recht wußte, wohin. Manche Kinder erzählten auch, daß sie Weihnachten zur Mitternachtsmesse gingen.

Eine meiner Schulfreundinnen, Joan Corcoran, sprach feierlich von »strengen Fastentagen«. Einmal machte ich sie morgens auf einen Schmutzfleck aufmerksam, den sie auf der Stirn hatte, und sagte, sie solle ihn sich auf der Mädchentoilette abwaschen. In dem verlogenen Ton, in dem Kinder über religiöse Dinge zu sprechen pflegen, sagte sie: »Der ist für Aschermittwoch.« Am liebsten hätte ich mich in ein Mauseloch verkrochen. Ich konnte nicht sagen: »Richtig, das hatte ich ganz vergessen«, denn echte Christen vergaßen wahrscheinlich so was nicht, und ich traute mich auch nicht zu gestehen, daß ich mir unter Aschermittwoch nicht das mindeste vorstellen konnte. Ich wußte nur so viel, daß Joan aus einer großen katholischen Familie kam, aber Katholikin wollte ich nicht sein, denn auch das war nicht ungefährlich. Irische und italienische Katholiken wurden ständig gehänselt und galten als nicht ganz gleichwertig. Einige Kinder in meiner Schule, Joan und Mickey O'Hara zum Beispiel, die nicht anders aussahen als wir, wurden am Mittwochnachmittag von uns getrennt und gingen zu ihrem eigenen Religionsunterricht außerhalb der Schule. Andere katholische Kinder, wie Gloria DiSanto, die unter uns wohnte, gingen gar in eine eigene katholische Schule. Den Unterricht dort gaben Nonnen, und die Schülerinnen mußten marineblaue oder karierte Faltenröcke tragen, die, wie ich fand, ihr Anderssein genauso augenfällig und angreifbar machten wie eine Jarmulke.

Protestantisch mußte man sein, das war's! Allerdings schien auch das keine Lösung zu sein, denn man war nicht einfach Protestant, sondern Lutheraner, Methodist oder Episkopalier. Da mir die Unterschiede zwischen diesen Glaubensrichtungen ein Buch mit sieben Siegeln waren, blieb das Thema Religion ein wegloser Sumpf.

Mehrmals nahmen mich Erna, Lillian oder Joan Corcoran mit in die Kirche. Die Familien, die in ihrem Sonntagsstaat zusammensaßen, die ehrfürchtigen Stimmen, die Statuen, Kreuze, Kerzen und religiösen Gerätschaften auf dem rätselhaften Altar, die bunten Glasfenster, die hohen Decken, ja sogar die hölzernen Bänke mit den seidenglatten Sitzflächen, auf denen wir entlangrutschten, um zu unseren Plätzen zu kommen: all das verbreitete eine Frömmigkeit, die mich nicht willkommen hieß, sondern mir das Gefühl gab, unwissend, unbedeutend und ausgeschlossen zu sein. Im Gottesdienst selbst tat ich es beim Knien und Aufstehen, bei den Chorälen und beim Wechselgesang den anderen nach, aber fromme Gefühle wollten sich nicht einstellen, vielmehr empfand ich die gleiche Ratlosigkeit wie im Camp Hiawatha bei der Nachstellung fremdartiger Indianerzeremonien.

Im jüdischen Ritual fühlte ich mich auch nicht wohler. Zu Hause kam das Judentum nur zur Sprache, wenn meine Eltern und ihre Bekannten sich besorgt über das Schicksal der europäischen Juden unterhielten, die in den Untergrund gegangen waren oder in Konzentrationslagern saßen, aber eine meiner Schulfreundinnen, Ruth Weinstein, die Tochter eines Rabbis, lud mich eines Tages ein, bei ihr zu übernachten. Ich kam an einem Freitag, so daß ich den Beginn des Sabbats miterlebte. Auch hier wieder: feierliches Kerzenlicht, Gesänge in einer fremden Sprache und eine in Andacht versunkene Familie. Äußerlich ehrfurchtsvoll, innerlich aber peinlich berührt, sah ich mir die Dinge an. Sie erklärten mir das Ritual Schritt für Schritt, und ich nickte ernsthaft, fand das alles aber nicht ansprechend, sondern nur sonderbar.

Ich log zwar nie, wenn es um meine jüdischen Wurzeln ging, versuchte aber zunehmend, sie vor anderen zu verbergen. Ich sehnte mich nach der Stärkung durch ein Gemeinschaftsgefühl, das die meisten Menschen in ihren Kirchen oder Tempeln fanden, und man hätte mich als aufrichtige Konvertitin wohl herzlich aufgenommen, aber ich bekam keinen Zugang zu ihren Überzeugungen, und ihre Rituale waren mir nur peinlich. Dieses Unbehagen verließ mich nie. Sobald sich eine Möglichkeit abzeichnete, in eine fromme Gemeinschaft aufgenommen zu werden, wollte ich nur noch fliehen. Und wenn mir das gelungen war, fühlte ich mich wieder verletzlich und isoliert und sehnte mich erneut danach, irgendwo einen festen Platz zu haben.

Über die brutal herabsetzende NS-Klassifizierung als *Mischling* hinaus fühlte ich mich allmählich als Mischling in einem tieferen Sinne, als sei ich meinem ganzen Wesen nach geteilt – halb Christin, halb Jüdin, halb Deutsche, halb Amerikanerin, halb dies, halb das, nichts Ganzes und nirgends zugehörig.

Im Herbst 1942 las mein Vater beim Frühstück die *New York Times.* Unvermittelt stieß er auf der Seite mit den Todesanzeigen auf eine Schlagzeile: »Jean Gilbert, beliebter deutscher Komponist, in Argentinien gestorben.« Mein Großvater war tot. Ich hörte die Erschütterung in der Stimme meines Vaters, als er es uns sagte, und ich wartete auf seine Tränen. Aber er weinte nicht, er war nur ein paar Tage sehr still.

Nachdem er mit seinen beiden Söhnen 1933 aus Deutschland geflüchtet war, verbrachte Jean Gilbert, geborener Max Winterfeld, der einst gefeierte »König der Berliner Operette« und »Napoleon der Grammophonindustrie«, seine letzten zehn Lebensjahre ruhelos im Exil. Bis 1936 blieb er in Österreich, erhielt aber von den vielen Stücken, die er in Deutschland komponiert hatte, keinerlei Tantiemen. Die Lage der Juden in Österreich verschlechterte sich so rapide, daß er auch dort sein Leben nicht fristen konnte und eine Stelle als Kapellmeister in Barcelona annahm. Bald aber versank Spanien in den Wirren des Bürgerkrieges, und er mußte erneut fliehen. Mit seiner zweiten Frau, Gerda Stehlik, einer früheren Revuetänzerin, und ihren drei halbwüchsigen Töchtern ging er erst für ein Jahr nach Paris und dann nach London, wo sie in armseligen Verhältnissen bis 1939 blieben. Besorgte Freunde vermittelten ihm einen Vertrag als Gastdirigent beim Sender *El Mundo* in Buenos

Aires. Zu jener Zeit, als Kollegen und Freunde in Europa verhaftet und ins Gefängnis geworfen wurden, war das Engagement in Barcelona ein Rettungsanker. Die Familie wanderte nach Argentinien aus, nur Eva, die jüngste Tochter, wollte nicht mitkommen und blieb mit vierzehn allein in London. In Buenos Aires mußte Jean Gilbert sich auf Abruf zum Dirigieren bereit halten, wenn eine Vertretung benötigt wurde, allerdings wurde er nur selten angefordert. Sein Gesundheitszustand verschlechterte sich, bis Arthritis und Herzschwäche auch nur gelegentliches Dirigieren zur Qual machten. An einem Samstagmorgen fand seine Frau ihn tot im Bett.

Mein Vater verbrachte täglich viele Stunden mit Schreiben und Komponieren, kam aber am Broadway nicht an. Zeitweilig gab es Überlegungen, den großen deutschen Operettenhit der zwanziger Jahre, *Das weiße Rößl*, an dem er maßgeblich mitgewirkt hatte, zu übersetzen und wiederzubeleben, aber die Zeitläufe waren diesem Vorhaben nicht günstig. Solange Krieg war, fand sich niemand bereit, Geld in eine deutsche Operette zu stecken, auch wenn sie aus der Vorkriegszeit stammte. Er wandte seine Aufmerksamkeit den berühmten Broadway-Musicals zu, um herauszufinden, was in amerikanischen Theatern erfolgversprechend war. Er studierte die Texte von Irving Berlin und Ira Gershwin und interessierte sich besonders für Cole Porter, dessen geistreicher Witz dem seinen wesensverwandt war. Wie die meisten seiner Kollegen beeindruckte ihn *Oklahoma*, das 1943 Premiere hatte und dem amerikanischen Musical neues Leben einhauchte, indem es die Gesangs-

und Tanznummern dazu nutzte, die Handlung voranzubringen, statt sie jeweils einzeln in den Raum zu stellen. Angelehnt an den Hit »Oklahoma« schrieb mein Vater einen ähnlichen Song für den Staat Colorado:

To your everlasting snow
Colorado, Colorado, Colorado, Hi Ho
To your mountains and canyons
My silent companions, Hi Ho
O beautiful Colorado.

Ich fand das Lied großartig und reihte es in meine persönliche Hitparade ein, aber es setzte sich nicht durch. Etwas später ließ er sich von seiner näheren Umgebung zu der Ballade »The Green Hudson Valley« anregen, die als zweiseitige Notenblatteinlage in dem vielgelesenen *Good Housekeeping* erschien.

With the sunset I go.
Where the nightingales rally
And I linger where the lilacs grow
In the green Hudson Valley.

And the moon lingers too
Over lovers that dally
And I dream of how I strolled with you
In the green Hudson Valley.

The weeping willow tree
Always whispers of you and me

And the sound of a distant bell
Repeats our fare-thee-well.
But someday who knows when
When the nightingales rally
We'll be walking hand in hand again
In the green Hudson Valley.

Das Lied hatte eine sehr ansprechende, beschwingte Melodie, aber es wurde weder auf Schallplatte aufgenommen noch im Radio gebracht und moderte in Stapeln alter Zeitschriften vor sich hin. Am Hudson River versammelten sich keine Nachtigallen, und Robert gelang es nicht, den amerikanischen Markt zu erobern. Trotzdem versuchte er sich weiter an Liedertexten in englischer Sprache und fuhr nach Manhattan, um Geldgeber für seine Songs zu finden. Leichter tat er sich mit deutschen Gedichten, welche er unter dem Titel *Meine Reime, Deine Reime* in New York veröffentlichte und welche ihm die Bewunderung von Bert Brecht und von Hannah Arendt einbrachten, die in ihm »jenen Nachfahr [entdeckte], den Heinrich Heine nie gehabt hat«. Hin und wieder trug er sie Freunden vor, die mit ungeteilter Aufmerksamkeit zuhörten und manchmal am Ende der Lesung Beifall klatschten.

»Als ich jung war, wollte ich viel lieber Gedichte schreiben«, sagte er mir einmal, als wir am Flußufer spazierengingen und ich die Melodie zu »Green Hudson Valley« summte.

»Die Schlager waren nur ein Spiel«, fuhr er fort. »Die richtige Arbeit – das waren die Gedichte und Artikel über das, was der einfache Arbeiter in Deutschland und Rußland erlebte. Ich wollte eigentlich nur ein ernster Lyriker sein und mich aktiv im Widerstand gegen die Nazis betätigen, aber Freunde, die in der Führung der Bewegung waren, sagten: ›Wir haben viele Leute, die als Kurier arbeiten oder auf den Straßen demonstrieren können, aber du bist der einzige, der Schlager schreiben kann. Die Gedichte sind gut, aber die Schlager bringen Geld, und das brauchen wir. Mach weiter so.‹«

»Ich finde deine Lieder auf englisch sogar noch besser«, sagte ich.

Er sah lächelnd zu mir herunter. »Ja, aber es wäre nett, wenn ein paar mehr Leute deine Meinung teilen würden.«

In jener Zeit war ich zwischen meinen Eltern hin- und hergerissen. Ich vergötterte meinen herzlichen, immer leicht zerknautscht aussehenden Vater, der mit mir lange Spaziergänge machte, mir Brownies kaufte und – wenn er nicht gerade arbeitete – offenbar gern mit mir zusammen war. Meine Mutter freute das nicht. »Er ist ein sehr charmanter Mann, aber unzuverlässig. Man kann ihm nicht trauen«, warnte sie mich, was mich nicht gegen meinen Vater aufbrachte, sondern eher gegen sie. Mein muffiges Schweigen stachelte sie dazu an, die altbekannten Geschichten wieder hervorzuholen – wie sie während meiner Geburt gelitten und wie mein Vater sie kurz danach verlassen hatte.

»Eines Abends hat mir dein Vater gesagt, daß er nur eine Schachtel Zigaretten holen will. Dann war er weg, und ich habe ihn fünf Jahre nicht mehr gesehen.« Sie ließ durchblicken, daß ich ihn vertrieben hätte. Ich nahm ihr übel, daß sie versuchte, meine Gefühle für meinen Vater zu vergiften, und mochte nicht glauben, daß er mich nicht liebte.

Aber meine Mutter muß damals wohl sehr verzweifelt gewesen sein. »Daddy ist mit anderen Frauen zusammen. Hast du nicht gemerkt, wie spät er jetzt abends nach Hause kommt?«

Nein, ich hatte nichts gemerkt, ich hatte geschlafen. Jetzt aber wachte ich manchmal mitten in der Nacht auf, und wenn ich ins Badezimmer stolperte, fand ich dort meine Mutter, ein Häufchen Elend und in Tränen aufgelöst.

»Nicht weinen, Mommy«, versuchte ich sie zu trösten. »Er wird arbeiten. Geh schlafen.«

»Wo soll er denn so spät noch arbeiten? Aber du hast recht, es ist Wahnsinn, auf ihn zu warten.«

So entstand ein sonderbares nächtliches Bündnis zwischen Mutter und Tochter, in dem meine Mutter sich über die schlechte Behandlung durch meinen Vater beschwerte und ich versuchte abzuwiegeln. Ihr gefiel dieser Bund, aber mir brachte er große Unruhe. Ich wollte mich nicht gegen meinen Vater stellen – ich liebte ihn doch; und ich wollte mich aber auch nicht ausdrücklich auf die Seite meiner Mutter schlagen; ich wollte überhaupt nicht, daß es zwei Seiten gab. Mein Vater musterte mich liebevoll, war offenbar einverstanden mit dem, was er sah, und fragte mich nicht ständig, was ich gerade machte. Wenn meine Mutter mich musterte, fand sie immer etwas an mir auszusetzen. Häufig war es meine Haltung. »Steh gerade«, sagte sie zehn-, zwölfmal am Tag, und wenn sie in der Küche oder in der Diele an mir vorbeikam, klopfte sie mit den Fingerknöcheln an meine Schulterblätter. »Dir wachsen ja schon Flügel«, sagte sie dann. Überhaupt schien mein Wachstum für sie eher Grund zur Sorge als zur Freude zu sein. Als ich elf war, ließ sie meine Plattfüße operieren. Danach waren ein Vierteljahr beide Füße eingegipst, hinterher mußte ich mit Hilfe eines Physiotherapeuten erst wieder laufen lernen. Die ganze Prozedur dauerte ein Jahr. Wahrscheinlich war die Entscheidung meiner Mutter richtig gewesen, denn nach der Operation hatte ich neue Füße mit schönen starken Fußgewölben, die kräftig genug für Ballettunterricht waren. Als ich einen Busen bekam und meine Mutter sagte, ich könne ihn verkleinern lassen, wenn er zu groß werden sollte, wehrte ich erschrocken ab und weigerte mich fortan, darüber auch nur ein Wort zu verlieren aus Angst, meine Mutter könne auch auf diesem Eingriff bestehen.

Mein Vetter Thomas war acht Jahre älter als ich und ähnelte niemandem aus unserer Familie. Er war fett. Ich sage das nicht gern, denn er war immer lieb zu mir, aber leider war es so. Thomas war nicht untersetzt oder rundlich oder korpulent, er war mit einer Körpergröße von 1 Meter 70 und über 200 Pfund Lebendgewicht ein Fettkloß. Thomas lief nicht, er watschelte. Er hatte traurige, eng zusammenstehende braune Augen hinter einer Brille und schiefe Zähne. Das schwarze Haar trug er glatt nach hinten gekämmt und mit so viel Pomade gebändigt, daß man die Kammspuren darin sah und daß kein Hurrikan auch nur eine Strähne hätte verwehen können.

Als kleines Kind hatte seine Mutter, meine Tante Else, ihn mit Essen vollgestopft, und die ganze Familie verfolgte besorgt, wie er immer mehr zunahm. Elses gedankenlose Liebe zu ihrem molligen Kleinkind führte dazu, daß Thomas als Heranwachsender extrem schüchtern war und sich immer mehr zurückzog. In späteren Jahren versuchte er sich vergeblich an einer Diät nach der anderen, und die gesundheitlichen Risiken stiegen. In den österreichischen Schulen hatte man ihn als Juden schikaniert und als Dickwanst verspottet. In Frankreich hatte er als Ausländer gar nicht zur Schule gehen können und zwei Jahre praktisch völlig isoliert gelebt. Als er mit sechzehn nach Amerika und in die DeWitt Clinton High-School kam, wurde er wegen seiner Leibesfülle so erbarmungslos gehänselt, daß er zum Aussteiger wurde. Die nächsten beiden Jahre verbrachte er praktisch auf der Bahn.

Er begann mit dem New Yorker U-Bahn-System, einem komplizierten Wunderwerk von Hoch- und Untergrundbahnen, in denen man für einen einzigen Nickel den ganzen Tag lang durch die Gegend gondeln konnte. Zuerst blieb Thomas in der Nähe seiner Wohnung, dann wagte er sich weiter und weiter hinaus in die fünf Bezirke, ein einsamer entwurzelter Junge, der sich durch sein rastloses Reisen seiner Heimatlosigkeit nur noch mehr bewußt wurde. Mit achtzehn bekam er mit Hilfe seines Vaters einen Platz an der Theodore Roosevelt Evening School, wo er die beiden fehlenden High-School-Jahre in einem Jahr nachholte. 1943 wurde er eingezogen, in Fort Monmouth, New Jersey, ausgebildet und in die Sanitätstruppe eingeteilt. Seine Urlaubsscheine und den Sold, den er in der Army bezog, nutzte er für ausgedehntere Bahnreisen. Er fuhr mit dem Royal Blue nach Philadelphia, der Liberty Bell Inter-Urban nach Allentown, dem National Limited nach St. Louis und dem Pennsy nach Washington, D. C. Glanzpunkt dieser

Unternehmungen während seiner Zeit in der Army war die Begleitung einer Gruppe deutscher Kriegsgefangener zu einem Internierungslager in San Antonio, Texas.

Aufgrund unserer unterschiedlichen Lebenssituation verlief auch unsere Eingewöhnung unterschiedlich. Thomas sah als Junge nicht gut aus, er wirkte jüdisch und hatte einen starken deutschen Akzent. Ich hatte das Glück, ein hübsches Mädchen zu sein, das man vom Aussehen oder der Sprache her nicht so ohne weiteres einordnen konnte. In gewisser Weise entsprach unsere Situation der von Afroamerikanern gemischtrassischer Herkunft. Einige sahen eindeutig schwarz aus, andere konnten ihre schwarze Herkunft verbergen und sich in die dominant weiße Gesellschaft eingliedern. Manche, wie Thomas, mußten sich von klein auf mit offener Bigotterie und fehlenden Chancen auseinandersetzen, anderen, wie mir, blieb das erspart, aber nur um den Preis, daß sie einen wesentlichen Teil ihrer Identität verbargen. Ich verbrachte die ersten Jahre in Amerika mit dem Versuch, mich den Nachbarskindern anzupassen. Thomas begriff, daß ihm das nicht möglich war, und wurde zum rastlos reisenden Einzelgänger.

Während Thomas unterwegs war, verlebte ich schöne Tage mit seinen Eltern. Onkel Henry sah aus wie eine verkleinerte Ausgabe meines Vaters, war aber im Beisein Erwachsener ernst und wortkarg. Sobald er mit Kindern zusammen war, lebte er auf und dachte sich für sie die schönsten Spiele und Geschichten aus. Ich sah mir am liebsten mit ihm das große Album mit den Bildern des Wannseegrundstücks an, auf dem er und mein Vater aufgewachsen waren. Dann saßen wir zusammen, er schlug sorgsam die Seiten um und erklärte mir die Fotos. Kaum verblaßt, zeigten sie ein eindrucksvolles quadratisches Haupthaus und weitere Gebäude – ein Bootshaus direkt am See, eine Garage für die drei Tourenwagen der Familie, ein Schulhaus für die vier Jungen, in dem ein Hauslehrer die akademischen Fächer unterrichtete und ein Musiklehrer Lektionen in Musiktheorie und Klavierspielen erteilte. Familienmitglieder hatten sich selbstbewußt vor dunklen vollgestellten Interieurs aufgebaut: meine kleine Großmama mit Hühnerbrust und Tournüre an einer Säule, in der einen Hand einen Fächer; ihre Söhne Robert und Henry in schwarzen, bis oben zugeknöpften Anzügen vor einem Flügel mit Fransendecke; mein Großvater mit imposantem Schnurrbart und Autobrille, arrogant lächelnd einen Fuß auf das Trittbrett eines offenen Wagens gestützt, der aussah wie ein langgezogener Tropfen. Bei Henry ließen diese Bilder von verlorenem Glanz die Erinnerungen an seine Kinderzeit wiederaufleben, mir zeigten sie eine Welt, die so fern und unwirklich war wie flimmernde Bilder in Stummfilmen.

Meine Tante Else war sehr lieb zu mir, und ich fand, daß sie schön war, abgesehen von ihren blaugetuschten Wimpern und den kräftigen Fesseln. Sie hatte eine hohe sanfte Stimme, und daß sie schüchtern war, kam mir entgegen, denn das war ich auch. In ihrer Wohnung gab es überall ausgestopfte Puppen und Tiere, an denen Else arbeitete, und Miniatureisenbahnen und kleine Städte, die sie und Henry gemeinsam zusammenbauten. Da sie mich mit allem spielen ließen, was nicht frisch zusammengesteckt oder -geleimt war, glichen Besuche dort aufregenden Entdeckungsreisen durch ein Spielwarengeschäft nach Ladenschluß.

Bei schönem Wetter nahmen sie mich mit, wenn sie aufs Land fuhren. Um dabei die Landschaft zu genießen, war ich noch zu jung, aber ihre Fürsorge und Zuwendung genoß ich sehr. Ich saß auf der Rückbank des offenen Buick-Kabrios, den sie gebraucht gekauft hatten, sah auf die vorüberziehenden Hügel oder legte mich auch mal hin, weil mir beim Fahren leicht schlecht wurde. Ich sah auf Elses helles Haar, das sich unter ihrem Kopftuch kräuselte, und Henrys fast kahlen Kopf, der in der Sonne rot und röter wurde. Am schönsten fand ich es, wenn wir auf einem Rastplatz an der Straße hielten, ein rotkariertes Tuch ausbreiteten und uns die belegten Brote und hartgekochten Eier schmecken ließen, die Else mitgebracht hatte. Später gab es dann im Dorfladen noch ein Soda oder eine Tüte Eis.

Die größte Freude, die Henry und Else mir mehrere Jahre machten, war eine Silvesterfeier, die für ein phantasievolles Kind wie geschaffen war. Nachmittags holten sie mich ab und fuhren mich mit meiner Reisetasche zu ihrer Wohnung. Der Buick wurde an einem sicheren Ort geparkt, wir fuhren mit der U-Bahn zur 42. Straße und gingen mehrere Blocks zum Times Square, wo man, wie jedermann aus der Zeitung und dem Radio wußte, besonders aufregend, besonders erwachsen feiern konnte. Wir aßen im Automatenrestaurant. Horn und Hardart's Automats waren Vorläufer unserer heutigen Fast-food-Ketten, in denen man preiswert und zeitsparend essen konnte. Wie die heutigen McDonald's war die einheitliche Gestaltung der Automatenrestaurants für die Erwachsenen praktisch, für Kinder waren sie Kunst, Technik und pure Glückseligkeit zugleich.

Durch die große Schaufensterscheibe konnte man in den Innenraum sehen. Die Wände waren von oben bis unten mit Hunderten chromglänzender Fächer bestückt, von denen jedes ein eigenes Glastürchen hatte und – innen beleuchtet – die Eßwaren zur Schau stellte wie kostbare Museumsstücke: ein dickes Sandwich mit cremig-gelbem Eiersalat und einem knackig frischen hellgrünen Salatblatt zwischen präzis geschnittenen Weißbrotdreiecken; ein Mohnbrötchen mit einem Berg rosafarbenem Schinken und gelbem amerikanischem Käse mit einem Gürkchenspieß; ein braunes Keramiktöpfchen mit Baked Beans unter einer üppigen braunen Kruste; weiter unten ein Stück Pie, auf deren klebriger Zitronenfüllung sich ein Riesenberg aus schaumig weißem Baiser erhob; im Nachbarfach ein Stück Torte von gigantischer Größe, dick mit Schokoguß überzogen und mit Schokoladencreme zwischen den einzelnen Schichten. Die Köstlichkeiten nahmen kein Ende, aber ehe wir sie genießen konnten, mußten wir entsprechende Vorbereitungen treffen.

Erst hieß es einen Tisch suchen und besetzen, indem wir die Mäntel über die Stuhllehnen legten. Dann ging Henry zur Kasse am Eingang und tauschte Papiergeld gegen Nickelmünzen ein. Nur mit passendem Kleingeld ließ sich das gewünschte Fach öffnen und das Gericht entnehmen. Schließlich holten wir uns Besteck und Servietten und ein Tablett, das man auf dem langen Brett vor der Wand der Wunder entlangschob. Jetzt endlich konnten wir die raffiniert ausgestellten Angebote genau in Augenschein nehmen und an den Schildchen hinter der Glastür ablesen, wie viele Nickel nötig waren, um sie zu öffnen.

»Hier hast du Nickel im Wert von einem ganzen Dollar.« Mein Onkel schüttete den Reichtum in meine geöffneten Hände. »Wie viele Nickel sind das?« prüfte er mich und tätschelte mir den Kopf, wenn ich die richtige Antwort gab.

Ich schob mich und mein Tablett voran, überlegte sorgfältig und addierte dabei meine Nickel, um sicherzugehen, daß zum Schluß noch genug übrigblieb, um am Getränkestand eine Coca-Cola zu kaufen. Es gab auch dampfbeheizte Platten mit kompletten warmen Mahlzeiten, aber die waren langweilig und interessierten mich nicht. Was sollte ich nehmen? Die Entscheidung zu treffen war schwierig und spannend. Die Baked Beans für fünf Nickel waren ein Muß, ebenso die Schokoladentorte für vier Nickel. Aber welches Sandwich? Schinken auf Brötchen wäre das beste, wenn es eins ohne Käse gab. Ich ging hin und her, studierte die ausgestellten Sandwiches, fand schließlich genau das, was ich wollte, und ging mit meinem schwer beladenen Tablett selig an unseren Tisch.

Nach dem Essen kam die Hauptattraktion, der Besuch eines Premierenkinos. Auf den Straßen drängten sich Autos, Lastwagen und gelbe Taxis, auf den Gehsteigen wimmelte es von warm eingepackten Menschen. Henry nahm mich bei der Hand, Else hielt sich dicht neben ihm, und jetzt taten wir so, als müßten wir uns durch feindliche Linien schlagen. Er lotste uns sicher durch die Menge. Am Ende der langen Schlange, die vor dem Kino auf die nächste Vorstellung wartete, machten wir halt. Meine Tante und mein Onkel suchten die Filme immer eigens für mich aus. In einem Jahr war es *Lassie, komm heim* mit Roddy McDowall,

Elizabeth Taylor und einem wunderschönen Collie. Besorgt betrachtete ich die vielen Menschen vor uns. Wenn wir nun nicht hineinkamen? Die Schlange rückte kaum vor. Wenn sie nun, kurz ehe wir an der Reihe waren, die Kasse schlossen, weil alles ausverkauft war, und uns wegschickten?

»Keine Sorge, Kleines, das klappt schon. Das Kino ist groß genug«, versuchte meine Tante mich zu beruhigen, aber ich atmete erst auf, wenn die Dame an der Kasse Henrys Geld entgegengenommen und ihm drei Eintrittskarten ausgehändigt hatte. Wir folgten der Menge in den riesigen palastähnlichen Innenraum mit seinen Kronleuchtern, roten Wandbehängen, Säulen und gemalten Engeln. Wir suchten uns drei Plätze nebeneinander, schmiegten uns in den roten Plüsch und warteten, umspült von Musik aus der majestätischen Orgel, auf den Beginn des Films. Endlich teilte sich der goldene Vorhang, und die Technicolor-Geschichte von Mut und Heimsuchungen und unverbrüchlicher Liebe zwischen einem Jungen und seinem Hund zog mich unwiderstehlich in ihren Bann.

Nach dem Film gab es noch eine Bühnenschau mit Orchester, Sängern und Steptänzern und Revuegirls, die mit maschinengleicher Präzision die Beine schwangen.

Aus dem Glanz des Filmtheaters traten wir in ein Kaleidoskop aus Neonreklamen, schwarzem Nachthimmel und lachenden, drängelnden, feiernden Menschen, die schon sehnsüchtig auf den mitternächtlichen Höhepunkt am Times Square warteten. Weil Henry und Else fanden, daß die Atmosphäre in dieser aufgeladenen, unberechenbaren Menge nichts für ein Kind war, hatten sie eine intimere Party vorbereitet. Wir fuhren mit der fast leeren U-Bahn zurück zu ihrer Wohnung, und dort kam an Silvesterartikeln alles zum Vorschein, was ein Kinderherz sich nur wünschen konnte – Mützen aus Glanzpapier, Luftschlangen, Krachmacher aus Blech, die sich drehten und quietschten, wenn man sie herumwirbelte, und kleine Tröten. Wir schalteten das Radio ein, ließen uns die eleganten Paare beschreiben, die in Guy Lombardos Ballsaal tanzten, und die mitreißende Stimmung auf dem Times Square. Ich war so aufgeregt, als müßte sich um Mitternacht eine Flut von Blumen, Schmuck und Süßigkeiten über uns ergießen. Fünf Minuten vor zwölf schloß Else die Tür zur Diele, damit der Rest der Wohnung warm blieb, als Henry das Fenster aufmachte und wir uns alle in die sternenfunkelnde Nacht hinausbeugten. Ab und zu hupte unten ein vorüberfahrendes Auto, hin und wieder hörte man Stimmen und Rufe, dann wurde es lauter, und eine Minute vor Mitternacht durfte ich, von den beiden Erwachsenen festgehalten, aus dem Fenster auf die Feuerleiter steigen. Während überall aus den offenen Fenstern der vier- und fünfstöckigen Mietshäuser vergnügte Stimmen hallten, schwenkte ich meinen Krachmacher, rief »Prost Neujahr!« in die Nacht hinaus und trötete, solange und so laut ich konnte.

Mein Vater und sein Bruder gingen in ihrem täglichen Leben, wie auch in Europa, getrennte Wege. Henry und Else blieben gern für sich und trafen sich nur hin und wieder mit zwei oder drei langjährigen Freunden. Meine Eltern hatten, obwohl Robert hier kein Prominenter mehr war, einen großen Freundeskreis. Das Schicksal, Einwanderer zu sein, verband sie alle. Da meine Eltern beide in Manhattan arbeiteten, trafen sie sich dort gern mit anderen zum Mittagessen, zum Kaffeeklatsch bei Eclair, zu Museumsbesuchen und Diskussionen über Kultur und Politik bei selbstgekochtem Abendessen in den Wohnungen von Freunden. Das gesellschaftliche Leben meiner Eltern war so ausgefüllt, daß meine Tante und mein Onkel fürchteten, mein Kindergemüt könnte dabei Schaden nehmen. Die aufregenden Silvestervergnügungen verdankte ich der Tatsache, daß meine Eltern immer zu Hannah Arendts Silvesterparty in Manhattan gingen und erst früh um drei oder vier nach Hause kamen. Daraufhin hatten Henry und Else beschlossen, sich um mich zu kümmern. Ich fand es herrlich, was sie sich alles zu meiner Unterhaltung ausdachten, aber ich genoß auch ihr subtiles Mitleid. Daß sie mich als ein Kind sahen, dem mehr Liebe und Zuwendung gebührte, als es zu Hause bekam, war mir nicht unlieb, zumal auch ich fand, daß meine Eltern viel zu oft ausgingen. Wenn Else erzählte, wie sie früher immer wieder erlebt hatte, daß meine Eltern zu einer Gesellschaft aufbrachen und ihre süße kleine Tochter, nur von einem Dienstmädchen gehütet, allein zu Hause ließen, registrierte ich das mit Interesse. Auf diese Weise erfuhr ich auch, daß ich in Wien nicht deshalb ins Internat geschickt worden war, weil ich schlecht aß. Nein, erklärte meine Tante, man habe mich weggeschickt, weil ein kleines Kind bei Roberts und Elkes Partys, die häufig bis tief in die Nacht gingen, gestört hätte. Henrys und Elses Fürsorglichkeit war also auch mit einem Schuß Selbstgerechtigkeit versetzt. Während ihre Zuwendung mein Selbstwertgefühl stärkte, konnten sie sich dem vielschichtigen Vergnügen hingeben, meine Eltern gleichzeitig zu unterstützen, zu kritisieren und zu ärgern.

Bei unserem Times-Square-Silvesterritual blieb es, bis ich zu alt war, mich über die liebevoll geplanten kindlichen Vergnügungen zu freuen, und es als peinlich empfand, wenn man in mir ein kleines Mädchen sah, das von ihren Verwandten ausgeführt wurde. Ich schäme mich jetzt noch in Grund und Boden, wenn ich daran denke, wie ich mich für meine Tante und meinen Onkel genierte, weil sie so schlecht Englisch sprachen und so einfach angezogen waren; wie peinlich es mir war, wenn mich Henry mit einem lautstarken »Hierher, Nichte!« zu sich zitierte oder vor allen Leuten ein triumphierendes »Ha!« ausstieß, wenn er sich ein neues Spiel für uns ausgedacht hatte, bei dem es etwa darum ging, nicht auf die Plattenzwischenräume im Gehweg zu treten oder weithin hörbar alle Frauen mit roten Schuhen zu zählen, die an uns vorbeikamen. Nicht nur, weil ich älter wurde, sondern weil ich nun schlaksig und gehemmt war, hatte ich keinen Spaß mehr an unseren Unternehmungen. Wie so viele Erwachsene waren Henry und Else ratlos, als sie sahen, daß aus einem fröhlichen, liebevollen Kind plötzlich eine muffige, maulfaule Halbwüchsige geworden war. Es war kein Vergnügen mehr, mit mir zusammenzusein, und im Gegensatz zu meinen Eltern waren sie dazu ja auch nicht verpflichtet, also ließen sie es. Zwar kam es nicht zum offenen Bruch zwischen uns, aber die Silvesterfeiern wurden stillschweigend eingestellt.

1943 begann die Rationierung. Wir bekamen Heftchen, in denen Marken für die wöchentliche Ration knapper Lebensmittel waren, wie Butter, Kaffee, Käse, Mehl, Zucker und Fleisch. Auch Benzin war rationiert, aber das traf uns nicht, weil wir kein Auto hatten. Man sammelte jetzt als echter Patriot gebrauchte Autoreifen und Altmetall. Aluminiumfolie als Verpackung oder Blechbüchsen für Zigaretten verschwanden von der Bildfläche. Auf Plakatwänden und in Zeitschriftenanzeigen konnte man lesen: »Lucky Strike ist an der Front.« Daneben sah man fröhliche Raucher, die Zigarettenschachteln aus weißer Pappe in der Hand hielten.

Die Nachrichten von den Kriegsschauplätzen besserten sich. Die Wochenschau zeigte die Invasion der Alliierten in Afrika und in Italien. Im Juli wurde Mussolini besiegt, und in Asien zogen sich die Japaner aus Guadalcanal zurück. Aber auch schlimme Nachrichten erreichten uns. Im Herbst jenes Jahres berichtete der American Jewish Congress, daß von den Nazis über drei Millionen Juden umgebracht worden waren.

Die Wirren in der Ferne machten zwar den Erwachsenen Sorgen, aber wir Kinder waren von all dem Schrecklichen da draußen so weit entfernt, daß ich mich wenig darum kümmerte. Ich mochte mich nicht mit den großen politischen Kämpfen des zwanzigsten Jahrhunderts auseinandersetzen, ich wollte nur als Amerikanerin durchgehen. Meinen Eltern habe ich davon nie etwas gesagt, ich habe demnach wohl gewußt, daß in dieser Haltung ein Stück Feigheit steckte, aber das hätte ich nicht einmal mir selbst gegenüber so deutlich eingestehen können. Allmählich wurde es mir peinlich, mit den Eltern in der Öffentlichkeit gesehen zu werden. Nun ist das zwar in der Pubertät nichts Ungewöhnliches, aber bei mir steckte etwas anderes dahinter als bei meinen Freunden. Mit der wirtschaftlichen Situation hatte es nichts zu tun.

In dieser Zeit – die Wirtschaftskrise war noch nicht allzu lange vorbei – empfanden wir in unserem Viertel die Armut nicht als Problem. Ich holte mir zahllose Bücher aus der Stadtbücherei, tauschte auf Ernas Hof Comic-Hefte mit den anderen Kindern, hatte ein Geschenkabonnement für die Mädchenzeitschrift *Calling All Girls* bekommen und sah mir die Filme in den Samstagsmatineen an. Bei gutem Wetter genügten uns für unsere sportliche Betätigung ein Badeanzug, Rollschuhe und ein Fahrrad und im Winter ein Schlitten und Schlittschuhe. Mit einem Nickel kamen wir mit der U-Bahn, dem Autobus oder mit der Straßenbahn fast überall hin. Für zwei Cents mehr gab es einen Umsteigefahrschein, mit dem wir bis Orchard Beach fahren konnten. Meine besten Freundinnen, Erna und Harriet, hatten einen Ladenbesitzer, Lillian einen U-Bahn-Schaffner zum Vater. Während sie ihre Familien unschick, streng oder altmodisch finden mochten, war mir klar, daß meine elegante Mutter eigentlich nicht in diese Gegend paßte. Ihr Haar war gnadenlos blondiert, ihr Make-up und die Kleider, die sie sich nähte, sahen mehr nach *Vogue* als nach *Good Housekeeping* aus. Der fremdländische Akzent meines Vaters war unüberhörbar, sein Humor zu sehr mit Bonmots und Wortspielen durchsetzt. Sie bekannten sich offen dazu, Atheisten zu sein, und waren vom Aussehen und von der Sprache her völlig anders als andere Eltern. Sie waren nicht nur unübersehbar Ausländer, sondern obendrein Intellektuelle.

Einmal in der Woche trafen sich meine Eltern mit anderen Flüchtlingen zum Essen. Viele waren langjährige Freunde aus politischen oder Theaterkreisen in Europa, wie Bob Rindl, Herausgeber eines sozialistischen Blattes, Heinrich Blücher, der sich beredt über Philosophie und Kunst zu verbreiten wußte, und seine Frau Hannah Arendt, die nicht soviel sprach, später aber eine international anerkannte politische Philosophin werden sollte. Mit dabei waren Otto Schwartzkopf, der im Widerstand aktiv gewesen war; Wolfgang Roth, Bühnenbildner, und seine rothaarige Frau Lee; Fritz Eichenberger, der Illustrator; Armin Rosenberg, der Lyriker. Außerdem gehörten dazu Bekannte aus jüngerer Zeit, die ebenfalls vor den Nazis geflohen waren, Günter Reimann, Walter und Claire Farkas, Felix und Alice Ahlfeld. Die meisten wohnten in Manhattan, in kleinen düsteren Wohnungen mit Gebrauchtmöbeln und vollgestopften Bücherregalen. Sie waren arm wie wir, dafür aber, den Freunden ein Ungarisches Gulasch mit Nudeln vorzusetzen, reichte es allemal, und irgend jemand fand sich immer, der es sich leisten konnte, Petits fours aus der Konditorei Eclair am Broadway mitzubringen. Meist fuhren meine Eltern mit dem Autobus und der U-Bahn in die Stadt und kamen um Mitternacht mit dem letzten Bus heim, aber alle paar Wochen lief es umgekehrt, und die Freunde unternahmen die lange Fahrt nach Riverdale. Meine Mutter verbrachte dann fast den ganzen Tag damit, ihr berühmtes Gulasch zu kochen und den Tisch zu decken. Unmittelbar vor Ankunft der Gäste stürzte sie ins Badezimmer, um zu duschen und sich anzuziehen. Zu ihren eigenen Dinnerpartys kam sie immer zu spät. Nackt schoß sie durch den

Flur und griff sich ihre Sachen, wenn die Gäste praktisch schon vor der Tür standen, und wenn die ersten klingelten, war sie noch im Badezimmer vor dem Spiegel und schminkte sich. Ich machte dann die Tür auf, begrüßte verlegen die Gäste und führte sie ins Wohnzimmer, dann rannte ich in der Wohnung hin und her, brachte meiner Mutter Dinge, die sie im letzten Augenblick noch zur Vervollständigung ihrer Garderobe brauchte, und zischelte: »Beeil dich, sie sind da.« Ich regte mich über ihren verspäteten Auftritt immer mehr auf als sie oder die Gäste, die an ihre Eigenheiten gewöhnt waren.

Der Abend begann immer damit, daß man die neuesten Nachrichten aus der Politik Revue passieren ließ. Zeitungsartikel aus Europa bekamen einen persönlichen Anstrich durch Geschichten und Gerüchte über diejenigen, die drüben geblieben waren. Der Bruder eines Freundes war nach Theresienstadt geschickt worden (ins Konzentrationslager Theresienstadt kamen vornehmlich Juden, vor allem Frauen, Alte und Kranke, bei denen nicht einmal Goebbels wagte, von einem »Arbeitseinsatz« zu sprechen, und auch Prominente, die wegen ihrer Verbindungen im Reich oder im Ausland nicht einfach im Osten verschwinden konnten), Tante und Onkel eines anderen Bekannten waren spurlos verschwunden, als man die Juden in Frankreich zusammengetrieben hatte. Nach solchen schlimmen Nachrichten wurde es eine Weile still, danach wurde wieder heftig über die Politik in Amerika, Rußland und auch den Krieg mit Japan debattiert.

Ich hielt mich den Diskussionen der Erwachsenen während des Essens bewußt fern und begnügte mich mit einem Sandwich in meinem Zimmer, zumal mir das Gulasch zu scharf gewürzt und die Gespräche zu ernsthaft und komplex waren. Sie verdeutlichten nur die grundsätzliche Wahrheit, die mir von klein auf bekannt war, daß Menschen andere Menschen umbringen können, ohne daß jene ein Verbrechen begangen haben oder ein vernünftiger Grund dafür vorliegt, daß das Leben für jeden Juden ohne Vorwarnung jederzeit gewaltsam enden konnte und daß niemand ihm zu Hilfe kommen würde. Ich wollte an diese bedrohlichen Wahrheiten nicht erinnert werden und versuchte sie zu meiden, wo immer das möglich war. Doch nach dem Essen, wenn die Frauen gemeinsam das Geschirr in der Küche zusammenstellten und mein Vater sich in seinem Zimmer ans Klavier setzte, verließ ich meine Klause. Auch die Gäste zog es zur Musik. Manche setzten sich aufs Sofa, andere brachten sich ihre Stühle aus dem Eßzimmer mit. Sie ließen vorübergehend ihre Sorgen sein und die hitzigen Debatten ruhen. Auf den Gesichtern zeigte sich ein Lächeln, die Körper reagierten auf die Musik, Köpfe nickten, Schultern wiegten sich, Füße schlugen den Takt zu den vertrauten Klängen.

»Spiel ›Was kann der Sigismund dafür, daß er so schön ist‹! Spiel ›O Marie, wie kalt ist die Welt‹! Spiel ›Das gibt's nur einmal ...‹!«

Ich suchte mir einen Platz in der Ecke, wo ich alles beobachten konnte. Um laut mitzusingen, war ich zu schüchtern, aber ich kannte die Lieder alle. Wir warteten. Endlich kam auch Elke, die draußen ihr Make-up aufgefrischt hatte. Alle begrüßten sie mit Beifall wie einen Filmstar, jemand rief: »Jetzt geht's los!«, und Robert nickte und lächelte ihr zu und spielte weiter, während sie sich neben das Klavier stellte. Zusammen sangen sie dann seine Lieder. Es gab keine festgelegte Reihenfolge. Manchmal begannen sie mit »Das ist die Liebe der Matrosen« oder einem Potpourri aus dem *Weißen Rößl.* Besonders beliebte Schlager sangen manche Gäste mit, meist aber hörten sie zu, summten und betrachteten die beiden Künstler. Robert spielte schwungvoll, über die Zigarette wegschielend, die ihm zwischen den Lippen hing, und gab kräftig Pedal. Zwischen den einzelnen Stücken wischte er sich mit seinem Taschentuch die Stirn und ließ sich von einem beflissenen weiblichen Gast einen Kaffee oder ein Gläschen Kirsch bringen. Die Männer ließen Elke nicht aus den Augen, wenn sie sich in Positur stellte und sich flirtend durch das Repertoire sang. Dann strahlte sie, das blondierte Haar glänzte, die Augen funkelten. Mit ihrem einladenden Lächeln, den lockenden Schultern und sprechenden Händen brachte sie glanzvolle Weltläufigkeit in unser enges Wohnzimmer. Vielleicht mehr als alle anderen war ich von den beiden fasziniert, von dem Talent, der Schönheit und Harmonie, die die beiden für eine gute Stunde verwandelten, bis die Mieter unter uns ihren Sohn hochschickten und darum baten, das ausgelassene Klavierspiel einzustellen.

In jenem abgeschlossenen Raum, in dem Erinnerungen an eine Zeit vor meiner Geburt und an Orte hingen, von denen ich nichts mehr wußte, waren meine Eltern glücklich und einflußreich. Außerhalb dieses Zimmers machte dieses Land Amerika, das inzwischen für mich praktisch alles war, was ich kannte, sie klein. Da waren sie nicht mehr schön, sondern verschroben, nicht geistreich, sondern töricht, wurden gönnerhaft behandelt statt bewundert. Außerhalb dieses Zimmers und ähnlicher Zimmer in dieser Stadt schienen all diese Menschen schlecht angezogen, arm und zwangsläufig fremdländisch. Intellektuell herausragend, aber ungeschickt darin, ihre komplizierten Gedanken auf englisch auszudrücken, von den erlebten Verfolgungen gequält, ständig Katastrophen für jene fürchtend, die sie zurückgelassen hatten, konnten sie, die deutsch-jüdischen Flüchtlinge, sich nie ganz assimilieren, und als Heranwachsende, die mehr und mehr in der amerikanischen Welt aufging, betrachtete auch ich sie immer öfter mit kaltem, verständnislosem Blick.

6

Regungen

Mit Lillian Pennington tat ich die ersten Schritte in die Pubertät. Erna Krueger, meine einstmalige Freundin und Beschützerin, tauschte ihren Haarkranz gegen einen schulterlangen Pagenkopf ein, verabschiedete sich von kindischen Unternehmungen wie dem Rollschuhlaufen auf der Straße und der Schatzsuche im Müll und kam auf die High-School. Unsere Begegnungen waren nun kurz und befangen. Die Kluft von zwei Jahren, die in unserer Kinderzeit keine Rolle gespielt hatte, war unüberbrückbar geworden. Dem ausgelassenen Wildfang hatte ich mich bedingungslos anvertraut, aber der Teenager war für mich keine Respektsperson mehr. Statt der Shorts trug Erna jetzt praktische dunkelblaue Röcke, sie schminkte sich nicht, machte sich offenbar nichts aus Jungen und fand Kichern blöd. Die blauen Augen mit den unglaublichen Wimpern leuchteten noch immer in dem vierschrötigen Gesicht, aber Erna blühte als Heranwachsende nicht auf, sondern wurde fad, und ich hatte den Eindruck, daß sie sich langsam, aber sicher zu einer jüngeren Version ihrer vorzeitig gealterten Mutter entwickelte.

Lillian und ich waren gleichaltrig. Gemeinsam vertrödelten wir die langen Sommer, in die unser zwölfter und dreizehnter Geburtstag fiel – meiner im Juli, ihrer im August. Wenn wir sparsam mit unserem Taschengeld umgegangen waren, gingen wir zu drei- oder vierstündigen Doppelvorstellungen ins Kino, eine willkommene Abwechslung nach der flimmernden Hitze, die den Teer in den Einfahrten schmelzen ließ. Waren Geld oder Zeit knapp, brachten eine kühle Dusche oder ein kühles Bad zwanzig Minuten Seligkeit und danach noch eine Stunde Linderung von der ärgsten Hitze. Lillian und ich verbrachten viel Zeit in ihrer Badewanne. Wir schwatzten, kicherten, plantschten, und als sich unsere Körper allmählich entwickelten, seiften wir uns hin und wieder gegenseitig mit glitschigen Waschlappen ein und widmeten besondere Aufmerksamkeit unseren glatten jungen Brüsten. Gesprochen wurde über solche Anwandlungen von Sinnlichkeit nie. Hauptthema unserer Gespräche waren die Jungen in unserer Klasse. Die meisten waren uninteressant, zwei oder drei grauenvoll und einige wenige begehrenswert. Unseren Idolen Billy Morgan und Cliff Solomon stellten wir bis in ihre Viertel nach, dort schlenderten wir dann scheinbar gleichgültig an den Häusern vorbei, in denen sie wohnten, und konnten uns, sobald wir daran vorbei waren, vor Kichern kaum halten. Bei sogenannten Schulbällen standen sich verlegene Jungen und tuschelnde Mädchen in der Turnhalle gegenüber. Längere Begegnungen gab es im Miramar Pool. Einmal in der Woche fuhren wir hin – mit der U-Bahn war es nur eine kurze Strecke –, sonnten uns in Badeanzügen, die wir mit viel Bedacht gewählt hatten, auf unseren Handtüchern, kreischten über die Jungen, die uns naßspritzten, und brachten es zu einer beachtlichen Fertigkeit in frechen Frotzeleien. Dieser Schlagabtausch wurde jeweils vorher geübt und hinterher unter Gequietsche und Gekicher noch einmal durchgespielt. Meine Mutter gab an meinem jetzt so neunmalklugen Gehabe Lillian die Schuld. »Du bist wie ausgewechselt, wenn du mit ihr zusammen bist, sie hat keinen guten Einfluß auf dich.« Ihr Mißfallen ging mir nahe, aber gerade deshalb schloß ich mich Lillian nur noch enger an. Bei ihr, fand ich, war ich ganz ich selbst, war die Persönlichkeit, die sich aus dem Kind zu entwickeln begann.

Im Oktober lud Joan Corcoran, meine Klassenkameradin, die in Kingsbridge wohnte, Lillian und mich zu unserer ersten gemischten Halloween-Party ein, was Lillian in Schwierigkeiten mit Hochwürden Arthur Daniel Diestersack Dingley Dingley Pennington brachte, denn der hatte ihr aus religiösen Erwägungen heraus verboten, Partys zu besuchen, bei denen getanzt wurde. Wir versicherten ihm, diese Party fände in einer Wohnung statt, in der gar nicht genug Platz zum Tanzen sei, allenfalls für die traditionellen Halloween-Spiele wie Apfelschnappen und ›Steck dem Esel den Schwanz an‹. Daß die Hauptattraktion bei gemischten Partys die Kußspiele waren, blieb sowohl Mr. Pennington als auch den anderen Eltern verborgen. Zusätzlich beschäftigte uns, daß wir im Kostüm kommen sollten. Laken mit ausgeschnittenen Löchern für die Augen oder bemalte Pappmasken, wie wir sie für unsere Halloween-Bettelei von Haus zu Haus benutzt hatten, kamen jetzt natürlich nicht mehr in Frage, und teure Kostüme konnten wir uns von unserem Taschengeld nicht leisten. Lillian hatte außerdem das Problem, daß ihr Vater in jeder Party – auch ohne Tanz oder Kußspiele – eine Chance zum Sündigen sah. Uns wäre zwar so eine Chance nicht unwillkommen gewesen, er hätte aber sofort Unrat gewittert, wenn wir etwas von Kostümen hätten verlauten lassen. Da Lillian tagsüber allein in der Wohnung war, konnte sie ein enganliegendes schwarzes Kleid ihrer Mutter in meine Wohnung schmuggeln. Mit einem spitzen Hut aus schwarzem Filz auf dem blonden Haar und einem schwarzen Fransenschal, den ihr meine Mutter lieh, verwandelte sie sich in eine appetitliche junge Halloween-Hexe.

Für mich sprang meine modisch kreative Mutter in die Bresche. Sie bot mir an, mir einen ihrer weißen Faltenröcke zu ändern. Dazu noch eine weiße Bluse, sagte sie, und fertig sei das traditionelle Kostüm für den griechischen Tanz. Im Five and Ten Cent Store erstanden wir Zickzackborte und schmale gelbe und rote Bänder zum Aufnähen auf die weiße Pracht. Außerdem kaufte meine Mutter Steifleinen und Tuffs aus roten, gelben und weißen Kunstblumen für einen Kopfschmuck, der angeblich zu dem Kostüm gehörte. Echtheit war für sie Ehrensache. Die mit der Zickzackborte aufgehübschte Bluse machte sich sehr nett. Ich sah mich schon ganz in Weiß mit wehenden Bändern, einen zierlichen Blumenkranz in den (jede Nacht auf Papilloten gewickelten) Locken, zu der Party schweben. Doch dann verkündete meine Mutter, ich müsse weiße Kniestrümpfe anziehen. Das paßte zu meiner Vorstellung einer griechischen Sylphide wie die Faust aufs Auge, und ich protestierte.

Meine Mutter ließ sich nicht erweichen. »Dann ist es nicht authentisch. Zu der Tracht gehören weiße Kniestrümpfe und schwarze Schuhe mit Pompons.«

»Pompons?«

»Ja. Pompons auf den Schuhen.«

Pompons waren doch etwas für Babys! Ich merkte, daß ich mit offener Auflehnung nicht weiterkommen würde, und gab nach. Auf dem langen Weg die Riverdale Avenue hinunter nach Kingsbridge war genug Zeit, Kniestrümpfe und Pompons irgendwie loszuwerden.

Doch schon drohte neues Ungemach. Meine Mutter nähte bunte Blumen auf ein Stück Steifleinen, das so groß war wie ein breitrandiger Strohhut ohne Kopf.

»Ich möchte aber nur ein Blumenkränzchen«, bremste ich.

»Das paßt erst recht nicht. Zum Tanz werden hohe Blumenkronen getragen. Bei den Griechen waren sie aus frischen Blumen, aber das kommt für uns natürlich nicht in Frage, sie würden bis zur Party nicht frisch bleiben«, sagte sie bedauernd.

»Ich will aber keinen riesigen Kopfputz, Mom, nur ein Kränzchen.«

»Das sieht doch nach gar nichts aus. Dann ist es überhaupt kein Kostüm, und niemand merkt, daß es sich um eine griechische Tanztracht handelt. Es wird wunderschön, wart's nur ab.« Sie nähte entschlossen weiter.

Ich stöhnte. »Das merkt sowieso keiner.« Ich wußte, daß meine Altersgenossen schon Mühe hatten, sich die wichtigsten landwirtschaftlichen Erzeugnisse und die Hauptstädte ferner Länder zu merken. Mit Nationalkostümen waren sie entschieden überfordert.

»Aber du weißt es jetzt und kannst ihnen sagen, daß man so etwas in Griechenland zum Tanz trägt, dann haben sie gleich was gelernt.«

Diese Vorstellung war nicht dazu angetan, meine Stimmung zu heben. Ich ging nicht zu der Party, um die anderen über griechische Kultur zu belehren, ich legte nicht den geringsten Wert auf Echtheit, sondern wollte nur hübsch genug sein, um beim Postspielen einen Luftpostbrief zu bekommen.

»Sei nicht albern«, fertigte meine Mutter mich ab. »Keine Sorge, du wirst staunen, wenn der Kopfputz erst fertig ist.«

Sie arbeitete unverdrossen weiter. Bei ihrem ersten Versuch gab das Steifleinen unter der Blumenlast nach, und ich dachte schon, ich wäre noch einmal davongekommen, aber sie holte sich eine zweite Lage, und die hielt.

»Komm, probier das noch mal an, Marianne.« Sie setzte mir die Krone auf den Kopf und verankerte sie – eine zusätzliche Schmach – mit Hilfe eines Gummibandes unter dem Kinn wie ein Kinderhütchen. Der Kopfputz war so prachtvoll, wie sie ihn sich vorgestellt hatte, und übertraf noch meine schlimmsten Befürchtungen – ein Turm aus roten, gelben und weißen Blumen, mit dem ich mich nicht fühlte wie eine Sylphide oder auch nur eine Tänzerin, sondern wie eine der Karyatiden auf dem Parthenon.

»Großartig!« Meine Mutter schob mich zum Spiegel und bewunderte ihr Werk. »Ganz wunderbar! Genau so tragen es die Griechen.«

»Ich höre immer Griechen … Männer etwa?« quiekte ich entsetzt.

»Aber ja, in Griechenland tanzen die Männer, das hast du doch sicher schon auf Bildern gesehen. Sie bilden einen Kreis und tanzen zusammen, Frauen dürfen nicht mitmachen.«

Es war unfaßbar. Das Kostüm war nicht nur peinlich, sondern nicht mal für Frauen gedacht. Keine zehn Pferde würden mich dazu bringen, in diesem lächerlichen Aufzug bei der Party zu erscheinen. Ich schluckte an Tränen.

»Jetzt hör mir einmal zu, Darling. Ich habe Stunden damit verbracht, dir dieses schöne Kostüm zu nähen, und du machst ein saures Gesicht. Das ist nicht fair. Du solltest dich freuen.«

Es war viel Arbeit gewesen, das wußte ich, aber hatte ich sie etwa darum gebeten, sich derart mit diesem dämlichen Blumenturm abzuquälen? Ich hatte ihr gleich gesagt, daß ich ihn nicht wollte, aber nein, sie mußte ja ihren Willen durchsetzen, und jetzt sollte ich auch noch dankbar sein. »Danke, Mom«, brachte ich mühsam heraus, umarmte sie steif und flüchtete in mein Zimmer, wo ich stumm weiterwütete.

Am Nachmittag der Party kam Lillian zu uns, wir zogen uns um und griffen nach den Mänteln. Meine Mutter befestigte den Kopfputz mit Haarklemmen, begutachtete noch einmal strahlend ihr Werk, ermahnte mich, um neun wieder zu Hause zu sein, und gab mir einen Abschiedskuß. Gemächlich gingen wir die Treppe und ein Stück die Straße hinunter. An der Ecke sah ich mich um. Tatsächlich, meine Mutter stand am Fenster. Ich winkte noch einmal, dann bogen wir um eine Ecke und verschwanden in einem Hauseingang. Dort zog ich vorsichtig die Haarklemmen heraus und riß mir den ungeliebten Blumenturm vom Kopf. Ein paar Blocks weiter zog ich die Kniestrümpfe aus, entfernte die Pompons von den Schuhen und verstaute alles in meinen Manteltaschen. Den Kopfputz trug ich lässig an dem verhaßten Gummiband und legte ihn bei Joan unter die anderen Mäntel auf ihrem Bett.

In der Wohnung wimmelte eine quirlige Schar kreischender Mädchen und Jungen herum, die sich vor lauter Nervosität ständig gegen die Möbel schubsten. Wir fingen mit den Kinderspielen an, mit Apfelschnappen und »Steck dem Esel den Schwanz an«, rauften an dem Tisch, der mit orangefarbenem Kreppapier gedeckt war, schlemmten Cream Sodas, Eis und Muffins mit orangefarbenem und schwarzem Guß und bewarfen uns mit orangefarbenem und weißem Puffmais. Dann kam der lange ersehnte Augenblick. Joan hielt eine leere Sodaflasche hoch, wir bildeten quiekend, kichernd und erneut schubsend einen Kreis, und sie ließ in der Mitte die Flasche kreisen. Das Spiel begann ganz brav mit ungeschickt auf geröteten Wangen plazierten Küßchen und Beinahtreffern auf die Lippen unter den Augen der Zuschauer. Der Junge, der die Flasche gedreht hatte, und das Mädchen, auf das sie zeigte (oder umgekehrt), machten aus dem Kreis heraus einen ungeschickten Satz aufeinander zu, und lautstarkes Quietschen und Aufstöhnen begleitete jeden Kuß, der sein Ziel fand. Als uns das zu zahm wurde, beschleunigte sich das Tempo der Postzustellung, Küsse wurden in intimerem Rahmen abgeliefert, und ich bekam in dem engen und finsteren Dielenschrank von Joan Corcoran meinen ersten Luftpost-Eilbrief. Mein Kopfputz lag indessen zerdrückt und vergessen unter dem Mantelberg. Als ich gerötet und zerzaust die Party verließ, zog ich ihn hervor und schwenkte ihn am Gummiband, während Lillian und ich, noch leicht benommen von den Erfahrungen, die wir ihm Dielenschrank gesammelt hatten, heimwärts gingen. Zu meiner großen Erleichterung hatte mich niemand gefragt, als was ich zu der Party gekommen war, so daß ich kein Wort über griechische Kultur hatte verlieren müssen.

1944 kandidierte Thomas Dewey, der kampflustige New Yorker Gouverneur, dessen unseliger Schnurrbart die Flüchtlinge immer an Hitler erinnerte, gegen ihren Helden Franklin Roosevelt. Der Krieg war in eine entscheidende Phase eingetreten, und das amerikanische Volk verhalf, eingedenk der Weisheit, man solle nicht mitten im Fluß die Pferde wechseln, dem kränkelnden Roosevelt zu einer beispiellosen vierten Amtszeit.

Meine Mutter schaffte es immer wieder, mich für ein paar Sommerwochen irgendwo auf dem Land unterzubringen. Sie zahlte einen bescheidenen wöchentlichen Betrag für Kost und Logis bei hilfsbereiten Bekannten oder Verwandten, die auf dem Land wohnten, wie in den beiden Jahren, die ich auf der Farm der Goldenbergs verlebt hatte. In einem Sommer nahmen mich meine Tante und mein Onkel mit auf eine lange Autotour durch Neuengland, ein andermal wohnte ich zwei Wochen in Larchmont in der Familie eines Anwalts, wo ich als Hilfskellnerin bei ihren Dinnerpartys eingespannt wurde. In jedem Sommer fand sich ein anderes Ziel, aber als ich zwölf wurde, machte meine Mutter das ideale Feriendomizil für mich ausfindig.

Über das Netzwerk der Exilierten, die ihre Verbindungen auch außerhalb der Stadt hatten, lernten meine Eltern einige Maler und Theaterleute kennen, die das Wochenende oder einen längeren Urlaub im Dorf Woodstock in den Catskills verbrachten. Von Manhattan brauchte man dorthin mit dem Autobus oder mit dem Wagen drei Stunden, so daß man am Freitagabend hinfahren und am Montagmorgen ganz früh die Rückreise antreten konnte. Es gab inzwischen dort genug Exilierte aus Europa, die in Cottages oder umgebauten Farmhäusern in der schönen Hügellandschaft Übernachtungsmöglichkeiten anboten. Nachdem meine Eltern mehrmals ein Wochenende in und bei Woodstock verbracht hatten, mieteten sie mich zum erstenmal zu einem Sommerurlaub dort ein.

Drei Sommer lang wohnte ich bei den Schuylers, deren Lebensweise ich hinnahm, ohne mich je zu fragen, woher das Geld dafür kam. (Viele Jahre später erfuhr ich, daß Carl mehrere Mietshäuser in New York besaß, die ihm ein regelmäßiges Einkommen sicherten.) Carl malte, alles andere übernahm Edith. Er war zuständig für die Kunst, sie für das Praktische, für soziale Kontakte und Kunstgewerbe. Er gab sich der einsamen Betrachtung der Hügel, verwitterter Scheunen, sanfter Pferde hin, sie organisierte Ausstellungen, Künstlerkooperativen, Jahrmärkte, sogar Logensitzungen. Sie wohnten in einem hübschen alten Farmhaus, in dem sie Strom legen und moderne Sanitäranlagen hatten einbauen lassen. Danach statteten sie es mit einer Fülle mexikanischer Läufer, mit indianischen Batik-Wandbehängen, Keramikarbeiten und Zeichnungen von Künstlerfreunden aus, mit Büchern, Malbedarf und Körben voll buntem Bast oder Wolle. In breiter Bahn fiel Sonne durch die hohen Glastüren und glänzte auf den gebohnerten Dielen. Düstere

Farben gab es nur auf Carls Bildern, die in allen Räumen hingen. Dort waren die Scheunen immer stumpfrot oder blaßgrün, die Pferde schlammbraun, und der Himmel zeigte sich in einem verwaschenen Grau, das sich von Carls verregneter holländischer Jugend her in seiner Vorstellung festgesetzt hatte.

Carl war kräftig gebaut, hellhaarig und sah recht gut aus, aber er war nicht gesund. Wenn er im Sommer bei Sonnenschein draußen gemalt hatte, war er leicht gebräunt, sonst aber war seine Haut fahl, und er atmete mühsam. Seine Stimme hatte ein eigenartig durchdringendes Timbre, man hörte sie durchs ganze Haus, besonders, wenn er wegen seiner Asthmabeschwerden schlechter Laune war. Er bewegte sich schwerfällig und hatte nichts von Ediths rastloser Energie.

Edith sah man nie in Ruhestellung. Als gebürtige Schweizerin und mit unerschütterlich guter Laune gesegnet, mußte sie immer tätig sein. Sie hatte tausend Begabungen und Interessen, ihre Sätze kamen in kurzen, schnellen Salven. Sie begeisterte sich immer wieder für etwas Neues, das sie ein paar Monate völlig in Anspruch nahm, bis sich etwas ergab, was mehr Taschengeld abwarf. Da sie sich nicht als ernsthafte Künstlerin sah, spielte es im Grunde keine Rolle, ob sie Bastkörbe flocht, Angorakaninchen züchtete, Emailschmuck herstellte, Unterricht im Töpfern nahm, Brot selbst backte oder kranke Nachbarn pflegte. Als ausgebildete Krankenschwester blieb sie gern in Übung und sorgte so dafür, daß ihre Zulassung nicht verfiel. Sie war dreizehn Jahre älter als Carl, geschieden und hatte zwei Söhne, aber so unterschiedlich sie auch auf den ersten Blick waren – die beiden hatten sich offenbar gesucht und gefunden. Ediths Bedürfnis, ihre Mitmenschen zu pflegen, und Carls Pflegebedürftigkeit ergänzten einander. Ihr Bewegungsdrang und ihre gute Laune waren ein Gegengewicht zu seiner Lethargie, und Carl war mit seiner Stetigkeit ein ruhender Pol für Edith mit ihren vielen verschiedenen Tätigkeiten.

Edith machte mich zu einem ihrer Projekte, wobei ihr aber wenig Erfolg beschieden war, denn ich verbrachte meine Zeit fast ausschließlich mit Lesen. Ich fuhr mit ihr in die Stadt, wenn ich dort Gelegenheit hatte, Bücher aus der Stadtbibliothek auszuleihen, leistete aber ihren Versuchen, mehr Abwechslung in meine Tage zu bringen, entschiedenen Widerstand. Ich las in einer Hängematte auf der langgezogenen Veranda ihres Hauses oder unter den Bäumen in einem Liegestuhl, umgeben von Insektengesumm und sehr zufrieden, wenn niemand etwas von mir wollte.

Edith hatte zwar durchaus Respekt vor Büchern, fand aber, daß ständiges Lesen der gedeihlichen Entwicklung einer Zwölfjährigen nicht förderlich war. Gern las ich die Fortsetzungsromane über die Schwesternschülerin Sue Barton, die nach und nach zu höheren Weihen in der Krankenpflege aufstieg, wagte mich aber mit *Ein Baum wächst in Brooklyn* auch an Erwachsenenliteratur und ließ mich viele Male von *Jane Eyre* verzaubern. Auch historische Romane nahm ich in Angriff, und die blieben noch viele Jahre meine bevorzugte Lektüre. Edith versuchte immer wieder, mich herauszulocken und schlug mir Unternehmungen vor, die mir, schüchtern, wie ich war, große Angst einjagten. Ich verweigerte höflich, aber bestimmt, Keramikstunden für Anfänger, Unterricht in der Schmuckherstellung, im Zeichnen, in modernem Tanz und den Grundbegriffen des Gitarrespielens. Als Edith endlich begriff, daß ich alles ablehnte, was nach Unterricht aussah, überredete sie mich, sie auf ihren Fahrten über Land zu begleiten, um Eier zu ver- und Gemüse einzukaufen, einer Freundin einen Kuchen zu bringen, Bast zu erstehen, einen Absatzmarkt für Angorawolle zu finden. Ich fuhr bereitwillig mit, wenn sie versprach, mich in der Nähe der Bibliothek abzusetzen, und das gestand sie mir zu, auch wenn es ihr gegen den Strich ging. Immer wieder versuchte sie, mich in Schwung zu bringen. Ich höre noch ihre Zwitscherstimme, die mir eine Lustbarkeit nach der anderen vorschlug, sehe ihre in einer nervösen Wolke wippenden Haare, ihre kräftigen sommersprossigen Arme und Hände, die unentwegt hoben, schnitten, flochten, wuschen, backten, pflanzten, die Rohstoffe der Welt in eine brauchbare Form kneteten. Leider war die wortkarge Leseratte kein dankbares Material. Es war nicht so, daß die Chancen, die sie mir bot, mich nicht gereizt hätten – ich hatte einfach Angst davor, als blutige Anfängerin in die Kunstgewerbeszene von Woodstock einzusteigen, weil dann die Welt vielleicht gemerkt hätte, wie wenig ich wirklich konnte.

Wenn es regnete, malte Carl in seinem Atelier hin und wieder Porträts oder Stilleben, die meist noch mehr Grautöne hatten als seine Landschaften. Einmal saß ich ihm Modell, aber es war keine angenehme Erfahrung. Ich hatte bei der Sitzung ein gelbes Baumwollkleid mit rotem Blümchenmuster an, das mir bald nicht weniger verhaßt war als die Sitzungen und vor allem das Bild selbst. Von Carl gemalt, war das Kleid senfbraun, mein Körper eine formlose Masse, mein Gesicht ein trauriger Klecks. Irgendwie war von Anfang an die Bildkomposition nicht gelungen und ließ sich nicht korrigieren. Das Bild ist nie ganz fertig geworden, aber zum Glück bedeutete das Ende des Sommers auch das Ende der Sitzungen. Das unvollendete Werk lehnte danach an einer Wand des Ateliers und verschwand später zu meiner Freude unter anderen davorgestellten Porträts oder Landschaften. Für ein Mädchen, das in *Laura* erlebt hatte, wie sich Dana Andrews in Gene Tierneys Porträt verliebt, war die ganze Sache sehr peinlich. Da ich nicht viel von den Kämpfen des Künstlers mit seinem Medium verstand, nahm ich es persönlich und fand, daß ich als Muse gescheitert war.

Carl besaß weder das Talent noch die Hingabe, die zum Schaffen großer Kunst unumgänglich sind, aber er malte jahrein, jahraus weiter. Seine Bilder hingen dicht gedrängt an allen Wänden im Haus, im Atelier, ja sogar in der Scheune. Die praktische Edith organisierte hin und wieder eine Ausstellung, und manchmal fand ein Bild auch einen Käufer. Sie ließ seine Zeichnungen von Pferden und Katzen fotografieren und zu Glückwunschkarten verarbeiten, die in der Künstlerkooperative recht guten Absatz fanden. Im Lauf der Jahre kam so tatsächlich eine Art »Œuvre« zusammen, allerdings kein besonders beachtenswertes, aber selbst wenn die Lese nicht allzu reich ist, verdient der Arbeiter im Weinberg Anerkennung für seine Mühe.

Doch in Woodstock gab es nicht nur stille Landschaftsmaler. Abstrakte Kunst, Expressionismus und die kühnen zeitgenössischen Kunstbewegungen hatten auch dorthin ihren Weg gefunden. Ein paarmal begleitete ich Carl und

Edith zu Vernissagen der Galerien am Ort. Wir sahen uns das Werk ihres Freundes Sidney Geist an, eines jungen Bildhauers, der witzige Figuren in abstrakter Form schuf, und an einem Abend besuchten wir die Ausstellung eines anderen Freundes, Avram Stahl. Avram war ein kraftstrotzender Kerl mit drahtigem grauschwarzem Haar und Boxernase. Seine Skulpturen sahen aus wie er – roh behauener Stein in klobiger Gestalt. Mir fehlte für seine Werke das Verständnis, aber die Erwachsenen meinten, sie seien Ausdruck eines stürmischen Innenlebens.

Sehr viel mehr interessierte mich Avram Stahls junge Frau. Von Edith wußte ich, daß sie erst zweiundzwanzig war, nur zehn Jahre älter als ich, aber sie war schon zweimal verheiratet gewesen. Avram war in den Vierzigern, sein Gesicht war ramponiert und voller Falten, in seiner Stimme schwangen Whiskey, Tabak und ein wildes Leben. Für ihn hätte ich mir viele Ehen vorstellen können. Aber seine Frau mit dem dunkel glänzenden, zum Pferdeschwanz gebundenen Haar und dem blassen ungeschminkten Gesicht sah so jung aus! Ich beobachtete sie, wenn sie am Arm ihres Mannes durch die Galerie ging, und fand, daß sie nicht die mindeste Ähnlichkeit mit den verführerischen Heldinnen meiner Liebesromane hatte. Ich hatte mir eingebildet, daß so weltläufige Erfahrungen wie drei Ehen das Aussehen einer Frau prägen, ihr vielleicht einen Anstrich sinnlicher Mattigkeit verleihen würden. Das war offenkundig nicht der Fall. Die junge Frau begrüßte die Besucher lachend und voller Eifer wie ein liebenswürdiges Kind.

Mehrere Jahre genoß ich die Sommerwochen bei den Schuylers in Woodstock sehr, war aber nie böse, wenn es zu den Vergnügungen meines Viertels und zu meinen Freunden zurückging.

Etwa um diese Zeit trennte ich mich von meiner Bildergalerie mit den Landschaften aus der *Saturday Evening Post.* Ich hatte zwar immer noch eine Schwäche für die bunten Bildchen, aber ich wußte natürlich, daß sie für die Erwachsenen Kinderkram waren, mit dem sie nichts anzufangen wußten. Ich hatte es eilig, die Kindheit hinter mir zu lassen, und fand, daß es Zeit zur Entwöhnung von blühenden Bäumen war, von den Holzzäunen und aufgeräumten Farmhäusern Neuenglands. Wir wohnten jetzt seit fünf Jahren in Riverdale, und unsere Wohnung stand zur Renovierung an, da mußten die Bilder sowieso weg. Ich gab mir einen Ruck, nahm sie alle ab und verstaute sie in einem großen gelben Umschlag. Nun hingen an den Wänden unter vergilbtem Tesafilm nur noch ein paar Eckchen, und auch die schälte ich sorgfältig ab. Dann wurde die ganze Wohnung frisch gestrichen. Zu meinem dreizehnten Geburtstag schenkte meine Mutter mir eine neue Lampe und eine glänzende Satinbettdecke. An den Wänden hingen nun drei schön gerahmte Drucke impressionistischer Gemälde, eine Brücke von van Gogh, eine sonnenbeschienene Bucht von Monet und ein Stilleben mit Birnen und Äpfeln von Cézanne. Das Zimmer sah wunderbar erwachsen aus, fand ich, und unter der Anleitung meiner Mutter bewegte sich mein Geschmack vom Kitsch weg in die Gefilde der Kunst. Ich war stolz auf den gelungenen Übergang und mochte die neuen Bilder, aber ich hatte ein anderes Verhältnis zu ihnen. Die kitschigen Bildchen hatten mich – wie die Puppen und Lehmfigürchen meiner frühen Kindheit – zu Geschichten und kleinen Theaterstücken angeregt. Ich freute mich an den impressionistischen Landschaften, aber ich bewohnte sie nicht. Ob das ein Zeichen für den natürlichen Wechsel vom Kinderspiel zu einer reiferen Kunstbetrachtung war, könnte ich nicht sagen, aber den Kitsch hatte ich geliebt, und ich habe den Verdacht, daß ich mich von ihm nur trennte, um erwachsener zu wirken.

Auch sonst änderte sich mein Geschmack. Ich besuchte nun nicht mehr die Kindervorstellungen am Samstagvormittag, sondern ging ganz normal am Sonntagnachmittag ins Kino, sah keine Kinderfilme mehr, sondern schöne Heldinnen in Kostümdramen, die in ferner Vergangenheit oder an fernen Orten spielten. Ich liebte die Piratenfilme mit Maureen O'Hara und Paul Henreid, Safaris im afrikanischen Dschungel und Liebesgeschichten auf Südseeinseln mit Dorothy Lamour im Sarong. Zu Weihnachten schenkten mir meine Eltern ein Victrola-Koffergrammophon, und ich hörte meine erste Beethoven-Symphonie. Am Samstag gab es im Radio die von Texaco gesponserten Übertragungen aus der Metropolitan Opera. Meine Lieblingsoper war *Carmen*, die Geschichte von der schönen ausgestoßenen Zigeunerin und ihrer Macht über Männer. Zum Geburtstag bekam ich das komplette Album mit Risë Stevens als Carmen und spielte die Platten immer wieder, lernte den Text der Arien auswendig und erschauerte vor der unseligen Verquickung von »L'Amour« und »La Mort«. Weil ich mich neuerdings offenbar für klassische Musik interessierte und immer schon gern gesungen hatte, hegten meine Eltern die Hoffnung, daß ihre musikalische Ader sich jetzt auch bei mir zeigen würde. Manchmal sangen meine Mutter und ich zweistimmig und füllten die kleine Küche mit sattem Wohlklang. Zwei Frauenstimmen, die sich im Gesang verbinden, sind für mich immer noch ein Stück Himmel auf Erden. Weit weniger himmlisch ließen sich meine Musikstunden an.

Ich war in der sechsten Klasse, als meine Mutter dank ihrer Abendkurse einen besser bezahlten Job als technische Zeichnerin bei der Leitz Camera Company bekam. Morgens ging sie mit einem Köfferchen voll zierlicher Werkzeuge zur Arbeit und brachte abends wunderbar detaillierte Zeichnungen von Kamerabauteilen nach Hause, die ich enorm bewunderte. Ihre Arbeitszeit war kürzer, die Tätigkeit anspruchsvoller, aber weniger anstrengend, und das höhere Gehalt tat unserer Haushaltskasse gut. Weil sie hoffte, ich könnte die Musik zum Beruf machen, beschloß sie, einen Teil ihres zusätzlichen Einkommens in Klavierstunden für mich zu investieren. Meine Klavierlehrerin war die schon etwas angejahrte Frau Meierbehr.

Frau Meierbehr, die aus Deutschland hatte flüchten können und sich mit Musikunterricht durchschlug, den sie in ihrer Wohnung erteilte, war nur eine aus einer langen Reihe von Exilierten, die sich um mein Wohlergehen kümmerten. Frau Dr. Renée Bégun, die französische Ärztin und langjährige Freundin meiner Mutter, die mit ihrer großen Brille wie eine Eule aussah, behandelte mich bei Kinderkrankheiten. Die schlampige Augenärztin Dr.

Frieda Sturm verordnete mir eine Brille, weil ich kurzsichtig war, und roch nach den Erdnüssen, die sie kaute, während ihre Taschenlampe und ihre mahlenden Kiefer mir unangenehm nah kamen. Dr. Julian Wolff, der geschniegelte Orthopäde, der meine Mutter aus verhangenen Augen betrachtete, hatte meine Füße operiert, und Dr. Gross, der Zahnarzt, brachte unsere Zähne in Ordnung und ließ sich mit dem Lächeln meiner Mutter bezahlen. Da meine Besuche bei ihnen meist mit Schmerzen verbunden waren, wünschte ich sie alle hundert Meilen weit weg, aber meine Klavierlehrerin, Frau Meierbehr, hätte ich am liebsten auf einen anderen Planeten geschickt. Eine eckige Gestalt in formlosem schwarzem Kleid, das granitgraue Haar zum Dutt frisiert, schlug sie den Takt mit einem Lineal, das sie mir auch unter die Hände hielt, um sicherzugehen, daß ich die Finger richtig über den Tasten krümmte. Nachmittags, wenn mein Vater nicht am Klavier saß, sollte ich üben, aber ich hatte keine Lust, langweilige Fingerübungen zu wiederholen oder dumme kleine Béla-Bartók-Stücke für Anfänger zu klimpern. Ich wollte Schlager singen und mich mit meinen Freundinnen treffen. Mit zwölf hätte ich nicht sagen können, was mir verhaßter war – die Klavierstunden selbst oder das Üben zu Hause. Ich drückte mich um das Üben oder »vergaß« es, sooft es sich machen ließ. Im Laufe des nächsten Jahres gab es deswegen immer wieder Streit mit meiner Mutter, und Frau Meierbehr und ich litten jede Woche Qualen, ohne daß sich bei mir ein Funken von Talent zeigte. Als ich mich bei dem jeden Winter stattfindenden Schülerkonzert verbissen durch eine 2-Minuten-Fassung von Mozarts Minutenwalzer gequält hatte, warf sie endlich das Handtuch und ließ meine Eltern wissen, ich hätte zwar eine nette Singstimme, aber für eine Klavierkarriere sei ich ungeeignet. Zu allseitiger Erleichterung wurden die Klavierstunden gestrichen.

1944, in meinem letzten Jahr in der Primary School 7, befand meine Mutter, daß ich in der High-School unseres Bezirks nur eine mittelmäßige Ausbildung bekommen würde, und sah sich nach einer besseren um. Freunde empfahlen zunächst die Dalton School in Manhattan als besonders geeignet zur Förderung kreativer Talente. 1944 ging es uns finanziell nicht schlecht, aber Schulgeld hätten wir nicht zahlen können, und ohne Stipendium kam eine Privatschule nicht in Frage. Ich wurde zu einer Prüfung und einem Gespräch in der Dalton School angemeldet, wo über ein Stipendium entschieden werden sollte, aber ich fiel durch.

Die nächste Schule auf der Liste meiner Mutter war die High-School of Music and Art, eine staatliche High-School, die talentierte junge Leute aufnahm und ihnen eine schulgeldfreie Weiterbildung im künstlerischen Bereich bot. Mein mangelndes Interesse fürs Klavier und meine fehlende Begabung auf diesem Instrument hatte ich ja hinreichend bewiesen, aber die »nette Singstimme« ließ meine Eltern nach wie vor hoffen. Frau Meierbehr wurde beauftragt, mich für ein Vorsingen an der High-School of Music and Art vorzubereiten. Da ich keine geschulte Stimme hatte, sollte ich – darüber waren sie und meine Mutter sich einig – etwas aus dem Gebiet der leichten Muse vortragen. Frau Meierbehr entschied sich für »In the Garden of my Heart«, ein spätviktorianisches Lied mit viel Gefühl und kunstreich eingebauten eleganten Trillern. Wir mühten uns wochenlang mit Atmung, Phrasierung, Haltung, Gesichtsausdruck, Stimmqualität, bis ich das Stück in- und auswendig konnte.

Am Tag des Vorsingens fuhr ich mit der U-Bahn zur High-School und gesellte mich in einem Klassenraum zu mehreren Kandidatinnen, die ebenfalls zum Vorsingen angetreten waren. Dort sollten wir warten, bis unsere Namen aufgerufen wurden. In der Aula hatten wir dann die Noten der Begleiterin am Klavier auszuhändigen und unser eingeübtes Stück vorzutragen. Eine Lehrerin begleitete die einzelnen Kandidaten nach draußen. Schließlich war außer mir nur noch ein Mädchen übrig. Ich hatte schreckliches Lampenfieber, meine Leidensgefährtin aber warf unbekümmert die dunklen Locken zurück und schmetterte mit einem selbstsicheren, etwas nasal opernhaften Sopran eine Tonleiter. Ich war beeindruckt und wurde noch nervöser.

»Du hast eine wunderschöne Stimme«, sagte ich höflich, als sie eine Pause machte.

»Ja. Danke. Ich singe ›Caro nome‹. Ich heiße Jessica, und du? Was wirst du singen?«

Ich sagte es ihr. Sie ließ ihre Stimme die nächste Tonleiter hochklettern.

»Schade, daß ich keinen Tee mit Honig habe«, sagte sie. »Honig ist gut für den Hals. Er lockert die Stimmbänder. Meine Gesangslehrerin gibt mir vor dem Singen immer Tee mit Honig zu trinken.«

Meine Gesangslehrerin hatte mir nie etwas zu trinken gegeben. Zum Lampenfieber kam nun noch die Sorge um meine Stimmbänder, aber ich war viel zu schüchtern, um sie hier zu testen. Mit dreizehn war ich derart gehemmt, daß ich eine panische Angst vor öffentlichen Auftritten jeder Art hatte, was für eine Gesangskarriere gewiß nichts Gutes verhieß. Dann hörte ich meinen Namen, folgte der Lehrerin durch einen langen dunklen Gang in die Aula und betrat die Bühne. Ich drückte der Frau am Klavier meine Noten in die Hand und warf einen Blick auf die sechs, sieben Zuhörer, die sich im Zuschauerraum verloren, dann arbeitete ich mich systematisch durch »The Garden of My Heart« nebst allen sorgsam eingeübten Gefühlen, und setzte auch die Triller an der richtigen Stelle. »Vielen Dank«, sagte einer der Zuhörer, als ich fertig war. »Sie bekommen innerhalb der nächsten zwei Wochen Bescheid.« Die Klavierbegleiterin gab mir mit flüchtigem Lächeln meine Noten zurück, und ich fuhr mit der U-Bahn nach Hause. Ich habe nie erfahren, ob Jessica sich mit ihrer Arie einen Platz in der Schule ersungen hat, aber zwei Wochen später bekamen wir die Nachricht, daß ich leer ausgegangen war. Nach diesem mißglückten Schwanengesang verschwand Frau Meierbehr endlich aus meinem Leben. Meine Eltern kamen bedauernd zu dem Schluß, daß ich in der Musik nichts werden würde. Ich hatte Gewissensbisse, weil ich sie enttäuscht hatte, war aber froh und glücklich, daß das Thema nun ein für allemal erledigt war. Keine meiner musikalischen Betätigungen war eine reine Freude für mich gewesen, nicht die Klavierstunden, nicht das Singen und am allerwenigsten die öffentlichen Auftritte.

Zum Glück setzte meine Mutter trotzdem noch immer Hoffnung in meine Zukunft. Wenn es auch mit meiner

Kreativität und musikalischen Begabung offenbar nicht weit her war, glaubte sie zumindest fest an meine Intelligenz. In Absprache mit meiner Grundschullehrerin meldete sie mich für die Aufnahmeprüfung in der Hunter College High-School für Mädchen an, die auf ein Pädagogikstudium im Hunter College vorbereitete. Hunter nahm bei entsprechenden Noten und nach einer Eingangsprüfung aufgeweckte Schülerinnen aus allen fünf Bezirken der Stadt auf. Diesmal – zum drittenmal am Ball – machte ich alles wieder gut und schlug nicht daneben. Man teilte mir mit, daß ich im September in Hunters Freshman Class C-1 anfangen durfte. Ich hatte die Prüfungen hinter mir und konnte auf eine gute High-School-Ausbildung hoffen. Es fiel mir nicht leicht, mein vertrautes Viertel zu verlassen, aber auch für den Besuch der für unseren Bezirk zuständigen High-School wäre das ja nötig gewesen. Alles in allem war ich heilfroh, daß ich wenigstens bei einer der empfohlenen Schulen Punkte gemacht hatte.

Das dichte Netzwerk ziviler und polizeilicher Überwachung machte es Hitlergegnern schwer. Dennoch gab es regelmäßig Versuche, Widerstand zu leisten. Eine Gruppe von etwa hundert kommunistischen Sympathisanten, die Rote Kapelle, infiltrierte wichtige zivile und militärische Regierungsstellen und gab Informationen nach Moskau weiter. 1942 kam man der Gruppe auf die Spur, und die meisten ihrer führenden Köpfe wurden hingerichtet.

In München, der Stadt von Hitlers ersten Erfolgen, bildete sich um das Geschwisterpaar Hans und Sophie Scholl eine Widerstandsgruppe, die sich die Weiße Rose nannte.

Sie verteilten an der Universität Briefe und Flugblätter, die zum Widerstand gegen die Nazis aufriefen. 1943 wurden sie bei der Gestapo denunziert, und die Scholls sowie ihr Mentor, Professor Kurt Huber, wurden verhaftet, gefoltert und öffentlich hingerichtet. Bei so brutalen Konsequenzen überrascht es nicht, daß der Widerstand sich meist im geheimen abspielte oder schlecht organisiert war. So war auch der 1944 gefaßte verzweifelte Plan einer Gruppe von Offizieren, Hitler durch ein Bombenattentat zu beseitigen, zum Scheitern verurteilt. Hitler erlitt nur leichte Verletzungen, und in der Folge wurden Hunderte gehenkt, auch wenn sie nur lockeren Kontakt zu den Verschwörern gehabt hatten.

7

Ernüchterung

Ich glaube, es war mir klar, daß mein Überleben von meiner Mutter abhing. Sie hat mich gewissenhaft großgezogen, hat mich gepflegt, wenn ich krank war, meine Kleidung genäht und gekauft, mich Körperpflege, Tischmanieren und Hausarbeiten gelehrt und mir Benimmregeln eingetrichtert. Sie führte mich auch ins kulturelle Leben ein, weil ihr daran lag, daß ich an ihren Interessen teilhatte. Regelmäßig ging sie mit mir in Museen und Konzerte. Diese Exkursionen waren lehrreich, aber wohl weder für sie noch für mich ein Genuß. Nach Elkes Theorie waren Kinder leere Krüglein, die darauf warteten, mit Wissen aus bauchigen Erwachsenenkrügen gefüllt zu werden, und sie sah es deshalb als ihre Aufgabe an, mich bei jedem dieser Besuche über ihre Zu- und Abneigungen zu belehren. Sie besaß wenig fundiertes Hintergrundwissen auf den Gebieten der Geschichte, Musiktheorie oder bildenden Kunst, war aber fest davon überzeugt, daß das, was ihr gefiel, gut war, und das, was sie ablehnte, minderwertig sein mußte. Zu Erklärungen ließ sie sich nicht herab. Ihre Kommentare waren entweder überschwengliches Lob oder vernichtende Kritik. In Konzerten wiegte sie sich genießerisch hin und her und griff bei ihrer Meinung nach besonders gelungenen Passagen nach meiner Hand oder murrte und knurrte, wenn die Darbietung nicht dem Niveau entsprach, das sie erwartet hatte. Im Museum zerrte sie mich von Saal zu Saal, von Bild zu Bild, hauchte »Großartig!« oder »Genial!« vor den Werken der Impressionisten, die ich mochte, wie auch vor den Kubisten oder Abstrakten, die ich nicht verstand. Wohlgefallen wie Widerwillen äußerte sie unbekümmert und in voller Lautstärke. Ich wand mich vor Verlegenheit, aber meine Mutter fand überhaupt nichts dabei, nicht nur mich, sondern alle Umstehenden mit Erklärungen zu beglücken, was Jahre später Hannah Arendt veranlaßte, ihre Freundin Elke als »öffentliche Bildungsanstalt« zu bezeichnen.

Elke ging mit mir auch in die großen Warenhäuser wie Macy's, Gimbel's, Altman's und Saks Fifth Avenue, wo sie es sich nicht nehmen ließ, mir einen Artikel, der mir gefiel, aus der Hand zu nehmen und mir dafür mit einem energischen »Schau mal, das ist doch wirklich nett!« etwas anderes in die Hand zu drücken. Ich hatte, sollte das heißen, wie üblich danebengegriffen.

Unsere Fahrten nach Manhattan waren für mich Expeditionen in den Dschungel. Freundschaftliches Nebeneinanderherschlendern war nicht die Stärke meiner Mutter. Sie zeigte gern, wie behende sie sich durch die Menge bewegen konnte. Auf verstopften Gehsteigen lauerte sie auf eine Möglichkeit zum Durchkommen, und wo sie auch nur die kleinste Lücke sah, schoß sie hocherhobenen Hauptes und mit wehendem Mantel zwischen den Menschen durch. Sie dachte nicht daran, ihren Schritt oder ihre plötzlichen Ausfälle dem Tempo ihrer Begleitung anzupassen. Sobald sie sich durchgezwängt hatte, schloß sich die Lücke natürlich wieder, das Bild der Menge veränderte sich. Als Kind oder linkische Heranwachsende bin ich an so manchem Samstagvormittag auf zahllose Füße getreten und in Passanten hineingerannt, um das blonde Haar meiner Mutter nicht aus den Augen zu verlieren. Überall kam sie zuerst an, stolz auf ihr Tempo und höchst verwundert über meine Trödelei. Genauso unberechenbar verhielt sie sich in der U-Bahn, in Autobussen oder auf Rolltreppen. Jahrelang malte ich mir aus, wie es wäre, wenn ich einmal nicht nachkommen, wenn ich auf den atemlos hechelnden Endspurt verzichten würde, wie verzweifelt sie über den Verlust ihres Lieblings wäre. Da ich aber selten genau wußte, wohin wir wollten oder wie man von da wieder zurückkam, siegte über diese Versuchung die Angst, irgendwo im dunklen Herzen der New Yorker Verkehrsbetriebe verlorenzugehen.

Weil sie für mich sorgte und mein Vater, so lieb er auch war, sich wenig um meine Alltagsprobleme kümmerte, fand meine Mutter, daß ich sie mehr lieben müßte als ihn. Aber ihre stete Wachsamkeit machte mich nervös. Mir schien, daß sie ständig mit angehaltenem Atem und besorgtem Blick aufpaßte, ob auch ja nichts an meinem Äußeren auszusetzen war. Wenn sie mich so ansah, kam ich mir vor wie ein aufgespießter Schmetterling. Unsere Beziehung war intensiv, aber hitzig. Als kleines Kind hatte ich sie angebetet und ihre Entscheidungen und Urteile auch dann akzeptiert, wenn es mir schwerfiel. Manchmal gab es auch noch Augenblicke der Nähe, als ich älter war, aber ich wollte nicht mehr sein wie sie, sondern so wie meine Freundinnen. Doch wenn ich in meiner neu entdeckten Rolle als Rebellin versuchte, mich gegen ihre Verfügungen zu wehren, fehlte es mir an Ausdrucksmöglichkeiten. Ich kannte nur zwei Arten, Protest zu artikulieren – muffig-stumm mit Türen zu knallen oder meine Mutter anzuschreien. Da sie ebensowenig zur Mäßigung neigte wie ich, schrie sie zurück oder reagierte mit einer schallenden Ohrfeige und verschanzte sich dann hinter beleidigtem Schweigen, das tagelang anhalten konnte. Wenn ich es nicht mehr aushielt, erwartete sie von mir eine Entschuldigung, weil ich sie dazu gebracht hatte, derart die Beherrschung zu verlieren.

Der Kontakt mit meinem Vater dagegen beschränkte sich im wesentlichen darauf, daß er mir den Kopf tätschelte und häufig Brownies mitbrachte. Aber die Brownies waren köstlich, und wenn er mich vernachlässigte – ein Begriff, über den man streiten könnte –, tat er das mit sehr viel Herzensgüte. Er strengte sich nicht besonders für mich an, aber ich liebte ihn, zum Teil wohl auch deshalb, weil ich mich bei ihm einfach gut fühlte. Auf meine Mutter wirkte er leider ganz anders. Mit wöchentlichen Versöhnungsgeschenken aus der Konditorei war es für sie nicht getan. Sie hat meinen Vater ihr Leben lang geliebt, aber es war keine glückliche Liebe, sondern eher ein erbitterter Konkurrenzkampf. Als sie sich in ihn verliebte, war sie zwanzig, und er blieb ihr zentraler Bezugspunkt. Sie war schön, ungebildet und besitzergreifend. Er war genial, geistreich, sexuell amoralisch und offenbar außerordentlich attraktiv für Frauen, obwohl ich ihm diese Rolle eigentlich nicht zutraute. Ich sah ihn in seinem grauen Pullover, ausgebeulten Hosen und Schlappen in seinem Arbeitszimmer sitzen, fast kahl, leicht übergewichtig, zwischen den Lippen eine Regent nach der anderen, die er rasch ausdrückte oder vergaß, wenn ihm eine Eingebung gekommen war, die es festzuhalten galt. Ständig lagen diese langen dünnen Zigaretten halb aufgeraucht im Zimmer herum, die er später auflas, um seine Vorräte zu strecken. Wenn er nicht gerade an seinem Schreibtisch saß oder auf dem schwarzen Klavier neue Melodien ausprobierte, legte er sich auf der Couch lang und streichelte Sandy, unsere Siamkatze, die dösend auf seiner Brust lag. So gern ich meinen Vater hatte – als romantischen Liebhaber konnte ich ihn mir nicht vorstellen. Aber an drei oder vier Nachmittagen in der Woche verzog er sich in die Stadt und traf sich dabei nicht nur mit befreundeten Schriftstellern und Komponisten, sondern auch mit Frauen, die Gefallen an ihm gefunden hatten. Er seinerseits fand sie alle entzückend – und entzückend großzügig. Für ihn gehörten sie zu den guten Gaben, die das Leben für ihn bereithielt, und ernst zu nehmen schien er keine.

Meine Mutter nahm sie leider sehr ernst. Sie sah sich als etwas ganz Besonderes, Unersetzliches in seinem Leben, und deshalb war sie von seinen Affären zutiefst in ihrem Stolz getroffen, betrübt und betrachtete sie als Kriegserklärungen. Sie würde es ihm zeigen. Sie würde ihn mit seinen eigenen Waffen schlagen. Sehr bald schon machte sie sich daran, mit ihrem Charme Männer einzufangen. Das, was mein Vater als Spiel betrieb, war bei meiner Mutter echter Kampf. Ihre Männer waren Trophäen, die sie – oft genug vor ihrer grollenden, peinlich berührten Tochter – herzeigen mußte, um sich ihres eigenen Wertes wieder bewußt zu werden. Während mein Vater nie mit mir über sein »anderes Leben« sprach, führte meine Mutter Buch über ihre

Siege. Sie erzählte ständig, dieser oder jener Mann sei in sie verliebt, und nahm sich ihre Bewunderer, wo sie zu finden waren – Dichter, Bildhauer, Klempner, Zahnärzte, Kollegen, Geschäftsleute, Philosophen. Gewiß waren nicht alle ihre Liebhaber, aber jeder, der in irgendeiner Weise zu erkennen gegeben hatte, daß er sich zu meiner Mutter hingezogen fühlte, zählte für sie. Was sie für ihre Opfer empfand, sagte sie nie, sie ließ sich nur über die Gefühle der Männer aus, erzählte von dem oder jenem, er sei »wahnsinnig in sie verliebt«. Vielleicht stimmte es ja. Dank der Verehrer, die im Lauf der Jahre an ihr vorbeiparadierten, fühlte sie sich immer wieder in ihrer Schönheit und ihrem Selbstwertgefühl bestätigt.

Leider störte das meinen Vater überhaupt nicht. Er fand es durchaus verständlich, daß andere Männer sie genauso entzückend fanden wie er, und amüsierte sich über ihre Heftigkeit so, wie man sich über ein jähzorniges Kind amüsiert. Seine Nachsicht machte sie ratlos und wütend, weil sie dadurch die Bedeutung ihrer Eroberungen geschmälert sah. Er ließ damit natürlich auch stillschweigend durchblicken, daß ihm all das nicht wirklich wichtig war, und das traf sie ganz besonders.

Ich selbst, schüchtern, ab und zu in einen Teenagerschwarm unglücklich verliebt, von meinem zerknautschten, sanften, hochgebildeten Vater fasziniert, von meiner heftigen, strahlenden Mutter verunsichert, ja zur Verzweiflung gebracht, wußte mir auf all das keinen Reim zu machen.

Mein Vater sprach mit mir nie über Themen wie Liebe oder Leidenschaft. Meine Mutter hatte Theorien. Sie mußte immer über ihre Männer sprechen, weil sie nicht anders konnte. Bei unseren nächtlichen Badezimmergesprächen, wenn mein Vater wieder einmal lange ausgeblieben war, mußte sie auch über seine Frauen sprechen. Sie fühlte sich bemüßigt, ein theoretisches Gerüst zu erstellen, um mir, dem Kind, der widerstrebenden Vertrauten, ein Gefühl der Stabilität und Sicherheit zu geben. Wir hatten also eine Theorie über das, was an einer Ehe »wichtig« war, nämlich eine grundsätzliche Affinität, eine Bindung, die Beziehungen mit anderen überstehen, überwinden und überleben konnte. Ihr Modell war die traditionelle europäische Ehe des höheren und niederen Adels, in der die Männer sich Mätressen hielten und die Frauen Liebhaber. Diese Regelung wurde in gegenseitigem Einvernehmen getroffen und toleriert, sofern der Schein gewahrt wurde und jedermann (und jede Frau) rechtzeitig zum Abendessen zu Hause war. In diesem Modell gab es offenbar auch kaum Schwierigkeiten, den richtigen Partner zu finden, und die Lustbarkeiten kamen nie den Verpflichtungen in die Quere. Auf familiäre Anlässe, kranke Kinder und echte emotionale Bedürfnisse wurde durchaus Rücksicht genommen. Es war ein hehres Bild, in dem sich die traditionelle, auf Besitz und Herkunft basierende Ehe mit der auf romantischer Liebe gegründeten verband.

Der Haken an dieser verlockenden Theorie war, daß sie nicht alle Probleme der Menschen in meinem Umfeld berücksichtigte. Meine Mutter konnte nicht schlafen und heulte im Badezimmer, wenn mein Vater spät nach Hause kam. In der Praxis schien die von ihr propagierte Theorie also nicht so gut zu funktionieren. Ich fühlte mich viel mehr von dem angezogen, was ich für die amerikanische Spielart der Ehe hielt – bedingungslose ungeteilte lebenslang monogame Liebe zwischen zwei Menschen, die immer nur füreinander da waren. Ob sie besser klappte als das europäische Modell, wußte ich nicht, aber ich fand sie sehr viel ansprechender und – als etwas, worauf man sich doch eigentlich freuen sollte – bei weitem nicht so verwirrend.

Am 12. April 1945 unterbrach der Rundfunk seine Sendungen mit der Meldung, daß Franklin Roosevelt in Warm Springs, Georgia, an einer Gehirnblutung gestorben war. Das einzige Rundfunkgerät, das wir besaßen, stand in meinem Zimmer, weil meine Eltern kaum einmal Radio hörten, aber in den nächsten Tagen scharten sie und ihre Freunde sich um den Apparat und warteten auf die Reportagen über die landesweiten Trauerkundgebungen. Wir hörten, wie Tausende sich an den Gleisen aufstellten und weinten, als der Zug vorbeikam, der den toten Präsidenten nach Washington brachte. Roosevelt war der einzige amerikanische Präsident, den wir kannten, und nun war er nicht mehr da. Es war, als sei der Urvater der Nation gestorben. Aber die Menschen betrauerten nicht nur seinen Verlust, sondern fürchteten auch für ihre Zukunft. Sein Nachfolger, Harry Truman, war ein relativ unbekannter Politiker aus dem Mittelwesten, der so aussah und so sprach wie der Kleinstadtkrämer, der er mal gewesen war. Wenn die Freunde in unserer Wohnung zusammenkamen, fragten sie sich, wie so ein Mann Roosevelts Platz in der Welt einnehmen und den Krieg zu einem erfolgreichen Ende bringen konnte.

Wie sich zeigte, war Truman der Herausforderung gewachsen. Monat für Monat traf er die notwendigen Entscheidungen, und sein Ansehen wuchs stetig. Inzwischen überschlugen sich die Ereignisse. Im April eroberten die Alliierten Wien, die Russen stürmten Berlin, und Hitler nahm sich inmitten der Ruinen, die er geschaffen hatte, das Leben. Trotz des unmittelbar bevorstehenden Kriegsendes ging der Mord an den Juden weiter. Am 7. Mai 1945 unterzeichnete Deutschland die bedingungslose Kapitulation. Später hörten wir, daß amerikanische Soldaten bei der Befreiung der Konzentrationslager dort zu ihrem Entsetzen nur wenige Überlebende von Hitlers »Endlösung« gefunden hatten, die wie ausgemergelte Gespenster zwischen Leichenbergen umherirrten.

Als ich mit vierzehn im Juni 1945 die achte Klasse beendet hatte, bekam ich den Auftrag, auf unserer Abschlußfeier eine kleine Rede zu halten. Diese Ehre verdankte ich der Tatsache, daß ich den zweitbesten Notendurchschnitt der Abschlußklasse erreicht hatte, nur den Bruchteil eines Punktes niedriger als der Klassenbeste, ein gewisser Craig Morris. Das bedeutete harte Arbeit. Die Rede schrieb ich unter der Anleitung meiner Klassenlehrerin, die aufpaßte, daß Wünsche für eine glänzende Zukunft ebensowenig vergessen wurden wie der Dank an Schule und Kollegium. Dann lernte ich meine Rede auswendig und übte sie mit lauter Stimme viele Male vor unserem Dielenspiegel. Bei dem Gedanken, mich vor lauter Fremden hinstellen und eine Rede halten zu müssen, bekam ich eine Gänsehaut, aber diesmal wechselten sich Angst und freudige Erregung ab, die Gefühle fuhren mit mir Achterbahn.

Damit auch mein Äußeres dem großen Ereignis entsprach, ging meine Mutter mit mir in den Friseursalon neben Ernas Feinkostgeschäft. Eine Friseuse in weißem Kittel schnitt mir zuerst das lange glatte braune Haar und wikkelte das, was übrigblieb, auf Dutzende kleiner Wickler, dann senkte sich eine riesige Blechhaube über mich, und meine Haarröllchen wurden elektrisch gekraust. Danach kamen die Wickler heraus, das Haar wurde gewaschen, auf größere Wickler gedreht, unter einer anderen Haube getrocknet und schließlich sorgfältig frisiert. Das Ergebnis war verblüffend. Statt langer gerader Strähnen hatte ich jetzt dicke braune Wülste auf dem Kopf. Die Damen im Salon versicherten, ich sähe reizend und erwachsen aus. Während sie sich über meinen Kopf hinweg vor Stolz aufplusterten, betrachtete ich todunglücklich mein dauergewulstetes Spiegelbild. Zu Hause versuchte ich, die Dauerwelle unter der Dusche auszuwaschen, aber sie trocknete zu einer braunkrisseligen Wolke, als wäre ein Blitz auf mein Haupt niedergefahren, den ich nur mit knapper Not überlebt hatte. Ich mußte neu gewaschen und neu gelockt werden. Ob ich wollte oder nicht – zum Schulabschluß mußte eine ordentliche Frisur her. An dem großen Tag war die Aula mit unseren Lehrern, mit Eltern und Verwandten bis auf den letzten Platz gefüllt. Mit mächtigen Klavierakkorden begann »Oh Beautiful, for Spacious Skies ...«, und die Schüler und Schülerinnen der Abschlußklasse, die Mädchen in weißen Kleidern, die Jungen in dunklem Anzug, kamen in feierlichem Zug herein. Wir bemühten uns redlich, dem Rhythmus der Musik zu folgen, und versuchten – ohne den Kopf zu drehen –, in dem Meer uns zugewandter Gesichter unsere Familien zu entdecken. Wie vorgesehen, nahmen wir in den vorderen Reihen Platz, ein Vertreter der Stadt begrüßte die Anwesenden und sprach mit uns den Fahneneid. Dann folgten der Segen eines Pfarrers und eine Begrüßung durch den Schulleiter. Und dann wurde mein Name aufgerufen. Ich ging die seitlichen Stufen zur Bühne hoch und stellte mich ans Rednerpult. Der Schulleiter würdigte mit ein paar kurzen Worten meine schulischen Leistungen. Die Karteikarten mit meinen Stichworten hielt ich fest umklammert, aber ich hätte sie nicht gebraucht. Mit meiner kräftigsten Stimme spulte ich die auswendig gelernte Rede fehlerlos ab. Dann war es überstanden, und alle klatschten. Der jäh aufbrandende Beifall war wie ein Wasserfall von Lob, der über mich hinwegspülte – es war ein wunderbares Gefühl. Der Schulleiter schüttelte mir die Hand, überreichte mir einen Strauß roter Rosen mit roter Schleife und führte mich zu einem der Stühle auf dem Podium, die für die ausgezeichneten Schülerinnen und Schüler vorgesehen waren. Während diese sich nach und nach zu mir gesellten, saß ich da, den Blick ins Publikum gerichtet, meinen Rosenstrauß in der Hand, und hatte immer noch Bruchstücke meiner Rede im Kopf. Ich war so selig über meinen ruhmreichen Auftritt, daß ich nichts um mich herum wahrnahm, bis es an die Verteilung der Abschlußzeugnisse ging. In alphabetischer Reihenfolge wurden die Namen aufgerufen, die Schüler kamen aufs Podium, nahmen ihr Diplom in Empfang, gaben dem Schulleiter und etlichen Würdenträgern der Schule die Hand und gingen, von anhaltendem Beifall begleitet, wieder an ihren Platz. Wir, die wir auf dem Podium gesessen hatten, schlossen uns der Prozession an. Die Honoratioren gaben uns noch ein paar Abschiedsworte mit auf den Weg, dann griff der Klavierspieler mit »Land of Hope and Glory« mächtig in die Tasten, und wir zogen durch den Mittelgang und die geöffnete Flügeltür hinaus in den Vorraum, wo wir aufgeregt schnatternd auf unsere Angehörigen warteten. Als ich meine Eltern auftauchen sah, drängelte ich mich zu ihnen durch, um mir das erhoffte Lob abzuholen.

»Hat euch meine Rede gefallen?«

»Doch, sehr.« Mein Vater trocknete sich mit seinem weißen Taschentuch die Stirn. »Himmel, was ist das heiß! Ja, wirklich gut, Mausli, sehr gut, aber sie sollten hier ein paar Ventilatoren aufstellen.« Er gab mir einen schweißkalten Kuß auf die Stirn.

Das war der erste Dämpfer. Ich wandte mich an meine Mutter. »Ja, sehr nett«, meinte auch sie. »Aber, Darling ...« Mir gab es einen Ruck. Darling nannte sie mich nur, wenn ihr etwas an mir nicht paßte. »Wenn du Rosen in der Hand hältst, Darling, darfst du nicht mit den Stielen auf die Zuschauer zeigen. Wir haben die ganze Zeit nur die rote Schleife und die Stiele gesehen. Blumen mußt du immer so halten, daß man die Blüten sehen kann.«

Meine wohlklingenden Sätze waren wie weggeweht. Ich krümmte mich vor Verlegenheit, als ich mich mit den Augen meiner Mutter sah, als ich daran dachte, daß die Leute von mir nur in Erinnerung behalten würden, wie ungeschickt ich mit meinem Rosenstrauß umgegangen war. Auch nachdem ich den ersten Schock überwunden hatte, zahlte ich noch im Rückblick für den Ruhm, den ich mir so sehr gewünscht hatte, mit peinlichster Verlegenheit und nahm aus dieser Erfahrung eine noch wichtigere Lehre mit – daß sich, wenn man vor die Öffentlichkeit tritt, das Interesse der Zuschauer selten mit den eigenen Absichten und so gut wie nie mit den eigenen Erwartungen deckt.

Meine kleine Rede steckte voller Binsenweisheiten. Wäre sie aufrichtiger, origineller gewesen, hätten meine Eltern ihr vielleicht mehr Anerkennung gezollt, so wie damals meinem Gedicht über den Schnee. Aber mein Vater war gewöhnlich mit seinen eigenen Angelegenheiten beschäftigt, und meiner Mutter waren Äußerlichkeiten stets das Wichtigste. Dieses Erlebnis verstärkte noch meine Neigung, öffentliche Auftritte jeder Art – ob sportlich oder künstlerisch oder in Form einer Rede – zu meiden. Statt mich vor Publikum zur Schau zu stellen, hielt ich mich lieber ans Schreiben oder Lesen, auf diesen Gebieten konnte ich in aller Ruhe arbeiten und hatte hinterher Ergebnisse vorzuweisen. Aber auch was ich geschrieben hatte, zeigte ich nur selten meinen Eltern, und ich sprach mit ihnen auch kaum über meine Lektüre, denn ich fürchtete das, was ihre Reaktion bei mir anrichten konnte.

Onkel Henry und Tante Else hielten sich die Menschheit gern vom Leibe. Zunächst war es mein Onkel gewesen, der auf Distanz achtete, denn in Deutschland hatten Tante Elses weizenblondes Haar, ihr reizendes Lächeln und ihre ruhige Art immer wieder mal einen Verehrer angelockt, der sie gern entführt hätte. Später hatten die Gefährdungen und Diskriminierungen, denen sie ausgesetzt waren, die Isolation noch verstärkt. In Amerika kam dann die Sprachbarriere dazu. Aus alter Gewohnheit und seinem nie ruhenden Argwohn gehorchend, tat Henry alles, um Else von anderen

Menschen fernzuhalten. Nach dem Verkauf der Three-in-One Doll Company nahm Else eine Stellung als Designerin für die Ideal Toy Company in Long Island an. Henry fuhr sie von der Bronx jeden Morgen mit dem Wagen hin und holte sie nachmittags wieder ab. Der Job machte ihr Freude, und der Umgang mit den Arbeitskollegen tat ihr wohl, aber private Freundschaften entwickelten sich daraus nicht. Henry nutzte die Zeit zwischen den Fahrten nach Long Island für seine Kinderbücher. Er schrieb sie auf deutsch, hatte aber einen Übersetzer gefunden und einen amerikanischen Verleger, der seine Werke in bescheidenen Auflagen auf den Markt brachte. Henry wußte, was Kindern gefiel, und erfand mit kindlichem Eifer Spiele und Geschichten. An die Wand über seinen Schreibtisch pinnte er Fotos und Briefe kleiner Fans und Bilder hübscher Kinder aus Zeitschriften. Er verlor das Interesse an ihnen, wenn sie älter wurden, in die Pubertät kamen und sich ihrerseits nicht mehr für seine Bücher interessierten. Alle paar Jahre gab es eine neue Ausbeute von Fotos, die ihn beim Schreiben anregten. Für kleine Mädchen, die er besonders schätzte, schrieb er *Star Girl* und *Pimi Ponytail*, aber auch an Jungenstreichen hatte er seinen Spaß, und mit *Detectives in Toga* begann eine Reihe von Romanen über jugendliche Detektive im alten Rom, die sich über viele Jahre gut verkaufte.

An den Wochenenden machten Henry und meine Tante Else mit dem Auto Ausflüge in die Umgebung, und da sie dank Elses Spielzeugentwürfen und Henrys Büchern nicht mehr so knapp bei Kasse waren, wagten sie sich jetzt manchmal auch weiter hinaus, übernachteten in den kleinen Städten im Norden des Staates New York oder in einem der Neuengland-Staaten. Brutale Judenverfolgungen, wie Henry und Else sie in Europa erlebt hatten, waren hier unbekannt, Antisemitismus aber gab es durchaus. Viele Hotels und Country Clubs nahmen keine Juden auf, und wenn mein Onkel und Thomas, beide dunkelhaarig und mit semitischen Zügen, in einen Landgasthof oder ein Hotel kamen, hörten sie oft, es sei kein Zimmer mehr zu haben, auch wenn Parkplatz und Veranda leer waren. Gewitzt durch diese Erfahrungen, schickten sie nun zum Quartiermachen meist meine blonde, blauäugige Tante vor. Wenn dann Mann und Sohn aus dem Wagen stiegen, waren die Zimmer gebucht, und das Hotel konnte nicht mehr zurück. Mein Vetter schilderte mir mit großem Genuß diese Strategie, die Goyim zu überlisten, und ich lachte, wenn ich mir die vergrätzten Hoteliers vorstellte, fand mich aber in meinem Eindruck bestätigt, daß selbst in Amerika Jüdischsein bedeutete, anders und unerwünscht zu sein.

Mehrere Sommer lang erkundeten sie die Neuengland-Staaten und fuhren noch weiter nach Norden, bis Roque Bluffs. In diesem Dorf, an der Küste von Maine gelegen, etwa 100 Kilometer südlich der kanadischen Grenze, fanden sie an einem Hügel mit Blick aufs Meer ein kleines, von hohen Fichten beschirmtes Haus, zu dem noch eine Blockhütte und ein Ruderboot gehörten. Henry und Else standen auf der vorderen Veranda, atmeten den kräftigen Duft der Nadelbäume ein, sahen über eine Bucht, in der mehrere Inseln verstreut lagen – und hatten ihr Paradies in der Neuen Welt gefunden. Besonders erfreulich war, daß sie wegen der günstigen Miete einen ganzen Monat bleiben konnten.

Außer der herrlichen Landschaft freute Henry und Else besonders, daß ihre Nachbarn in Roque Bluffs sie wie selbstverständlich in ihrer Mitte aufnahmen. Von dem Getriebe der Stadt räumlich und von den Zeitungen mit den Nachrichten aus der großen Welt zeitlich getrennt, genossen sie ihr abgelegenes sommerliches Refugium. Samt ihren beiden Katzen kehrten sie zwanzig Jahre immer wieder dorthin zurück. Früher oder später tauchten alle Verwandten zu einem Besuch dort auf und waren sich einig, daß der Ort schön und unverdorben, aber zu weit weg war. Damals dauerte die Autofahrt von New York City über den U. S. Highway One sechzehn Stunden, und alle erklärten meinen Onkel und meine Tante für verrückt, weil sie diese lange Reise auf sich nahmen.

Ich fuhr im Juli 1945 mit ihnen nach Roque Bluffs, schlief in einem Zimmerchen unter dem steilen Dach, machte mit ihnen Streifzüge durch die Wälder, pflückte Beeren und Pilze, wagte mich kreischend ins eisige Meer, ging am Strand spazieren, sammelte Muscheln und Treibholz, half, das Boot nach Choopy Island zu rudern, kletterte über große Felsen am Strand, paßte mich dem Rhythmus von Ebbe und Flut an, las nachmittags und abends dicke historische Romane und überließ mich ganz den schlichten Freuden eines Urlaubs am Meer.

Heute würde man meinen Onkel wegen seiner Neigung zu kleinen Mädchen vielleicht schief ansehen. Es mag wie bei Lewis Carroll auch in seinem Wesen eine dunkle Seite gegeben haben, aber als Kind habe ich mich bei ihm nie unbehaglich gefühlt und habe auch nie erlebt, daß andere Kinder ihn gemieden hätten. Im Gegenteil, in Maine kamen oft Kinder an die Tür und fragten Henry, als sei auch er ein Kind, ob er nicht zum Spielen kommen wolle. Wenn er nicht gerade arbeitete, begrüßte er sie mit einem vergnügten: »Hah! Heute werden wir große Abenteuer erleben!«, und sie liefen ihm begeistert nach und quietschten vor Vergnügen über die Spiele, die er sich ausdachte. Viele Jahre später waren auch meine Kinder dabei.

Als ich in jenem Sommer 1945 aus Maine zurückkam, zeigte mir meine Mutter einen der seidenpapierdünnen Luftpostbriefe, die bei uns immer mit besonderer Spannung geöffnet wurden. Der Brief ihrer Schwester Lotti war viele Wochen unterwegs gewesen und enthielt die traurige Mitteilung, daß ihr Mann Toni nur zwei Monate vor Kriegsende ums Leben gekommen war. Onkel Toni – Anton Müller – war Berufssoldat in der österreichischen Armee gewesen. Als Hitler in Österreich einmarschierte, war es aus mit der Karriere, Toni nahm seinen Abschied und ging in den Widerstand. Er starb bei einem der letzten alliierten Luftangriffe auf Berlin. Die Bomben trafen die U-Bahn-Station, in der Tony auf dem Weg zu einem Widerstandstreffen auf einen Zug wartete.

Wenige Wochen später kam ein zweiter Brief von Tante Lotti, der noch betrüblicher war. Sie hatte ein Foto ihres einzigen Sohnes Karl Heinz – Spitzname Heini – in Uniform beigelegt. Auch er war im Frühjahr, wenige Wochen vor Kriegsende, umgekommen. Daß ihre Schwester so weit weg war und sie ihr nicht helfen konnte, belastete meine Mutter zusätzlich. Sie zeigte mir das Foto. Heini sah trotz Uniform aus wie einer der Jungen aus meiner Klasse.

»Er war nur vier Jahre älter als du«, sagte meine Mutter bekümmert. »Armes Lottchen …« Sie kramte in einer Schublade und holte ein Foto von Lotti und dem acht- oder neunjährigen Heini heraus.

»Da hatten sie uns besucht, als ich mit dir allein in Paris war«, sagte meine Mutter. »Er hat mit dir in den Tuilerien gespielt.« An Paris hatte ich keinerlei Erinnerungen. Auf dem Foto war ein Junge mit kurzem hellem Haar und spitzem kleinem Kinn zu sehen. Er lächelte zu der freundlichen, rundlichen Lotti hoch, die einen dunklen Hut mit Schleier und ein geblümtes Kleid trug.

Als das Foto entstand, hatte der jüdische Teil meiner Familie Deutschland bereits verlassen. Die Verwandten meiner Mutter haßten die Nazis, aber als Nichtjuden waren sie nicht unmittelbar gefährdet. Deutschland war ihre Heimat, und sie hegten die Hoffnung, daß die Menschen wieder zur Vernunft kommen und Hitler abwählen würden. Dann kam der Krieg, und sie saßen in der Falle.

Heini war 1944 siebzehn geworden und hatte eigentlich noch die Oberschule abschließen wollen, ehe er an die Front kam, aber wegen der schweren Niederlagen brauchte die Wehrmacht dringend Nachschub an Soldaten. Heini, der eigentlich noch zu jung für den Kriegsdienst war, bekam mit vielen anderen seiner Altersgruppe den Befehl, sich sofort zum Einsatz an der Front zu melden. Seine Eltern waren entsetzt, daß sie den Sohn hergeben sollten, dem irgendwo auf einem unbekannten Schlachtfeld Verwundung und Tod drohte. In Heini selbst, der von der Tätigkeit seines Vaters im Widerstand wußte, sträubte sich alles gegen den Gedanken, für Hitler kämpfen zu müssen. Lotti überlegte tagelang, ob es nicht möglich wäre, ihn zu verstecken, bis der Krieg zu Ende war, von dem alle wußten, daß er nicht mehr lange dauern konnte. Vielleicht war es möglich, ihn außer Landes zu schmuggeln, vielleicht sogar, ihn im Keller ihres Hauses zu verbergen. Aber in diesem Klima des Mißtrauens, in dem Nachbarn, Bekannte und sogar Verwandte sich gegenseitig bespitzelten und verrieten, drohte eine noch größere Gefahr. Alle ›Volksgenossen‹ waren aufgerufen, auch die kleinste Übertretung amtlicher Vorschriften zu melden, und konnten bei Zuwiderhandlung sofort verhaftet werden. Sollten die Behörden erfahren, daß Heini verschwunden war, und sollte man ihn dann in einem Versteck entdecken, würde man ihn auf der Stelle erschießen, ähnliche Fälle hatte es schon gegeben. In diesem nahezu lähmenden Dilemma setzten Lotti und Toni schließlich darauf, daß der Krieg schnell vorbei sein würde, und ließen Heini ziehen. Wie so viele von Hitlers letztem Aufgebot an halben Kindern fiel er unmittelbar vor Kriegsende.

Ich umarmte meine Mutter, die ich in diesem Augenblick am meisten bemitleidete. Die Trauer, die ich für meinen Vetter empfand, war eher unpersönlich, auch wenn es natürlich schlimm war, so früh sterben zu müssen. Für meine Mutter waren Lotti und Heini ganz nah, aber für mich waren sie ferne Namen aus früher Kindheit, keine realen Menschen, an die ich mich noch erinnern konnte oder mit denen es ein Wiedersehen hätte geben können. Wie schrecklich es für meine Tante war, innerhalb weniger Wochen Mann und Sohn zu verlieren, konnte ich trotzdem nachvollziehen. Der krasse Unterschied zwischen unserem ungefährdeten Leben in Amerika und den Leiden der Angehörigen, die in Deutschland geblieben waren, kam mir dadurch noch deutlicher zu Bewußtsein.

Am 6. August 1945 warfen die Vereinigten Staaten über Hiroshima und Nagasaki Atombomben ab. Wir waren fassungslos über das Ausmaß der Zerstörungen und die Zahl der Toten, die sich auf Hunderttausende belief. Eine Woche später kapitulierte Japan. Trotz der offiziellen Erklärungen, man habe damit weitere amerikanische Opfer vermeiden wollen, konnte nichts meine Eltern oder ihre Freunde davon überzeugen, daß Trumans Entscheidung, die Bombe einzusetzen, notwendig oder moralisch gerechtfertigt war.

Bei Kriegsende zählte man auf amerikanischer Seite 405 399 Opfer. Das war schlimm genug, kam aber an die Zahlen in anderen Ländern nicht heran. Weltweit gab es 54 800 000 Tote. Mit diesem ungeheuerlichen Preis an Menschenleben ging der Zweite Weltkrieg zu Ende.

Doch schon bald sah es so aus, als müßten wir neue Feinde fürchten. In unserem New Yorker Freundeskreis erzählte man sich, daß zahlreiche Menschen vor der Roten Armee in den Westteil Deutschlands flüchteten. Die meisten Deutschen begrüßten die Ankunft der Amerikaner, Franzosen und Engländer, weil sie sich von ihnen Linderung der Leiden erhofften, die sie in den letzten Jahren des Hitlerregimes hatten erdulden müssen, hatten aber große Angst vor den Russen, und dazu hatten sie auch allen Grund. Vergewaltigungen, Brutalitäten jeder Art und Morde waren beim Vormarsch der Roten Armee an der Tagesordnung. Meine Mutter war, bei aller Sorge um ihre Mutter und Schwester Lotti in Berlin, froh und dankbar, daß sie im amerikanischen Sektor wohnten. Ihre jüngste Schwester Irma, die mit ihrer kleinen Tochter Barbara in die Tschechoslowakei evakuiert worden war, wurde nach Kriegsende von den Alliierten in die amerikanische Zone nach Bayern umgesiedelt.

Im Herbst fing ich in der Hunter College High-School an, eins von tausend Mädchen, die mit Hilfe einer Eingangsprüfung in den fünf Bezirken ausgewählt worden waren. Täglich kam dort nun aus allen Richtungen eine kreischende, kichernde, tobende Teenagerbande zusammen. Ich erreichte den ehrfurchtgebietenden Bau aus grauem Stein an der 68. Straße und Lexington Avenue per Bus und U-Bahn – mit zweimaligem Umsteigen – und brauchte dazu über eine Stunde. Meist hatte ich einen Sitzplatz und gewöhnte mich daran, meine Hausaufgaben unterwegs zu machen. Anders als heutige U-Bahn-Benutzer hatte ich nie Angst um mein Leben, aber von Hochwürden Pennington wußte ich ja, daß so ein U-Bahn-Zug ein beliebter Tummelplatz für schmutzige Geschlechtlichkeit war. Wenn es sehr voll war, gingen die Männer einem heimlich an Busen oder Po, war der Wagen leer, entblößten sie sich, manchmal auf der Bank gegenüber oder gar neben einem, oder sie befriedigten sich in den Nischen der beiden Wagenenden. Ich hatte bald gelernt, meinen Blick gen Himmel zu richten oder auf mein Buch zu starren und aufdringliche Hände mit spitzen Ellbogen und Buchecken abzuwehren. In der Schule erzählte man sich von solchen Erfahrungen mit etwas schriller Heiterkeit, wenn man so etwas aber allein erlebte, war es immer ein Schock. Damals wußte ich nicht, daß solche Männer selten wirklich gefährlich werden können. Ihre fiebrigen Blicke und geschäftigen Hände waren gleichermaßen beängstigend und faszinierend. Sie verrieten eine bedrückende Not, die mit dem Johlen, den Pfiffen und täppischen Küssen der Jungen aus meiner Bekanntschaft oder unseren Schwärmereien für bestimmte Jungen oder Filmstars, die meine Freundin Lillian und ich in unserem ersten Jahr in getrennten High-Schools überstanden, nichts, aber auch gar nichts zu tun hatte.

Am Samstag und Sonntag waren Lillian und ich immer noch oft zusammen, probierten in ihrer oder meiner Wohnung stundenlang neue Frisuren, neue Lippenstiftfarben und Kraftausdrücke aus, krümmten uns in Lachanfällen und teilten große Geheimnisse miteinander, schlenderten durch die Wohngegenden spezieller Jungen, tranken Ice Cream Soda oder verbrannten uns den Mund an der Pizza, einer neuen Köstlichkeit, die es in dem italienischen Restaurant neben dem Kino gab. Abgesehen davon, daß ich mehr Zeit in der Schule verbrachte und dort auch neue Freundinnen fand, ging mein Leben in der alten Umgebung seinen gewohnten Gang. Zu meinem ersten Date traf ich mich mit einem Jungen aus der Nachbarschaft. Wir fuhren mit der U-Bahn zum Naturkundemuseum, tappten stumm durch Indianerkulturen und vorbei an Dinosaurierknochen, aßen in der Museums-Cafeteria und gingen dann in das benachbarte Planetarium, wo wir schweigend zu den Sternen hochsahen, bis sein Arm sich über die Rückenlehne auf meine Schulter schob und dort liegenblieb, bis das Licht wieder anging, als hätten Arm und Schulter nichts mit uns zu tun.

Nach dem ersten High-School-Jahr hatte ich mehrere

neue Freundinnen, wenige sportliche Erfolge und ein befriedigendes, aber nicht sonderlich beeindruckendes Zeugnis aufzuweisen – und kein klares Ziel. Ich hätte ganz gern ein besseres Zeugnis gehabt, aber für mehr Fleiß fehlte mir die Motivation. Die Klassenbesten waren selbstgefällig und äußerlich unattraktiv und damit kein Vorbild für mich. Meine neuen Freundinnen waren eine kesse Blondine aus Long Island, die wie ihre ebenfalls blonde Schwester manchmal als Mannequin für Teenagermagazine arbeitete, und eine attraktive Brünette griechischer Herkunft, die Tänzerin werden wollte. Meinem Tagebuch vertraute ich an, gute Noten seien nicht so wichtig wie gute Freunde.

In jenem Jahr waren die Zeitungen voll von Berichten über die Nürnberger Prozesse, die sich vom November 1945 bis in den Oktober 1946 erstreckten. Hermann Göring und andere wichtige Persönlichkeiten standen wegen ihrer Kriegsverbrechen vor einem alliierten Militärgericht. Bei der Verhandlung zeigte man bisher geheime Dokumentarfilme aus den pedantisch geführten deutschen Archiven über die Todeslager. Als die Bilder dann in Zeitungen und in der Wochenschau erschienen, herrschten bei den Essen, zu denen meine Eltern und ihre Freunde jede Woche zusammenkamen, Trauer und Entsetzen. Sie wußten, daß Hitler sich vorgenommen hatte, durch Versklavung, Aushungern und Massenmord Europa »judenfrei« zu machen. Sie hatten von den Todeslagern und den Millionen von Toten gewußt. Jetzt aber brachte jede Woche quälende Bilder von ausgemergelten Gestalten in der gestreiften Häftlingskleidung hinter Stacheldraht, die Augen weit geöffnet und stumpf vom Leid, dazwischen alptraumhafte Ansichten von Bergen von Skeletten. Die Emigranten waren entsetzt. Selbst diejenigen, die im Bilde gewesen waren, konnten die Ungeheuerlichkeit des Schreckens nicht fassen. Die Schockwellen der Enthüllungen verbreiteten sich über die Gemeinschaft der Emigranten hinaus über das Land, und zu dem Haß auf Nazideutschland als Kriegsgegner gesellte sich der Abscheu vor einem Regime, das nicht davor zurückscheute, das eigene Volk abzuschlachten.

Als ich von dem furchtbaren Schicksal der Juden erfuhr, kam zu meinem Kummer darüber, Halbjüdin zu sein, noch das bedrückende Bewußtsein, daß ich auch Deutsche war. Ich wußte von Deutschland nur, daß es unter den Nazis gelitten hatte, und ich kannte nur zwei Sorten von Deutschen, den Kreis meist jüdisch-deutscher Flüchtlinge, zu denen auch meine Verwandten gehörten, und die Nazi-Monster aus den Filmen, die Hollywood im Krieg gedreht hatte und die jetzt in den entsetzlichen Aufnahmen der Wochenschau grausige Wirklichkeit wurden. Ich war nicht die einzige, die mit dem Deutschsein Schwierigkeiten hatte, selbst für die Deutschen, die ich persönlich kannte, war es ein ungutes Gefühl. Hitlers Drittes Reich, alles, was es getan und wofür es gestanden hatte, hinterließ eine tiefe Narbe in der deutschen Seele. Das erklärt sich nicht nur aus dem Krieg, denn Deutschland selbst hat ja in jenem unheilvollen Kampf um *Lebensraum* schwer gelitten und viel verloren. Doch nach der systematischen Verfolgung und Ausrottung hilfloser Menschen – Juden, Kommunisten und andere politisch Mißliebige, Homosexuelle, Sinti und Roma, geistig und körperlich Behinderte –, nach diesem grauenvollen Massenmord konnte man nicht mehr stolz auf sein Deutschtum sein. Wer im Schatten des Holocaust Deutscher war, trug das Stigma, das Dunkelste, Schrecklichste, was in einem Menschen wohnt, freigesetzt, ja verherrlicht zu haben. Und dieser Makel führte wohl auch dazu, daß selbst Eigenschaften, die man an den Deutschen früher gepriesen hatte und die auch ich mir zuschrieb – Fleiß, Ordnung, Tüchtigkeit, Gehorsam und Produktivität –, parodiert wurden oder in den Verdacht gerieten, sich nur zu leicht in den Dienst des Bösen einspannen zu lassen. Ich fühlte mich deshalb von zwei Seiten meiner mich definierenden Herkunft belastet, und auch wenn ich wußte, daß Toni und Heini Hitler gehaßt hatten und niemandem ein Leid hatten antun wollen, verriet ich nur ungern, daß ein Vetter von mir deutscher Soldat gewesen war.

Wenn die Sprache auf meine Vergangenheit kam, gab ich zu, daß ich in Deutschland geboren war, hielt meine Auskünfte aber bewußt vage. »Ich bin in Berlin geboren«, sagte ich dann meistens, »aber meine Familie hat Deutschland verlassen, als ich noch ganz klein war, ich habe überhaupt keine Erinnerung mehr daran. Wir haben in verschiedenen europäischen Ländern gelebt, ehe wir nach Amerika gegangen sind.« Im Kern stimmte das natürlich, aber ich umgab mich lieber mit der weltläufigen Aura der Europäerin, als mich zu einem in Verruf geratenen Preußentum zu bekennen.

Wie die meisten Teenager wollte ich mich von meinen Eltern lösen, und wie viele Einwandererkinder in jener Phase der Assimilation wollte ich auch all das abstreifen, was mich mit ihrer Herkunft hätte verbinden können. Die Loslösung, die ich mir wünschte, begann in dem Sommer, als ich fünfzehn wurde und wieder nach Woodstock fuhr.

8

Woodstock

Für die meisten Menschen ist Woodstock heute ein Symbol für die »Make love not war«-Ära: Tausende langhaariger junger Leute in abenteuerlich bunter Kleidung, tagelang auf einem schlammigen Feld zusammendrängt, Musik, Marihuana, Sex. Von der flimmernden Leinwand her kennen wir diese Massen, ihre überwältigende Körperlichkeit, die glasig teilnahmslosen Blicke. Die eigentliche Stadt Woodstock ist, wie man jetzt weiß, viele Kilometer von dem Gelände jenes legendären Popkonzerts entfernt und entspricht in keiner Weise dem, was sich die Öffentlichkeit unter diesem Namen vorstellt. Diese jungen Leute kamen aus anderen Orten, verloren sich für kurze Zeit in einem berauschenden Gemeinschaftsgefühl und verschwanden wieder als einzelne Partikel einer »entfremdeten« Jugend. Wie ein riesiger Vogelschwarm hatten sie sich niedergelassen, zwitscherten und schnatterten und flogen wieder fort. Der Ort nahm sie nicht auf und hielt sie nicht fest, dennoch hat sich der Name jener kleinen Stadt in den Catskills, unabhängig von dem, was ihre Einwohner gewünscht oder erreicht haben mögen, dem globalen Gedächtnis eingeprägt.

Das aber war nicht mein Woodstock. Damals war es einfach nur ein Ort. Seine Menschen waren geprägt von der

Landschaft, den Gewohnheiten ihres Alltagslebens und ihren Freundschaften, dem Wetter und ihrer Arbeit. In den vierziger Jahren war mein Woodstock ein friedlicher Außenposten mit Farmern, Handwerkern und – was besonders wichtig war – Künstlern. Schon früh hatte die Gegend Künstler angelockt, einzeln und in Gruppen. Männer und Frauen aller Altersstufen malten die sanften Hügel der Catskills, die Täler mit ihren Obstgärten und ordentlichen Weizenfeldern, die Bäche, die sich durch ihr steiniges Bett schlängelten, und die hohen schwarzgrünen Kiefern. Am liebsten malten sie die Scheunen, blaßrote oder verwitterte braune Holzbauten, die in tausend Landschaftsbildern schief und nostalgisch in der Sonne stehen. Über die Jahre nahm Woodstock die Fremden geduldig und wie selbstverständlich auf. Die Landschaft hatte etwas Gastfreundliches. Meinungsverschiedenheiten verschwanden wie von selbst in den sanften Hügeln, den Windungen der Bäche und Flüsse. Inzwischen ist der Ort größer und kommerzieller geworden, aber das Land meiner Jugend finde ich dort noch immer.

Das Land meiner Jugend ... Obwohl ich länger blieb als jene spätere Generation bei ihrer kurzzeitigen Invasion, kam auch ich aus einem anderen Ort und verschwand wieder. Damals brauchte der Bus von New York nach Woodstock drei Stunden. Historisch gesehen aber war meine Reise viel länger und begann, als meine Eltern kurz nach meiner Geburt mit mir Berlin verließen. An Europa hatte ich keine, an meine häusliche Umgebung nur vage Erinnerungen, Erinnerungen an eine Atmosphäre der Angst, in der wir von Ort zu Ort zogen. Aber obwohl wir dann in

Riverdale seßhaft wurden und ich dort aufwuchs, bekam ich erst in Woodstock ein Gefühl dafür, was es bedeuten kann, nicht nur eine Wohnung als Heim, sondern eine Landschaft als Heimat zu sehen. Woodstock wurde für mich erst in jenem Sommer zur Heimat, als ich fünfzehn war.

Edith Schuylers Bemühungen, einen besseren Menschen aus mir zu machen, gipfelten in jenem Sommer darin, meine Mutter zu überzeugen, daß ich, statt wieder bei ihnen zu wohnen, ein gutes Werk tun könne, indem ich als eine Art Gesellschafterin zu Berthe Van Dorn ginge, einer holländischen Freundin von ihr, die allein in einem großen Haus am Ortsrand wohnte. Die Verhältnisse waren etwas »bohemienhaft«, wie man damals gern sagte. Liebe, Haß, Eifersucht, Leidenschaft, Wut und Verzweiflung waren so weit gebändigt worden, daß man zu einer unorthodoxen, aber funktionierenden häuslichen Regelung gefunden hatte. Ich war in die Nachwehen einer klassischen Dreiecksgeschichte geraten, die ich allerdings als solche damals nicht erkannte. Daß auch Menschen in mittleren Jahren in Liebesdinge verstrickt sein können, war für eine Fünfzehnjährige nicht nachvollziehbar. Wie die meisten jungen Leute glaubte ich, daß Gefühle sich ebenso verbrauchen wie der Körper, daß sie erschlaffen und verschleißen, bis schließlich die Abgeklärtheit des Alters alles gnädig verhüllt. Daß dem nicht so ist, habe ich erst viel später erfahren. Statt zu verlöschen, schießen die Flammen noch einmal in die Höhe. Alles Fehlgeschlagene und Verdrängte meldet sich wieder und besteht auf seinem Recht.

Die Geschichte ist schnell erzählt. Piet und Berthe Van Dorn hatten nach langen Wanderjahren beschlossen, nach Amerika zu emigrieren, als der Krieg begann. Sie ließen sich in Woodstock nieder, wo ihr Sohn Nicky seinen High-School-Abschluß machen sollte. Als der Krieg immer weiter um sich griff, nahmen sie eine jüngere Cousine von Berthe auf, die aus Holland hatte fliehen können. Annie – die im übrigen nicht hübsch war – half gern bei Arbeiten in Haus und Garten, die für Berthe zu anstrengend waren, und nach einiger Zeit verliebten Piet und Cousine Annie sich ineinander. Diese unvorhergesehene Beziehung krempelte das Familienleben gründlich um. Piet und Annie kauften eine heruntergekommene Farm am Stadtrand, Berthe blieb mit Nicky, der gerade die High-School beendet hatte, in dem großen Haus in Woodstock.

Als ich ein Jahr später auf der Bildfläche erschien, war die Lage nicht mehr so dramatisch und emotional, geblieben aber waren Probleme bei der Bewältigung des Alltags. Der in Amerika geborene Nicky war eingezogen worden, so daß Berthe nun in dem großen Haus allein war. In ihrem Unglück hatten Liebe und Trost des Sohnes sie aufrechterhalten, und daß sie ihn zumindest für eine gewisse Zeit hergeben mußte, zog ihr buchstäblich den Boden unter den Füßen weg. Sie wollte nicht mehr essen und wurde immer schwächer, so daß Piet und Annie sie jede Woche wieder auf zwei, drei Tage in dem großen Haus besuchten, damit sie nicht ganz allein war, aber diese Lösung war unbefriedigend. Unter Umständen machten die gutgemeinten Versuche der beiden, Berthes Dasein wieder ins Lot zu bringen, dieser das Leben zusätzlich schwer – es war eine schwierige Zeit, und niemand wußte so recht, was zu tun war. Zum Sommer hin machten sich Berthes Freunde zunehmend Sorgen wegen ihrer Einsamkeit und Depression, und so kam es zu Ediths Vorschlag, ich solle ihr Gesellschaft leisten und auch kleine Arbeiten und Botengänge für sie erledigen. Ich weiß nicht, ob sich jemand wirklich überlegt hatte, wie eine betrogene und kränkelnde Ehefrau Mitte Fünfzig und ein fünfzehnjähriges Schulmädchen zusammenpassen mochten – vielleicht dachte Edith, meine stille Art würde ihr gefallen –, jedenfalls wurde die Sache abgemacht, meine Eltern liehen sich ein Auto und setzten mich Anfang Juli bei Berthe ab. Sie begrüßte mich schüchtern mit Tee und Keksen, führte mich in ein kleines Zimmer im Obergeschoß, in dem ich schlafen sollte, und freute sich offenbar, mich im Haus zu haben.

Piet und Annie kamen nach wie vor zwei- oder dreimal in der Woche, um nach ihr zu sehen, übernachteten aber nur noch am Freitag dort, damit Piet in aller Frühe nach Kingston zur Bahn fahren und Nicky abholen konnte. Nicky, damals neunzehn, kam an allen Wochenenden, an denen er Urlaub erhielt, mit dem Freitagnachtzug aus seinem Standort in Fort Dix.

Ich frage mich natürlich, warum angesichts meiner Sehnsucht, eine richtige, unverwechselbare Amerikanerin zu werden, meine erste Liebe und die Familie, die ich zu meiner eigenen machte, ausgerechnet eine Familie holländischer Einwanderer war. In Riverdale war es mir peinlich, daß meine Eltern Ausländer waren. Aber auch die Van Dorns waren Ausländer, sie sprachen mit holländischem Akzent und streuten zu Hause in ihr Englisch holländische Worte und Redensarten ein. Aber während ich den Eindruck hatte, daß meine Eltern durch ihre Interessen und Aktivitäten in Riverdale irgendwie fehl am Platz waren, lebten die Van Dorns und ihre Freunde in einer Gemeinschaft von Gleichgesinnten, die die Kunst in Ehren hielten und sich um nationale Herkunft kaum scherten. Es kann wohl sein, daß ich mich in den meisten Städten im Mainstream-Amerika ebenfalls fehl am Platz gefühlt hätte, aber in Woodstock hatte ich zum erstenmal das Gefühl, so etwas wie eine Heimatstadt zu haben.

Ich erinnere mich noch immer in allen Einzelheiten an das große Haus, das mir bald ein Heim wurde. Machte man das hölzerne Gartentor auf, stand man mitten im Sommer. Die Gartenmauer umschloß einen intimen Hof mit einer Weinlaube, in deren Schatten ein hölzerner Tisch und Bänke standen. Die Weinranken mit den großen Blättern hingen hinten wie ein Vorhang herunter, der die Terrasse von der Wiese hinter dem Haus abgrenzte. Über die Wiese gelangte man zu einem Cottage und einem Schuppen hinter dem Haus. Ein Stück weiter oben am Hang waren ein Fichtenwäldchen und Felder. Die beiden großen alten Fliederbüsche an der Terrasse blühten jedes Jahr im Frühjahr prächtig, und im Sommer leuchtete gelbe und orangefarbene Kapuzinerkresse gleich grellen Farbklecksen an den Hausecken. Ab und zu grub jemand etwas aus, Annie steckte eine Handvoll Tulpen- oder Narzissenzwiebeln oder schnitt ein paar welke Zweige ab, aber an systematische Gartenarbeit kann ich mich nicht erinnern. Alles war voll praller, knorriger Kraft. Im Reigen der Jahreszeiten folgten auf die Fülle der Blumen die Samenstände des Ahorns, die sich die

Kinder auf die Nase klebten, dunkelblaue Trauben für Marmelade und Eicheln, die im Herbst auf das Schieferdach prasselten. All dieses Werden und Gedeihen schien kaum einer menschlichen Hand zu bedürfen, aber vielleicht war ich noch zu jung und interessierte mich wohl auch zuwenig für diesen Bereich des Erwachsenenlebens, um zu sehen, ob nicht vielleicht doch immer mal wieder eine pflegende Hand am Werk war.

Mittelpunkt unseres Lebens war die große Küche, die, wenn man aus dem hellen Tageslicht ins Haus trat, ein wenig düster wirkte, bis man die Gestalten erkannte, die sich dort zu schaffen machten. Häufig war es Berthe, die mit leicht gerötetem Gesicht an dem wuchtigen schwarzen Herd aus Gußeisen stand, mit einer Art Zange die runden Topfdeckel hochhob und den Teekessel näher ans Feuer rückte. Die ganze Familie versammelte sich um den schweren runden Eichentisch. Nickys Vater Piet, die Augen vor dem Rauch der Zigarette, die ihm unweigerlich zwischen den Lippen hing, schützend zusammengekniffen, saß gern dort und bastelte mit einem Schraubenzieher an irgendeinem kleinen Gerät herum, das nicht mehr funktionierte.

Ich sehe all die Räume noch vor mir. Das freundliche Wohnzimmer mit den vielen Büchern war ein stiller Ort, der selten benutzt wurde und eigentlich nur, wenn man sich einmal aus dem Trubel in der Küche zurückziehen wollte. Wenn es nachmittags regnete, ließen Nicky und ich dort Schallplatten auf dem alten Victrola-Grammophon laufen, lasen oder taten zumindest so, während wir nebeneinander auf dem Sofa saßen. Der Regen, der schräg an die Scheiben schlug, ein Druck von Vermeers »Mädchen mit dem Perlenohrring« an der Wand mit dem gedämpften Blau und Gelb des Turbans, der in dem matten Licht über dem perlmuttfarbenen Gesicht leuchtete, die schluchzenden Geigen von Lalos *Sinfonie espagnole,* die wir hier oft hörten – all das mischte sich mit der Verlockung junger glatter Haut. Dieser kühle, schläfrige Raum war immer zweite Wahl, ein Schlechtwetterersatz für Plätze, an denen mehr Leben herrschte, aber seine Stille lebt in meiner Erinnerung fort.

Oben war ein kleines Schlafzimmer mit einem breiten Flügelfenster, das auf die Terrasse hinausging. Eine Kommode, ein kleiner antiker Schreibtisch, ein Stuhl und ein großes Himmelbett am Fenster – mehr paßte nicht hinein. Und ich natürlich, denn dies wurde mein Zimmer. Wenn ich im Sommer morgens im Bett saß, konnte ich nach unten schauen und nachsehen, ob der Tag schon angefangen hatte, die obere Hälfte der quergeteilten Tür zur Küche offen war, die Katzen auf der Schwelle ihre Morgenmilch tranken. Leise Geräusche kündeten von Frühstücksvorbereitungen, Annie wischte draußen in der Laube den Tisch ab, oder Piet blickte über die Felder und sah nach dem Wetter.

Mag sein, daß der Schock von Piets Untreue Berthe hatte altern lassen, aber ich denke mir, daß sie vorher schon älter aussah, als sie war. Sie war fast einen Meter achtzig groß und hager, das dünne weiße Haar steckte sie im Nacken mit ständig herausrutschenden Haarnadeln zu einem lockeren Knoten zusammen. Ihre Bewegungen waren zaudernd und unsicher. Es hieß, sie habe ein schwaches Herz, tatsächlich brauchte sie viel Ruhe und kam allein nicht zurecht. Wegen ihrer Mattigkeit und auch vom Temperament her brachte sie es nicht fertig, ihre Wut herauszulassen, und sie bemühte sich auch nicht um mehr Selbständigkeit. Auch wenn man sie äußerlich für eine betagte Frau halten konnte, hatte sie immer noch etwas Mädchenhaftes, einen sanften, reizvollen Charme. Ich konnte sie mir in ihrer Jugend mit dichtem hellem Haar, strahlend blauen Augen und geschmeidigen Bewegungen vorstellen, aber die sittsame Anmut, von der frühere Verehrer sicher sehr angetan waren, hatte ihr kein Glück gebracht. In ihrer Depression kannte sie nur die Sehnsucht nach dem Sohn, und hier und da entschlüpfte ihr schon mal eine boshafte Bemerkung über Annie, die lebensprühende junge Cousine, die »Schlange im Gras«, die Berthe verdrängt hatte und jetzt als Piets Gefährtin so oft wieder ins Haus kam. Es war eine für die Ältere demütigende Situation, aber die Besuche der beiden bedeuteten Hilfe beim Putzen und Einkaufen, bei der Instandhaltung des großen alten Hauses und manchmal auch Schutz vor der Leere, wie ihn Menschenstimmen – selbst ungeliebte – zu geben vermögen.

Solange Nicky im Haus gewohnt hatte, war es seine Aufgabe gewesen, die Mutter aufzuheitern, jetzt mußte ich es versuchen. Zu meiner Überraschung half es ihr wirklich, daß ich da war. Zumindest stand ich nun als eine Art Prellbock zwischen Berthe und dem Liebespaar Piet und Annie und sorgte durch meine Anwesenheit dafür, daß sie keine übertriebenen Ansprüche an ihren Sohn stellte, wenn er zu Hause war. Nicky war einen Meter neunzig groß, schlank, blond und blauäugig. Wahrscheinlich hatte er viel Ähnlichkeit mit seiner Mutter in ihren jungen Jahren. Als ich ihn näher kannte, begriff ich, daß er Berthe liebte und seinem Vater ihretwegen böse war. Und auch seinetwegen, weil die Last, sich um sie zu kümmern, nun auf seinen Schultern lag. Es fiel ihm schwer, mit Liebe und Unmut umzugehen, die er für beide empfand – für die Mutter, die sich an ihn klammerte, wie auch für den Vater, den er noch brauchte. Meist half er sich damit, daß er Annie zum Sündenbock machte. Die aber organisierte unbekümmert von diesen Stimmungen Hausarbeit und Mahlzeiten und ging gut gelaunt durchs Leben. Wenn sie unter der ungewöhnlichen Situation und der Ablehnung von Menschen litt, denen sie mit ihrer Arbeit half, ließ sie sich das nicht anmerken.

Nach den ersten Tagen der Eingewöhnung zeigte sich, daß ich im Grunde gar nicht viel für Berthe zu tun brauchte, mit Gesprächen und ein wenig Zuwendung war ihr offenbar schon geholfen. Meine Anwesenheit schien ihre Ängste zu verringern. Ich war noch nie mit Erwachsenen zusammengewesen, in deren Beisein ich mir tüchtig vorkam. Sie schien so verunsichert, so untauglich für die typisch amerikanische Lebensart und Fremden gegenüber so schüchtern, daß ich mir geradezu mutig vorkam und mich für uns beide in die Welt hinauswagte. Ich kaufte für sie im Drugstore ein, holte ihr Bücher aus der Bibliothek und ihre Briefe von der Post. Ich ließ mir von ihr Geschichten aus ihrer Jugend in Holland zu erzählen, und hin und wieder konnte ich sie sogar zum Lachen bringen, etwa als ich sagte, sie habe marineblaue Augen. Unsere Tage verliefen gleichförmig. Wir waren beide Frühaufsteher und frühstückten zusammen, dann erledigten wir an leichten Hausarbeiten, was gerade anfiel. Die schweren Arbeiten übernahmen Annie und Piet. Nachmittags, wenn Berthe ruhte, schwamm ich im Fluß hinter den Feldern oder radelte in die Stadt. Manchmal tranken wir, wenn ich zurückkam, zusammen Tee, und ich berichtete über die Vernissage einer Galerie, den Film der Woche oder das Gastspiel eines Sommertheaters. Später half ich ihr beim Tischdecken und Abwaschen. Abends lasen wir. Berthe las anderes als ich, besonders liebte sie Virginia Woolfs *Orlando*, das ich als weitschweifig und langweilig empfand. Im Gegensatz zu Edith versuchte sie nicht, meinen Horizont zu erweitern oder neue Talente in mir zu wecken, sie freute sich offenbar einfach, daß ich da war, und ich gewann sie sehr lieb.

Am Mittwoch, der genau in der Mitte zwischen Nickys Abreise am Sonntag und seiner Rückkehr am Freitagabend lag, gönnten wir uns immer etwas Besonderes. Nachmittags gingen wir langsam, Berthes Tempo angepaßt, bis zum Eiscafé, dort gab es Zitronensorbet für sie, einen Schoko-Eisbecher für mich. Dann kauften wir noch *Life* und gingen wieder nach Hause – eine einfache Unternehmung, aber ein hübsches und durchaus hinreichendes Ziel für den Tag.

In jenem ersten Sommer wurden wir trotz des Altersunterschiedes und unserer zwangsläufig unterschiedlichen Sicht auf die Zukunft gute Gefährtinnen. Das sanfte Wesen, das Berthe einmal gewesen war, war nun völlig antriebslos, und es fiel schwer, nicht von ihr wegzustreben. Die Tatkraft drängte hinaus, fort von jenem wortreichen Kummer, fort von jenen Augen, die mit dem Anblick von Heiterkeit und Glück nichts anfangen konnten. Auch wenn Zuneigung und Verantwortungsgefühl mich an sie banden, auch wenn Liebe und Pflicht ihr Woche um Woche den Sohn zurückbrachten – das Leben verlagerte sich immer mehr von dem großen Stadthaus auf die Farm zu Piet und Annie.

Piet war nicht so groß wie sein Sohn, nur etwa einen Meter siebzig, kräftig und untersetzt, mit immer leicht ausgebeulten Hosen. Früher hatte er wohl blondes Haar gehabt wie Nicky, inzwischen war es zu einem Beigebraun nachgedunkelt und wehte ihm dünn und leicht ums Gesicht, das nicht so fein geschnitten war wie Berthes oder Nickys und in das sich die Falten und Furchen der späten mittleren Jahre eingegraben hatten. Er hatte ständig eine Zigarette zwischen den Lippen, aus der sich der Rauch nach oben kräuselte, so daß er die Augen zusammenkneifen und den Kopf ein wenig schief legen mußte. Die Augen waren wasserhell und blickten klug und lebhaft. Er hatte starke Arme und Hände mit hervortretenden Adern und gebräunter, fast gegerbter Haut. Nichts an ihm war jung oder glatt, das Leben hatte sehr sichtbare Spuren an ihm hinterlassen, aber er war immer noch ein attraktiver Mann. Ich mochte ihn so, wie er war, besonders aber gefiel mir seine Mischung aus Bodenständigkeit und Weltläufigkeit, gewürzt mit einem Schuß Abenteuerlust. In seiner Jugend, erzählte er mir, war er seinen schwerfälligen holländischen Eltern ausgerissen und hatte als Schiffsjunge auf einem Frachter angeheuert. Ich fand es aufregend, daß es eine Zeit gegeben hatte, in der ein Junge so etwas noch machen konnte. Mit sechzehn war er zum erstenmal nach Amerika gekommen, aber dann weiter durch die Welt gegondelt, hatte in vielen Berufen gearbeitet und viele Male den Globus umrundet. Trotz einer eher dürftigen Schulbildung hatte er sich fundierte Kenntnisse über Sitten und Gebräuche sowie Kultur und Kunst der Länder angeeignet, die er bereist hatte. Am liebsten baute und renovierte er Häuser, denn er hatte geschickte Hände und einen guten Blick für ansprechende Formen. In der Familie war er – so jedenfalls sah ich es – derjenige, der Schwung in den Alltag brachte, jenseits des täglichen Trotts von Mahlzeiten, Einkaufen und Instandhaltungen. Durch seine Pläne und Aktivitäten bereicherte er das Leben der Familie und schuf Zusammenhalt.

Zuerst hielt ich mich schüchtern zurück und sprach nicht viel, wenn Piet und Annie und ihre beiden nervösen Dachshunde lärmend im Haus zugange waren. Später aber, als Berthe wieder etwas zu Kräften gekommen war, freundeten Piet und ich uns an, und er nannte mich nun liebevoll »la petite«. Besonders gern hatten wir beide den frühen Morgen und den Sonnenuntergang hinter den Feldern. Oft standen wir zusammen auf der Veranda und sahen zu, wie sich das Licht über den Bergen veränderte.

Zum erstenmal erlebte ich Ende Juli, daß Nicky mich nicht nur aus purer Höflichkeit zur Kenntnis nahm, sondern einen Blick auf mich richtete, den ich noch nach unserem Gespräch spürte. Nicky war übers Wochenende zu Hause, und wir gingen immer noch höflich, aber förmlich miteinander um. Weil ich mir dachte, daß seine Mutter ihn sicher gern eine Weile für sich hätte, verkündete ich, daß ich mit dem Rad zu Alicia fahren würde, mit der ich mich im vorigen Sommer angefreundet hatte. Nicky schien dieser Plan nicht recht zu gefallen, und er bot mir an, mich hinzufahren. Ich lehnte ab, machte mich allein auf den Weg und spürte mit einem zarten, erregenden Prickeln, daß er mir nachsah.

Nicky muß gewußt haben, daß der Weg länger war, steiler und heißer, als ich gedacht hatte. Alicia war gar nicht da, sie wurde erst im August zurückerwartet, ich mußte also unverrichteter Dinge den Rückweg antreten. Meine Stadtbeine waren die langen Steigungen und die unvermittelten Biegungen nicht gewohnt. Ich hatte Durst, war müde und wollte nur noch nach Hause. Mein spontaner Entschluß hatte mir einen strapaziösen Nachmittag beschert. Als ich auf dem Kiesrand der Straße um eine Kurve kam, verlor ich die Kontrolle über mein Rad, kam ins Schleudern, rutschte beim Fallen noch ein Stück weiter und schürfte mir das Knie und einen Ellbogen auf. Alles tat mir weh, und ich schniefte und jammerte wie ein kleines Kind, als ich am Bach neben der Straße meine Wunden kühlte. Dann hinkte ich zu meinem Rad und strampelte mühsam die restlichen drei Kilometer bis zur Farm, heilfroh, daß niemand meinen Sturz oder meine Tränen der Wut gesehen hatte. Inzwischen hatte ich mich so weit gefaßt, daß ich mein Mißgeschick verschweigen konnte, und zu Nicky, der beim Abendessen neben mir saß, sagte ich, es sei eine schöne Tour gewesen. Aber ganz spurlos ist sie nicht vorbeigegangen. Nicht sorgfältig genug entfernte Teer- und Kiesreste haben ein paar schwache, aber dauerhafte dunkle Male an meinem linken Unterarm hinterlassen.

Am folgenden Wochenende fragte mich Nicky, ob ich Lust hätte, mit ihm nach Kingston zu fahren, er müsse Holz und Farbe für seinen Vater holen. Die Aussicht auf ein Buch war diesmal als Lockmittel nicht nötig. Bretter und Farbeimer, ein rumpelnder Pick-up, die ausgefahrenen Straßen von Kingston, die hohen Stapel karierter Arbeitshemden bei Montgomery Ward, dazu Nickys glänzendes Haar, seine klaren blauen Augen, sein liebenswerter Akzent, seine hohe Gestalt neben mir, seine Fürsorge: all das verband sich zu einem mir unvergeßlichen Nachmittag.

Wir verbrachten nun an den Wochenenden immer mehr Zeit miteinander. Ich merkte, daß er gern mit mir zusammen war, aber der Altersunterschied machte ihm zu schaffen, wie er mir gestand. Für einen neunzehnjährigen Soldaten war eine Fünfzehnjährige sehr jung, und das bedrohte seine Würde. Er fürchtete das Gerede der Leute und meinte, wir sollten lieber für uns bleiben, damit sich unsere Gefühle füreinander in Ruhe entwickeln konnten. Bald lebte ich die ganze Woche nur noch auf die Wochenenden hin. Im August sagte er mir, daß er immer mehr an mich denken müsse und inzwischen das Gefühl habe, hauptsächlich meinetwegen zu kommen. Etwa um diese Zeit küßten wir uns zum erstenmal. An einsamen Plätzen streifte er die Träger meines Badeanzugs herunter, und wir bemühten uns, erregt und schwer atmend, nicht »bis zum Letzten zu gehen«.

Ich habe noch ein Foto aus jenem Sommer. Nicky und ich stehen unter einem Apfelbaum auf der Farm. Ich lehne mich an einen Picknicktisch aus Holz und sehe zu dem großen blonden jungen Soldaten auf, der mir zulächelt. Mit Bleistift ist auf der Rückseite das Datum vermerkt. Ich bin fünfzehn und habe noch ein wenig Babyspeck. Nicky zieht befangen die Schultern hoch. Wir wirken glücklich, aber unsicher, noch nicht ganz erwachsen, und unsere Blicke halten sich aneinander fest.

In jenem ersten Sommer schlief ich freitags unruhig in meinem kleinen Zimmer im Obergeschoß. Ständig wachte ich auf, sah auf den dunklen Himmel, versuchte abzuschätzen, wie spät es war, und wartete, daß Piet früh um drei leise bei mir klopfte. Weil ich wußte, daß ich nicht ausschlafen konnte, schlief ich wenig und schlecht, zog mich zu früh an, nahm die rosa Schaumstoffwickler aus dem Haar, und dann konnte ich mich nur noch in Geduld fassen, bis Piet kam. Das Haus schlief noch, wenn wir die Treppe hinunterschlichen, an der Haustür in die Schuhe schlüpften und versuchten, die beiden Dachshunde zu beschwichtigen, die um uns herumsprangen und aufgeregt die Krallen auf dem kahlen Fußboden klicken ließen. Wir traten in die milde Nacht hinaus und gingen leise über den Rasen. Erschreckend laut brüllte der Motor in der Stille auf, dann waren wir auf dem Weg nach Kingston, wo um drei Uhr dreißig Nicky eintraf. Jede Woche fuhren wir so durch die Nacht. Mein feuchtes, frisch gewaschenes Haar roch nach Shampoo, das rote Pünktchen von Piets Zigarette beschrieb bei jeder Lenkraddrehung einen kleinen orangefarbenen Bogen, die Scheinwerferkegel schnitten eine helle Bahn durch die Dunkelheit. Auf dem Bahnhof gingen wir langsam zwischen den Gepäckkarren hin und her, bis das starke Licht der Lokomotive die Umgebung scherenschnittartig beleuchtete und sich eine hochgewachsene Gestalt aus der Dunkelheit löste.

Nicky freute sich immer, wenn er nach Hause kommen konnte. Er war ungern bei der Army, wo er wegen seiner Größe und seines holländischen Akzents und weil er mit den amerikanischen Männerwitzen nicht zurechtkam, oft gehänselt wurde. Zum Glück war der Krieg nun schon eine Weile vorbei, und die Rekruten brauchten New Jersey nicht ständig zu bewachen, deshalb bekam er fast jedes Wochenende frei.

Zuerst kam ich mit zum Bahnhof, weil es für mich ein Spaß war, mitten in der Nacht in der Gegend herumzufahren. Dann, um Piet Gesellschaft zu leisten. Dann, Wochen später, weil Nicky und ich es nicht mehr erwarten konnten, uns wiederzusehen. Auf dem Rückweg saß ich schweigend hinten, während die Männer lakonisch die neuesten Nachrichten austauschten. Wir freuten uns, wieder beisammen zu sein, und taten, als sei das Wichtigste das Wiedersehen von Vater und Sohn, während uns wohl allen klar war, daß es sich anders verhielt.

Aber wer weiß ... Hätte man uns damals gefragt, hätten wir wohl, ohne viel zu überlegen, zur Antwort gegeben, daß allein das Wiedersehen der jungen Liebenden zählte. Ich war jedenfalls damals davon überzeugt. Trotzdem habe ich jetzt die schweigsamen, traumgleichen Fahrten mit Piet zum Bahnhof besser in Erinnerung als die muntere Rückkehr zu dritt.

In meinen Augen gehörte Nicky schon damals zu der glanzvollen Welt der jungen Erwachsenen Anfang Zwanzig, neben denen ich mir unfertig, linkisch und unerfahren vorkam. Mich beschäftigten viele komplizierte, fesselnde Gedanken und Überlegungen, die ich aber nicht zu formulieren vermochte. Ich konnte nur voller Ehrfurcht jene wunderbaren Menschen anschauen, sie um ihre Weltgewandtheit beneiden und mich trotz meiner Nervosität freuen, wenn sie mich als Nickys Freundin in ihren Kreis aufnahmen. Auch Teenager, die um einige Jahre älter waren als ich, flößten mir noch lange gewaltigen Respekt ein. Es waren nicht die »richtigen« Erwachsenen, bei denen ich Hemmungen hatte, sondern nur Menschen, die mir gerade mal ein paar Jahre voraushatten. Weil ich alt genug für Nicky sein wollte, übersprang ich die natürliche nächste Phase meiner Jugend und wechselte von den Kußspielen mit Klassenkameraden unmittelbar in die faszinierende Welt der High-School-Absolventen, die jetzt aufs College gingen und sich auf einen Beruf vorbereiteten, leidenschaftliche Beziehungen hatten, eine eigene Persönlichkeit entwickelten. Mit denen wollte ich unbedingt mithalten und hätte jede Andeutung, ich sei damit überfordert, weit von mir gewiesen.

Während mich Nicky und die Familie Van Dorn in Anspruch nahmen, brachte mein Vater einen Gedichtband heraus. *Meine Reime, Deine Reime* erschien 1946 bei Peter Thomas Fisher in New York und enthielt hundertzehn von Roberts Gedichten in deutscher Sprache, von denen die meisten zwischen 1933 und 1945 entstanden waren, nachdem man ihn aus Berlin vertrieben hatte. Einiges aus dieser Sammlung hatte er schon verschiedentlich vor Freunden und bei Flüchtlingstreffen in Manhattan gelesen. Fritz Eichenberg, Exilant wie er, hatte zehn Zeichnungen beigesteuert, die den rauhen Humor und die makabre Ironie des Berliner Dialekts, mit dem Robert die ss-Horden und die Funktionäre des Dritten Reichs parodierte und attackierte, anschaulich illustrierten. Nur die Texte aber bringen die ganze Wut, die ganze Trauer zum Ausdruck, die Robert angesichts der Leiden unschuldiger Menschen und der Zerstörung all dessen empfand, was an Deutschland einst ehrenhaft und bewundernswert gewesen war, wie zum Beispiel diese Zeilen aus »Aufbruch der Nation«:

Weil das Vaterland erwacht is,
Müssen viele schlafen jehn.
Weil's die Lange Messer Nacht is,
Will man Leichen sehn …

Keener braucht mehr anzupochen,
Mit der Axt durch jede Tür –
Die Nation ist aufjebrochen
Wie ein Pestjeschwür!

Aus Anlaß der Veröffentlichung gaben meine Eltern ein Essen für ihre langjährigen Freunde, das anders als die üblichen Abendgesellschaften nicht mit Roberts Musik, sondern mit seinen Gedichten endete. Er las die von schneidender Satire und Wehmut zugleich geprägten »Erinnerungen«:

Ick möcht' so jerne mal in Werder wieder
zur Baumblüte sein
beim Johannisbeerwein.
Der fährt wie een süß-saurer Schreck in de Jlieder,
und am Weje nach Haus
fährt er jleich wieder raus.

Ick möcht' so jerne mal in Wannsee wieder
ins Freibad jehn
und Kulickes planschen sehn.
Denn kriegt meine Braut den jeklemmten Flieder,

und ick krieg 'n Kuß
und 'ne Weiße mit'n Schuß...

Besonders traurig stimmte Robert die Auslöschung des alten Berlin, dieser leichtlebig-liederlichen, kreativen, toleranten Stadt mit gutem Essen, hübschen Mädchen, treuen Freunden und einer lebendigen Kunstszene in dem einstrophigen Gedicht »Stoßseufzer«.

Daß du mal nicht mehr sein wirst,
Daß du vielleicht
Een wirrer Haufen Stein wirst,
Durch den die Schlanje schleicht –
Berlin, Berlin, von Spandau bis Neukölln,
Da holt man zweimal Luft, um sich det vorzustell'n.

Die kleine Schar der Zuhörer in unserem Wohnzimmer ging lebhaft mit, nickte ergriffen, wiederholte mit Vergnügen Zeilen, die ihnen besonders gefallen hatten, »Molle bleibt Molle«, oder »Mutta, schmeiß mal 'ne Bombe runter« (aus dem bitter-melancholischen »Berlin 1940«).

Für Robert war diese Reaktion eine große Genugtuung. »Ja, ich wäre immer gern als Poet bekannt geworden, das hätte mich mehr gefreut als der Ruhm als Schlagerschreiber. Aber mit Lyrik kann man kein Geld verdienen, und ich brauchte Geld. Ich mußte zu viele Menschen ernähren, um allein von Gedichten leben zu können.«

»*Ich* habe nie verlangt, daß du Geld verdienst«, ging Elke auf ihn los, »daraus kannst du mir keinen Vorwurf machen. Wer mußte denn immer den dicken Max markieren?«

Robert lachte freundlich, er wollte keine Szene. »Nein, nein, Elkelein, dich hab ich nicht gemeint, sondern die Menschen in der Partei, meine Mutter undundund.« Er blätterte weiter zum nächsten Gedicht, und der heikle Moment war vorbei.

Als Fünfzehnjährige konnte ich den Gedichten lange nicht so viel abgewinnen wie seinen Schlagern. Der Berliner Dialekt war sperrig, die politischen Anspielungen verstand ich nicht, und die Mischung aus Spott und Traurigkeit war mir zu komplex. Ich konnte nicht nachvollziehen, daß mein Vater und seine Freunde nostalgisch einer Vergangenheit in einem Land nachtrauerten, das so brutal geworden war. Vor allem aber lag es wohl an meinen neuen Beziehungen in Woodstock, daß ich nicht viel Interesse für das Buch aufbringen konnte.

In dem Jahr, in dem *Meine Reime, Deine Reime* erschien, und auch noch einige Zeit danach litt die Bevölkerung Berlins mehr als im Krieg. Viele alte und schwache Menschen, die keine warme Kleidung hatten, schlecht ernährt waren und nicht ärztlich behandelt werden konnten, überlebten die harten Nachkriegswinter nicht. Elke sorgte sich um die Mutter und um Schwester Lotti in Berlin. Ein gewisser Trost war es für sie, daß man in den amerikanischen Sektor, wo ihre Lieben wohnten, Carepakete schicken konnte. Das Kommunikationssystem war zusammengebrochen, viele Familien hatten keine Verbindung zueinander oder hatten noch nicht einmal wieder zusammengefunden. Erst ein Jahr nach dem Krieg erfuhr meine Großmutter Hedwig, daß ihre Lieblingsschwester Jenni, die vor dem Krieg mit ihr zusammen in einem Altersheim gewohnt hatte, nach der Zwangsvertreibung und Trennung an Hunger gestorben war.

Doch nicht nur Berlin litt. Millionen von Menschen in ganz Europa waren von Haus und Hof vertrieben worden und brauchten eine neue Bleibe. Die meisten Juden saßen immer noch in den Konzentrationslagern fest. Auch nach dem Krieg starben Tausende an Hunger und Krankheiten. Präsident Truman (der sich im übrigen tatkräftiger für rassische und religiöse Toleranz eingesetzt hatte als Roosevelt) leitete amerikanische Hilfsmaßnahmen ein, und damit verbesserten sich Ernährung und Behandlung der vielen Menschen, die noch in Lagern auf eine Neuansiedlung warteten, ganz erheblich.

Aber nicht nur für die befreiten Juden galt es neue Heimstätten zu finden. Ein stetig anwachsender Strom von Menschen floh vor der russischen Besatzung aus Mittel- und Osteuropa, unter anderem auch Irma, die jüngste Schwester meiner Mutter, mit ihrer vierjährigen Tochter Barbara, die im Krieg in der Tschechoslowakei evakuiert gewesen war. 1946 gab es in Deutschland vier Millionen Flüchtlinge aus dem Osten, und es wurden immer mehr. Sie besaßen meist nur das, was sie am Leibe trugen. Man verteilte sie auf Kleinstädte und Dörfer, wo durch die neu Zugezogenen bald Lebensmittel, Kleidung und andere Dinge des täglichen Bedarfs knapp wurden, was unvermeidlich zu Ressentiments und unerfreulichen Zwischenfällen führte.

Nach Woodstock drang wenig von dem, was draußen in der Welt vorging. Überdies war ich vollauf mit dem Erwachsenwerden beschäftigt. Es war Nicky, der in diesem

Sommer und Herbst meine Aufklärung übernahm. Vor seinen Küssen und ehe ich seine suchenden Hände auf meinem Körper gespürt hatte, wußte ich nicht mehr als ein intelligentes Kind. Meine Mutter hatte mir in dürren Fakten vermittelt, was Männer und Frauen miteinander machen, aber meine Frage, warum irgendwer auf die Idee kommen würde, so etwas zu tun, war uns peinlich, und wir ließen das Thema auf sich beruhen. Aus Filmen und Romanen erfuhr ich, Sex sei etwas Beglückendes, der Biologieunterricht machte uns mit molekularen Details der Zeugung und der Entwicklung der Zygote zum Embryo bekannt. Nachdem ich selbst miterlebt hatte, wie verheerend sexuelle Leidenschaft sich auf das Leben normaler Menschen auswirken kann, hatte ich eine leise Ahnung von der Macht des Geschlechtlichen. Wie Sex aber tatsächlich funktionierte, das wußte ich weder theoretisch noch in der Praxis. Wenn Nicky mich küßte und streichelte, war das zwar aufregend, aber ich hätte jederzeit wieder aufhören können, während Nicky damit offenbar seine Schwierigkeiten hatte. An seinem raschen Atem, dem verkrampften Körper merkte ich, daß seine Empfindungen anders, intensiver waren. Bei jedem Petting waren wir uns darüber einig, daß wir aufhören mußten, ehe wir »zu weit gegangen« waren, aber danach dauerte es immer eine Weile, bis er sich wieder gefaßt hatte. Das berührte mich sehr, aber es war eine emotionale, keine physische Empathie. Wir waren beide so schüchtern, daß erst nach vielen Wochen Nicky meine Hand auf die Wölbung seiner Hose legte. »Fühl mal, wie hart ich bin«, sagte er. »Wir müssen aufhören, ich kann nicht mehr.« Ich spürte seine Not, war aber ratlos. Ich wußte, daß der Penis in die

Vagina gesteckt werden muß, und auch, daß es daraufhin zu einem Höhepunkt kommt, der angeblich sehr genußvoll war. Ich wußte, daß Sperma austritt und es dadurch zu einer Schwangerschaft kommen kann. Daß all diese Vorgänge zusammengehören, wußte ich nicht, ebensowenig, daß es unangenehm, ja schmerzhaft sein kann, den Höhepunkt zu verhindern. Das Wort Erektion hatte ich noch nie gehört.

»Warum wird er so hart?« fragte ich Nicky. »Tut es weh?«

»Nein, es fühlt sich gut an, es darf nur nicht zu lange dauern. Er wird hart, damit er in die Frau eindringen kann.«

Das verstand ich nicht. »Warum kannst du ihn nicht so reinstecken, wie er ist?«

Nicky überlegte einen Augenblick, er suchte nach einem eingängigen Vergleich. »Einen Wurm kannst du auch nicht durch ein Blatt Papier stoßen.«

Viel weiter brachte mich dieses doch sehr anschauliche Bild nicht. Ich hatte nicht nur nicht gewußt, daß der Penis hart werden kann, ich hatte gedacht, er sei im Normalzustand weich und der Mann könne ihn aufstellen wie einen Finger. In aller Stille lernte ich im Lauf des Sommers, wie es sich mit dem männlichen Körper verhielt.

Junge Leute auf dem Land haben viele Möglichkeiten, ihre natürliche Vitalität auszuleben. Wir kannten die besten Plätze zum Baden, Angeln, Beerenpflücken und Pilzesammeln, und wir suchten uns versteckte Kiefernwäldchen, weichen Waldboden und wenig benutzte Scheunen für unsere Liebe. Bei gutem Wetter verbrachten wir die Nachmittage an einem abgelegenen Badeplatz, wo der Bach sich zu einem natürlichen Teich gestaut hatte und der mit dem

Auto und dem Fahrrad nicht zugänglich war. Man erreichte ihn nur über ein dichtes Waldgebiet auf der einen Seite des Bachs oder über die Felder. Ab und zu kamen ein, zwei Leute hin, meist aber hatten wir den ganzen Teich für uns. Gewöhnlich gingen wir über die Felder hinter dem Haus der Van Dorns. Wenn man zwischendurch keine Pause machte, brauchte man etwa zwanzig Minuten. Wir brauchten immer länger. Schmale Streifen Fichtenwald grenzten die Felder voneinander ab, und dort gab es Lichtungen mit Gras und Wildblumen, wo wir mehr von unserer sogenannten Badezeit verbrachten als am Wasser. Wir nahmen eine alte Picknickdecke, manchmal auch einen Picknickkorb mit und lagerten, von Fichtenschößlingen umgeben, im Halbschatten, der nicht so tief war, daß sich die Mücken darin wohl gefühlt hätten, der uns aber vor gleißender Sonne und vor neugierigen Blicken schützte – eine Liebeslaube, die uns gute Dienste tat.

An einem Sommerabend machten wir ausgelassen singend und albernd mit anderen jungen Leuten eine von den Bartholomews organisierte Fahrt mit dem Heuwagen. Danach kletterten wir in den Heuschober hoch, um die Sterne anzusehen. Wir legten uns nebeneinander und versuchten, unter den derben Sachen, die wir für den Ausflug angezogen hatten, an die nackte Haut zu kommen. Lautlos wurde ein Knopf nach dem andern geöffnet. Nickys Hand lag auf meinem Bauch, dann auf meinem Busen. Er nahm die Hand weg, verlagerte sein Gewicht, machte sich an seiner Armyhose zu schaffen und führte meine Hand nach unten, bis meine Finger zum erstenmal seinen nackten Penis umschlossen. Erschreckend groß fühlte er sich an. Ich hatte ihn mir etwa so wie den Mittelfinger eines Mannes vorgestellt. Dieser lange dicke Schaft würde einmal in mich eindringen, mich am Ende in Stücke reißen ... Die Vorstellung wirkte auf meine Liebesglut wie eine kalte Dusche, aber ich ließ mir nichts anmerken. Als meine Hand sich behutsam zur Penisspitze bewegte, war das nach der angestauten Erregung zuviel für Nicky. Er drehte sich rasch weg von mir, und ich spürte seine Zuckungen. Nach einer Weile wandte er sich wieder mir zu, und wir sahen, jetzt beide sehr still, wenn auch aus unterschiedlichen Gründen, durch das offene Fenster des Heuschobers dem Mond zu, der langsam höherstieg.

Als ich gegen Ende des Sommers nach Riverdale zurückkam, war mir, als wäre ich auf einem fremden Planeten gelandet. Statt grüner Bäume, Wiesen mit Wildblumen, hübscher Landhäuser und Scheunen unter der blaulila Silhouette des Overlook Mountain umgaben mich Mietshäuser, Geschäfte und Gehsteige, deren Teer in der Hitze der Stadt schmolz. Statt Nickys liebevollen Blicks aus blauen Augen begrüßten mich die Pfiffe und das Gejohle halbwüchsiger Rabauken, als ich eines Morgens in Shapiros Laden kam. Das T-Shirt, das im vergangenen Sommer niemand beachtet hatte, spannte jetzt über dem Busen und brachte mir erbarmungslose Frotzeleien ein. Das T-Shirt kam in den Müll, und um Jungen machte ich fortan einen großen Bogen. Als Lillian anrief und fragte, ob ich Lust hätte, wie früher mit ihr an den Wohnungen des einen oder anderen Schwarms vorbeizuschlendern, sagte ich ihr, ich hätte zu tun. Überhaupt fühlte ich mich nicht mehr recht wohl, wenn ich mit Lillian zusammen war. Was ich von Woodstock oder von Nicky erzählte, interessierte sie nicht, und ihre Geschichten von Footballspielen und Turnhallentanzereien langweilten mich. Wir hatten uns einfach auseinandergelebt und waren beide froh, als wir nach dem Labor Day wieder in unsere getrennten High-Schools und in ein nun getrenntes Leben zurückkehren konnten.

Als es Herbst geworden war, hatten die Van Dorns mich als Nickys Freundin akzeptiert. Ich brauchte keine besondere Einladung mehr, um an den Wochenenden nach Woodstock zu kommen. Am Freitagnachmittag stieg ich nach der Schule an der 42. Straße in den Greyhound-Bus, aß auf halber Strecke im Red-Apple-Rasthaus einen Hamburger und kam am frühen Abend in Woodstock an. Piet holte mich ab. Berthe hatte schon einen kalten Imbiß vorbereitet, und Annie brachte einen Kuchen mit. Wir setzten uns an den runden Küchentisch, aßen und erzählten, was wir im Lauf der Woche erlebt hatten. Dann ging ich zeitig zu Bett, um vor der nächtlichen Fahrt mit Piet nach Kingston noch etwas Schlaf zu bekommen. Den ganzen Samstag und den größten Teil des Sonntags hatten Nicky und ich dann für uns. Am Sonntagabend fuhr ich mit dem Bus zurück nach New York, und Nicky setzte sich in den Zug nach New Jersey.

Mein Vater sagte nicht viel zu dieser Neuerung, denn offenbar war ich ja glücklich und zufrieden, aber meine Mutter sorgte sich. »Du solltest dich nicht so früh auf einen Jungen konzentrieren, du müßtest mit vielen verschiedenen Jungen ausgehen, unterschiedliche Leute kennenlernen. Du bist zu jung, um dich schon fest zu binden, du fängst ja gerade erst an, erwachsen zu werden.«

Hast du eine Ahnung! dachte ich. Woher sollte meine Mutter auch wissen, wie dumm und unreif diese »vielen verschiedenen Jungen« waren oder wie wunderbar Nicky war.

»Wir sind glücklich miteinander, Nicky und ich, wir brauchen keine anderen Leute. Ich liebe ihn.«

»Du glaubst, daß du ihn liebst, aber du weißt nicht, was Liebe ist. Das ist doch nur eine jugendliche Liebelei. Beim erstenmal denkt man immer, es ist für die Ewigkeit, aber du wirst sehen, es geht vorüber. Im nächsten Jahr empfindest du ganz anders, und ihm geht es genauso. Macht es euch nett miteinander, aber laßt euch gegenseitig eure Freiheit. Du hast Zeit und mußt noch viel lernen.«

»Du verstehst überhaupt nichts!« Unter Tränen stürmte ich in mein Zimmer und knallte die Tür zu. Die »Liebelei« hatte mich gekränkt. Wie sollte ich meine Mutter davon überzeugen, daß unsere Liebe echt war? Nur die Zeit konnte es beweisen. Ich war weiterhin fest entschlossen, jede Gelegenheit zu nutzen, um mit Nicky zusammenzusein, und möglichst oft nach Woodstock zu fahren.

Im Herbst kam dann unvermeidlich der Augenblick, an dem Nicky und ich »bis zum Letzten gingen«, wie man so schön sagt. An einem Novemberabend war ich in sein Zimmer gegangen, um ihm gute Nacht zu sagen. In jäh aufwallender übermütiger Zärtlichkeit nahm er mich in die Arme und trug mich in mein Zimmer. Ich flüsterte ihm zu, daß ich es sehr schlau fände, weil Berthe, die unten schlief, so nur ein Paar Schritte hörte. So hatte er das noch gar nicht gesehen, aber ermutigt durch mein Lob blieb er bei mir im Himmelbett und schlich sich erst kurz vor Morgengrauen in sein Zimmer zurück. Es war ein schönes erstes Mal. Nach all dem quälenden Gestreichel und Geküsse war ich richtig stolz auf meine Leistung. Ausposaunen konnte ich es natürlich nicht, aber irgendwie hätte ich mich schon gefreut, wenn man mir hätte ansehen können, daß ich nun der Kindheit und unreifem Gefummel entwachsen war. Jetzt wußte ich alles, kannte ich alle Geheimnisse.

Über soviel unschuldige Selbstzufriedenheit muß ich heute lächeln. Aber meinen Vorstellungen von Romantik entsprechend, wollte ich wohl etwas Unkompliziertes und Natürliches darin sehen, daß hier zwei junge Menschen, ganz auf ihre Sinne vertrauend, zu einem echten Liebespaar heranreiften. Aber das stimmte nur bedingt. Wir liebten uns tatsächlich ganz unkompliziert und so oft, wie unsere jugendliche Lebens- und Liebeslust uns dazu trieb. Und es sind schöne Bilder, die ich dabei vor mir sehe – keine schmutzigen Gassen, kein verstohlenes Gegrapsche auf der Empore eines Kinos, kein Sex auf der Rückbank eines Autos. Meine ersten Erfahrungen mit der Liebe machte ich in der freien Natur.

Was ich aber damals im Kopf hatte, war durchaus nicht natürlich und unkompliziert, dazu war meine Phantasie schon mit zu vielen hochfliegenden Ideen, zuviel Unfug befrachtet. Meine Vorstellung von körperlicher Liebe bezog ich wie eine gelehrige Schülerin aus Filmen, aus Liebesromanen und aus Zeitschriftenkolumnen, die sich an unwissende junge Frauen richteten. Aus den Romanen und

Filmen lernte ich, daß Sex – gemeinsamer Höhepunkt inklusive – etwas Grandioses war und der Frau alle Wege zu Erfolg und Einfluß ebnete. Aus den Zeitschriften lernte ich, daß es beim Sex um Technik und Täuschung ging. Von der Oper lernte ich, daß Sex auch gefährlich sein kann. Meine Heldinnen, die *femmes fatales*, die wirklich fesselnden Frauen, hatten eine sexuelle Strahlkraft, die bei Männern vernichtende Leidenschaften wecken konnte. Sie selbst starben daran und nahmen die gebrochenen Herzen ihrer Liebhaber mit in den Tod. Daneben gab es noch meine Mutter, die im Badezimmer saß und weinte, wenn mein Vater zu spät nach Hause kam, die ihr Haar aufhellte und ihre Lippen rot anmalte, um am nächsten Morgen mit dem Briefträger zu flirten. Ich träumte von der Ehe, von einem Heim, Treue ohne Anstrengung, Kindern. Es war der typische amerikanische Traum der Mädchen jener Zeit. Andererseits war mir auch klar, daß das Überleben davon abhing, die eigenen Gefühle im Zaum zu halten. Nur so konnte man sich als Frau vor dem Verlassenwerden, vor dem Ruin, schützen, wie Berthes Beispiel zeigte. In meinen wirren Phantasien vermengten sich die Mythen unserer Epoche mit den häuslichen Situationen, die ich selbst miterlebt hatte, und meinem eigenen mir unbekannten Innenleben. Das, womit Nicky völlig unbefangen umging, war für mich mit Ängsten und Listen belastet. Damals war mir das nicht klar, ich wäre nicht bereit gewesen, derlei Überlegungen an mich heranzulassen. Ich hätte es als schwere Niederlage empfunden, hätte ich eingestehen müssen, daß ich noch keinen Orgasmus gehabt hatte und nur in etwa wußte, was man sich darunter vorzustellen hat. Deshalb war der Geschlechtsverkehr selbst, für Nicky Befreiung und Erfüllung, für mich im wesentlichen Theater. Eingestehen konnte ich mir das erst später, als ich allmählich unterscheiden konnte zwischen dem, was ich wirklich empfand, und dem, was ich meinte vortäuschen zu müssen. Dabei wurde mir klar, daß die Momente, an die ich mich erinnerte, die mich nicht mehr losließen, nichts mit Macht oder Erfolg oder sexueller Verstellung zu tun hatten, sondern aus einem spontanen Gefühl heraus entstanden waren, ungebeten und ungeplant.

9

Nicky

Daß ich die *ménage à trois* von Piet, Berthe und Annie ohne viel Nachdenken hinnahm, war nur möglich, weil sie ihre Eifersucht unterdrückten. Als über mich die Eifersucht kam, konnte ich sie kaum im Zaum halten. Zum Freundeskreis der Van Dorns gehörten neben den Schuylers, bei denen ich vorher in Woodstock gewohnt hatte, unter anderen auch die Bartholomews. Beide waren Künstler, Bart malte, seine Frau Sylvia töpferte. Sie wohnten und arbeiteten in einem großen, weitläufigen Haus in dem nahe gelegenen Dorf Bearsville. Blauweiße Delfter Kacheln umrahmten den Kamin, und die alten Holzdielen waren von dem feinen Töpferton, der sich in alle Ritzen setzte, aschgrau geworden. Überall hingen Barts Bilder und Skizzen – Kohlezeichnungen von Sylvia als Akt, die ich mißmutig betrachtete, Ölgemälde von blumengleich erblühenden jungen Mädchen, Stilleben mit Obst oder Gemüse, das auf rohen Holztischen aufgehäuft oder über die Tischplatte verstreut war, ein Strauß Sonnenhut, dessen gelbe Sterne vor einer dunklen Holzwand leuchteten, tiefe, glühende Farben, Hell-Dunkel-Effekte, Glanz vor Schatten. Einmal kam es zu einem nicht ganz ernst gemeinten Streit. Bart erklärte in seinem höflich stockenden britischen Tonfall, Sylvia habe eine Zwiebel und eine Tomate aus einem Arrangement stibitzt, an dem er gerade malte. Sie wies den Vorwurf mit ihrem heiseren Lachen weit von sich. Im übrigen, sagte sie, habe er sich an dem Gemüse vergriffen, das für den Eintopf zum Abendessen gedacht war.

Bart wirkte unwiderstehlich anziehend auf andere Menschen. Den ganzen Sommer über und bis in den Herbst hinein liefen Gruppen von Kunststudenten ihm nach, stellten ihre Staffeleien in der Nähe seines Hauses auf und streiften mit Skizzenblöcken über die Feldwege. Er war nett zu ihnen, ließ sie aber nie zu nahe an sich heran. Vielleicht um ihnen zu entkommen oder auch nur um die Pferde zu bewegen, wie er behauptete, ritt er nachmittags regelmäßig aus. Sylvia ritt nur gelegentlich. Ihre beiden goldenen Palominos waren herrliche Tiere. Wenn ich Bart auf dem goldenen Pferd sitzen sah, mußte ich an König Arthur denken. Ihn mochte ich, aber weil er meist zusammen mit Sylvia auftrat, ging ich ihnen nach Möglichkeit aus dem Weg. Wenn ich wußte, daß sie erwartet wurden, drängte ich Nicky zu Unternehmungen, die ein Zusammentreffen unmöglich machten. Sie waren Freunde der Familie, aber ich verabscheute Sylvia und fürchtete sie. Vom ersten Augenblick an, als ich sie mit arrogantem Schwung ins Haus rauschen sah, schüchterte sie mich ein. Die rauhe Stimme, das durchdringende Gelächter, die kalten Achataugen und die ungebändigte weiße Mähne, die um ihr gelbliches Zigeunergesicht wehte: all das mißfiel mir. Besonders abstoßend aber fand ich ihre aggressive Sexualität, die mir in meiner jugendlichen Prüderie für eine alte Frau von vierzig Jahren unpassend erschien. Sie sprach mich nie direkt an und sah an mir vorbei, als sei ich für sie unsichtbar.

Ich haßte sie, weil Nicky mir erzählt hatte – da waren wir schon ein paar Monate zusammen –, daß Sylvia ihn verführt hatte, als er sechzehn war. Zuerst fand ich das völlig unverständlich, dann fast unerträglich. Ich setzte ihm mit Fragen zu: Wie? Wo? Wie konntest du? Wie lange? Das Verhältnis habe zwei Jahre gedauert, sagte er, sie hätten miteinander geschlafen, ohne daß jemand in ihrem Freundeskreis Verdacht geschöpft hätte. Er habe sich geschämt und sie nicht geliebt, aber das körperliche Verlangen sei zu stark gewesen. Erst als er zur Army ging, hatte er es geschafft, die Beziehung zu beenden, indem er Sylvia entschlossen aus dem Wege ging.

Das Wissen um diese Beziehung war eine Folter für mich. Obwohl alles offenbar schon zu Ende war, ehe ich Nicky kennengelernt hatte, sah ich die beiden ständig als Paar vor mir und litt Höllenqualen. Sylvias Anblick war mir schrecklich. Schon wenn ich ihren nachlässig über ein Sofa geworfenen roten Schal sah, loderte Haß in mir auf. Besonders schlimm fand ich es, daß die Familien weiter freundschaftlich miteinander verkehrten, als sei nichts geschehen. Von der Affäre selbst wußte außer Nicky und Sylvia und mir niemand etwas, aber für mich vergiftete sie alle Verbindungen zwischen den beiden Familien und dadurch auch meine Liebe zu Nicky, eine Liebe, deren scheinbar so unbeschwerte Heiterkeit nun komplexe, schwer zu bändigende Stimmungsschwankungen verdunkelten. Ich war nicht, wie ich mir eingebildet hatte, seine erste Liebe. Er war Sylvia erlegen; er konnte auch anderen erliegen. Zweifel und Argwohn plagten mich, ich fürchtete jeden Blick, den er auf eine hübsche Frau warf, und machte ihm zischelnd Vorwürfe.

Wir stritten, liefen auseinander, fanden wieder zusammen, weinten und liebten uns wieder und wieder, um den Dämon der Eifersucht zu bannen, der unser Glück bedrohte.

Im Winter wurde Nicky aus der Armee entlassen. Er war zwanzig Jahre alt, hatte zwei Jahre gedient und Anspruch auf eine College-Ausbildung mit Hilfe der GI Bill. Weil er schon immer gern mit seinem Vater zusammen Häuser restauriert und umgebaut hatte, bewarb er sich bei der Columbia University für ein Architekturstudium. Im Frühjahrssemester sollte er mit zwei Seminaren beginnen und sich dann im Herbst für ein Vollstudium immatrikulieren. Das paßte gut in den Jahresablauf der Van Dorns. Nach Weihnachten zogen sie nämlich mit Sack und Pack nach Greenwich Village und gingen nur hin und wieder übers Wochenende in das Haus in Woodstock. Die Farm wurde zugesperrt und das Wasser aus den Leitungen gelassen, der Schnee blieb auf den Veranden liegen, bis das Frühjahr frostfreie Nächte brachte. Die Regelung, die sie in Woodstock für das mehr oder weniger gemeinschaftliche Leben getroffen hatten, setzte sich im Village fort. Piet und Annie hatten eine Dreizimmerwohnung ohne Fahrstuhl in der Jones Street, Berthe ein Studio in der Bleeker Street, und Nicky hatte seine eigene Einzimmerwohnung in einem Gewirr solcher Kleinstbehausungen über einem Lagerhaus in der Christopher Street. Zu meinem Glück blieben die Bartholomews auch den Winter über in Woodstock. Die Distanz sorgte dafür, daß meine Eifersucht schwand, unser emotionales Gleichgewicht kam wieder ins Lot, und wir fingen in der Stadt ein neues Leben an.

Auch wenn die Weiträumigkeit und Schönheit der ländlichen Umgebung fehlten, vermittelten mir auch die Winter im Village etwas von dem vertrauten Woodstock-Gefühl. Durch die farbigen, wunderlich gekleideten Menschen, die Künstler oder »Bohemiens« waren oder zu sein vorgaben, herrschte im Village das ganze Jahr über buntes Leben. Vitale bäuerliche Typen mit wachen Augen, üppigem Haarschopf und polternder Stimme mischten sich mit einsamen Visionären, die durch die Straßen und Cafés zogen. Praktisch an jeder Ecke war ein italienisches Lebensmittelgeschäft, in dem das Grün, Gold und Purpur von Äpfeln, Melonen und Auberginen leuchtete. Käselaibe, Knoblauch und Salami hingen in einem Gewirr von Schnüren und Netzen von der Decke. Es war eine köstliche, nach Kaffee, Knoblauch und Gewürzen duftende Welt, die im Mainstream-Amerika noch nicht angekommen war, denn dort hielt man nach wie vor tiefgefrorenem Gemüse und nüchternen Supermärkten die Treue. Jede Straße des Village hatte ihre Ladengalerie oder ihr Töpferstudio aufzuweisen, hell erleuchtet und eindrucksvoll leer bis auf die Werkzeuge und Beispiele ihrer Kunst. Als Kontrastprogramm gab es die Trödelläden mit einer Fülle von verschossenem Samt, altem Messing, angelaufenem Silber und schmutzigen Kristallvasen hinter verstaubten Schaufensterscheiben. Zahllose Bars und Cafés schoben sich zwischen die Vortreppen und Eingänge der in einfache Wohnungen und möblierte Zimmer aufgeteilten Miets- und Reihenhäuser.

Hier lebten, ehe das Village schick und teuer wurde, Kunst und Armut Seite an Seite. Bei fast jedem Wetter liefen die Leute auf der Straße herum, saßen in den Cafés zusammen oder hockten mit hochgezogenen Schultern auf den Bänken des Washington Square. Maler lehnten ihre Bilder an die Parkgitter, Studenten bummelten mit ihren Büchern herum. Diese lebhafte Szene, die es jetzt in Hunderten von Städten gibt, ist inzwischen Teil des Konzepts der Stadtplanung und Stadterneuerung, in den 1940er Jahren aber war das Village etwas ganz Besonderes. Man betrachtete es ein wenig skeptisch, überließ es aber mehr oder weniger sich selbst. Mit seiner toleranten und farbigen Andersartigkeit und vor allem auch seiner Kunst lockte es nur wenige Touristen aus der Innenstadt. Die Atmosphäre in diesem Teil der Stadt, den ich noch nicht kannte, vermittelte Schwung und Kraft, mir kam das Village vor wie ein urbanisiertes und intensiviertes Woodstock.

Ich blieb zwar nicht über Nacht im Village, war aber regelmäßig an den Wochenenden und an den meisten Tagen nach der Schule dort. Nicky besuchte mich – auf meinen Wunsch – nur selten bei uns zu Hause, weil es in unserer Wohnung keine Privatsphäre gab und wir in Riverdale keine Möglichkeit hatten, ins Straßenleben abzutauchen. Die Intimität von Woodstock war offenbar nur in seinem Umfeld und bei seiner Familie möglich. In Nickys kleinem Zimmer sah der Nachmittag meist so aus, daß wir erst einmal miteinander schliefen, unter warmen Decken aneinandergekuschelt, und wenn dann noch Zeit war, tranken wir Tee und versuchten, etwas für Schule und College zu arbeiten. Am späten Nachmittag fuhr ich mit der U-Bahn die eine Stunde zurück in unsere Wohnung oder ging mit Nicky zum Essen im Familienkreis in die Jones Street hinüber. In jenem Winter und Frühling hatte die Hunter High-School an mir eine unaufmerksame Schülerin, und meine Eltern hatten eine unzugängliche Tochter. Das Village war zu meinem eigentlichen Dreh- und Angelpunkt geworden. Nicky und ich schmiedeten eifrig Zukunftspläne. Er würde als Architekt arbeiten und ich als Schriftstellerin. Nur wenn meine Periode sich verspätete, was gelegentlich der Fall war, meldeten sich die Ängste vor einer Schwangerschaft. Als sie einmal besonders lange ausgeblieben war, erörterten wir in einem ernsten Gespräch, daß wir nun wohl heiraten müßten. Plötzlich aber strahlten wir uns vergnügt an, weil die Vorstellung uns eigentlich sehr gut gefiel. Aber dann kam die verspätete Periode doch – unregelmäßig wie eh und je –, und das Thema Schwangerschaft und Ehe war zunächst erledigt. Alles in allem führten wir ein Leben, das uns befriedigte, und ich war so glücklich, wie das meine nach Teenagerart schwankenden Stimmungen zuließen.

Ich vermied es nach Möglichkeit, mich zusammen mit meinen Eltern in der Öffentlichkeit sehen zu lassen, aber an einem Sonntag im Jahre 1948 luden sie mich ins Kino ein. Sie wollten unbedingt Billy Wilders Film *Eine auswärtige Affäre* sehen. Darin spielt Marlene Dietrich eine mondäne deutsche Spionin, die ihre Künste dazu nutzt, amerikanische Soldaten im besetzten Berlin zu umgarnen. Es war ein frischer Herbstnachmittag, und wir machten uns zu Fuß auf den Weg. Den baumbestandenen Hang der Riverdale Avenue hinunter ging ich zwischen ihnen, aber als wir in belebtere Gegenden kamen, blieb ich, Interesse an Schaufensterauslagen heuchelnd oder interessiert zu Geschäften auf der anderen Straßenseite hinüberblickend, immer weiter zurück, bis ich einen halben Block hinter den beiden herlief, die auf den ersten Blick als Ausländer zu erkennen waren – der Mann mit dem dunklen Hut und dem langen dunklen Mantel, der seine stämmige Figur verbarg, daneben die blonde Frau, die unter einem stahlblauen Cape wohlgeformte Beine sehen ließ. Hin und wieder drehte sich einer der beiden, verwundert über mein eigenartiges Verhalten, nach mir um, aber ich trödelte weiter und holte sie erst an der Kasse wieder ein. Sie wollten diesen Film nicht wegen Marlene oder wegen der witzigen Dialoge sehen, sondern weil sie gehört hatten, daß er die ersten Filmaufnahmen aus dem kriegszerstörten Berlin enthielt. Sie fürchteten das, was ihrer Stadt geschehen war, wollten es aber mit eigenen Augen sehen, und wahrscheinlich war es ihnen wichtig, daß auch ich es sah. Handlung und Schauspieler waren für sie mehr oder weniger nur Vorwand, seufzend nahmen sie die zerstörte Stadtlandschaft zur Kenntnis, eine Straße nach der anderen mit zerbombten Häusern und mit Menschen, die in kläglichen Grüppchen in Trümmerbergen wühlten, um sich eine provisorische Bleibe zu schaffen. Wie erstarrt blickten meine Eltern auf den Flickenteppich aus Ruinen, der ihnen in der Jugend Heimat gewesen war. Und obwohl die Alliierten die Bomben abgeworfen hatten, vergaßen meine Eltern nie, den eigentlichen Verursachern die Schuld zu geben. Die Zerstörung ihres Berlins und ganz Deutschlands war der schmerzliche, aber notwendige Preis, der gezahlt werden mußte, um Hitler Einhalt zu gebieten.

Schweigend kehrten wir nach Hause zurück. Im Schutz der Dunkelheit ging ich wieder zwischen meinen Eltern und hielt sie bei der Hand, bewegt von ihrer Trauer, ihrem

Schock über das, was sie bis dahin nur vom Hörensagen gekannt hatten. In den nächsten Wochen brachte ich ehrliches Mitgefühl auf, wenn meine Eltern und ihre Freunde ihrem Kummer und der Sorge um Freunde und Bekannte in der zerstörten Stadt Luft machten. Aber ihr Verlust war nicht mein Verlust. Ich hatte keine Erinnerungen und keine Bindungen an die Stadt, in der ich geboren war. Wir waren noch immer Vater, Mutter und Kind, aber wir fühlten uns nicht mehr demselben Land zugehörig.

Im folgenden Sommer wohnten Berthe, Nicky und ich wieder in dem großen Haus in Woodstock, während Piet und Annie auf die Farm zogen. Bis Nicky im Herbst wieder an die Columbia University ging, wollte er seinem Vater bei den notwendigen Instandhaltungsarbeiten auf der Farm helfen.

Als Piet sie gekauft hatte, war sie sehr heruntergekommen, eine Veranda hing durch, Fensterscheiben waren zerbrochen, auf dem matschigen Hof lagen verrostete Teile von Autos und alten Pflügen. Piet und Annie waren, um sich ein Heim zu schaffen, ständig am Umbauen, Schmirgeln, Streichen, tauschten Wände oder Türen aus und erstanden auf Auktionen alte Möbel, die sie dann restaurierten. Die Farm war immer in Planung, war Projekt und Baustelle. Jeder Vorschlag führte zu langen Diskussionen. »Was meint ihr, ob wir die Tür des Wohnzimmers verlegen?« – »Wie wäre es, wenn man aus einem Fenster über dem Küchentisch die Berge sehen könnte?« Und dann starrten Piet und Nicky lange stumm auf eine Wand oder in eine Zimmerecke, machten Skizzen, notierten Zahlen auf losen Blättern und klopften das ganze Haus nach Balken und tragenden Wänden ab. Es war eine anregende Atmosphäre, weil man immer das Gefühl hatte, daß etwas in der Luft lag, was die Vorstellungskraft beschäftigte, was sich anschickte, Realität zu werden, oder sich dann doch als als undurchführbar erwies. Aber es ging natürlich nicht nur ums Praktische, sondern auch um die Schönheit. Wenn Bart vorbeikam, sagte Annie etwa: »Wir brauchen eins deiner Bilder hier über dem Kamin. Vielleicht das mit den dunkelroten Äpfeln, es ist eine so schöne Farbe für den Abend.« Oder sie drängte Edith Schuyler: »Wenn du einen hübschen Schal webst, könnten wir den neben den Schaukelstuhl legen, abends wird es hier kühl.« Alle wurden eingespannt, um das neue Umfeld zu schaffen.

Die Farm – das bedeutete ein Leben in ständigem Chaos, umgeben von Nägeln und Brettern und herunterfallendem Putz, mit Farbeimern, Hobelspänen und Tapetenfetzen. Man mußte aufpassen, wohin man trat und woran man sich lehnte, und man hatte ein schlechtes Gewissen, wenn man nicht mindestens ein, zwei Stunden mitgearbeitet hatte.

An einem sonnigen Tag sah Piet in die Landschaft hinaus und sagte: »Ein Teich da drüben würde sich hübsch machen. Schwere Arbeit ist es nicht, wir könnten den Bach stauen.«

»Und vielleicht sogar ein paar Fische einsetzen«, meinte Nicky zustimmend.

Sie machten eine Ortsbesichtigung, dann breiteten sie ihre Zeichenblätter auf dem Küchentisch aus und entwarfen einen malerischen kleinen Teich, der am Hang hinter dem Haus entstehen sollte. Nicky und ich bekamen den Auftrag, an der vereinbarten Stelle das Bachbett zu verbreitern und zu vertiefen. Tagelang standen wir bis zu den Knien im Wasser, in Badezeug, nasse Turnschuhe an den Füßen, um beim Graben Halt auf dem Spaten zu finden, und holten schwere Grassoden aus dem Wasser, die später getrocknet und auf den Feldern verteilt werden sollten. In jenen heißen Sommertagen war es herrlich, in schwarzem Schlamm herumzumatschen und gleichzeitig wunderbar kühles klares Wasser zu spüren. Zum Schluß schleppten wir große Steine an, errichteten einen kleinen Damm, der das Wasser an einem Ende stauen sollte, und warteten. Nach wenigen Wochen stieg das Wasser, und dann war er da – ein richtiger Teich. Wir hatten ein ganz gewöhnliches Stück Natur in eine bezaubernde kleine Wasserfläche verwandelt, auf der sich später, als es kühler geworden war, sogar der Morgendunst hielt.

Der Teichbau hatte mir Spaß gemacht. Das Ergebnis war so definitiv, man mußte nicht immer wieder von vorn anfangen wie bei anderen periodisch wiederkehrenden Tätigkeiten des Landlebens, für die ich mich nicht erwärmen konnte, auch wenn mir das damals nicht bewußt war. Während Nicky in dem Blumen- und Gemüsegarten arbeitete, den er am Haus angelegt hatte, vertiefte ich mich meist in ein Buch. Einmal riß Nicky es mir aus der Hand.

»Du bist ständig am Schmökern. Was um dich her vorgeht, scheint dich überhaupt nicht zu interessieren. Warum spielst du nicht mal mit den Tieren oder hilfst mir im Garten?«

Ich war wie vom Donner gerührt. Seit ich lesen gelernt hatte, waren Bücher meine ständigen Begleiter, die mir in vielen öden oder einsamen Stunden Freunde gewesen waren, mir Trost, Spannung, Flucht aus dem Alltag bedeuteten. Sie zeigten mir Lebensläufe, die bedeutender und abwechslungsreicher waren als mein eigener. Außerdem galt bei uns zu Hause meine Leselust als Tugend, ich wurde von den Eltern gelobt, weil ich mich so geräuschlos und zufrieden allein beschäftigen konnte. Edith Schuyler hatte seinerzeit gefürchtet, ich könne vereinsamen, wenn ich stundenlang die Nase in einem Buch hatte, aber bis zu Nickys Ausbruch war mir nie der Gedanke gekommen, daß ich mit meinem Lesen jemanden zur Verzweiflung treiben könnte. Daß Nicky sich darüber ärgerte, verschlug mir buchstäblich die Sprache. Um ihn zu besänftigen, legte ich mein Buch hin und half ihm beim Jäten, aber in der Erde zu wühlen war bei weitem nicht so aufregend wie Scarletts unseliges Verlangen nach Ashley Wilkes in *Vom Winde verweht*.

In jenem Sommer arbeitete ich mich verbissen durch die Klassiker *Krieg und Frieden* und *Anna Karenina*. Als leichtere Lektüre hatte die Stadtbücherei stapelweise historische Romane zu bieten, lange verwickelte Familiengeschichten, Schauerromane und in Romanform nacherzählte Sagen und Legenden. Auch wenn die Lektüre durchaus meine Bildung erweiterte, erfuhr ich aus diesen Romanen vor allem, daß es die eigentliche Aufgabe der Frau sei, Männer zu kapern, zu umgarnen und zu bezaubern. Besonders fesselten mich Geschichten über Frauen am Rande der Gesellschaft, leidenschaftliche junge Frauen, die einen Mann ins Verderben locken konnten. Ich mochte den Film *Schwarze Narzisse*, in dem die sehr englische Jean Simmons, dunkel geschminkt, im Sari und mit einem Brillanten in der Nase, auf der Leinwand einem in Liebe entflammten jungen Fürsten in die Arme sinkt und seine glänzende Zukunft zunichte macht. Nach wie vor liebte ich Carmen, in deren Geschichte ich bis zu einem gewissen Grade meine eigene sah, obgleich ich gar nicht hätte sagen können, warum sie mich so tief bewegte. Angefangen hatte es mit der Oper, die ich seinerzeit als Schallplattenkassette zu Weihnachten bekommen hatte, mit Risë Stevens in der Titelrolle und Robert Merrill als Don José. Während die Musik über mich hinrauschte, verfolgte ich den Text Wort für Wort und spielte die Platten immer wieder ab. Die Geschichte von der ungezähmten Zigeunerin, die den einen Mann quält, den anderen zu sich heranzieht und dabei so viel Liebe und Leidenschaft weckt, daß sie schließlich selbst zu Tode kommt – diese Geschichte faszinierte mich, und ich ließ sie mir in keiner ihrer Fassungen entgehen. Nicky und ich sahen uns die düstere französische Filmfassung in New Yorks Thalia Theater an. Bizets Musik war der passende Hintergrund zu den leicht belegten französischen Sprechstimmen, und die Untertitel taten ein übriges. Carmen beim Kartenlegen, *»L'amour… la mort. Encore. Toujours… la mort.«* Dunkle Wolken, wunderbar unheilschwangere Musik. Ein hinreißender Film!

Glenn Ford und Rita Hayworth versuchten sich an einer Technicolor-Version von Carmen, die mir aber zu hübsch, zu sauber war. Dorothy Dandridge in *Carmen Jones* war besser, aber nicht so gut wie die Oper.

Dann wurde die Handlung in den amerikanischen Westen transponiert. Auch der Western *Duell in der Sonne* schlug mich in seinen Bann. Jennifer Jones als Pearl Chavez, das feurige Halbblut, wurde mein Idol. Gregory Peck als Lewt

McCanles, der düster-ironische amoralische Bruder, war der ideale Partner. Selbst Joseph Cotten als der »gute« Bruder Jesse hatte seinen Reiz, die aufregende Stimme wollte so gar nicht zu seiner blassen Bravheit passen. Der Film war ein Fest für meine erwachenden Sinne und beflügelte meine Phantasie.

Pearl Chavez, die »Wüstenblume, die rasch erblüht und früh verwelkt«, sehnt sich nach einer Zuflucht, nach einem Heim, Ehrbarkeit und Akzeptanz in der Welt der weißen Texaner, aber ihr heißes Indianerblut bringt sie zu Fall und reißt sie durch die Leidenschaften, die sie weckt, ins Verderben. Ich wollte aussehen wie sie, wollte sein wie sie, mich nach ihrem Bild neu erschaffen. Ich suchte und fand eine tief ausgeschnittene mexikanische Bluse. In Greenwich Village kaufte ich eine große Kupfermünze, ließ ein Loch hineinbohren und hängte sie mir an einer Kette um den Hals wie das Amulett, das Pearl von Walter Huston, dem »Sündenaustreiber«, bekommen hatte. Ich weiß nicht, wieso ich gerade auf Pearl Chavez, Nachfahrin der Zigeunerin Carmen in der Neuen Welt, verfallen war, aber auf eine morbide Weise waren die beiden mein ideales Alter ego. Beide gemischtrassig und von unklarer Herkunft, zogen sie dank ihrer Schönheit und ihrer Sexualität die Aufmerksamkeit unwiderstehlich auf sich. Die weiße Gesellschaft will uns nicht haben? Gut, dann werden wir zumindest einen kleinen Teil dieser Gesellschaft umgarnen und vernichten, und sollten wir darüber selbst zugrunde gehen. In meinen Augen war dieses Ende kaum von einem Triumph zu unterscheiden. Auch hier ging es um Liebe und Tod. Pearl Chavez verkörperte Sex-Appeal und die Macht, die man als Frau dadurch gewinnen kann, eine Macht, die so groß ist, daß sie Männer veranlassen kann, bis zum bitteren Ende um die Frau ihres Lebens zu kämpfen. Besonders erschütterte mich die letzte Szene des Films, in der sich Pearl, tödlich getroffen in der Schießerei mit dem Banditen Lewt, mühsam über Steine und Spalten einer kahlen Landschaft quält, um in den Armen ihres Geliebten zu sterben. *»Toujours... la mort.«*

Und während ich Liebe und Zerstörung im Kopf hatte, zog Nicky Kapuzinerkresse und Mais, pflegte junge Tiere und kümmerte sich um Werden, Wachsen und Gedeihen in der wirklichen Welt. Hin und wieder holte er mich zum Säen oder Jäten, weil er dachte, er könne mir dadurch die Landwirtschaft näherbringen. Wie sich Blütenknospen öffneten, wie aus unscheinbaren grünen Knötchen pralle Tomaten wurden, Gurken oder grüne Bohnen, das sah ich gern, fand es aber nach wie vor praktischer, Lebensmittel im Laden zu kaufen. Auch für Tiere konnte ich kein großes Interesse aufbringen. Enten, Gänse, Ziegen, Ferkel, Hühner, eine Kuh, ein Pferd – da gab es an jedem Tag, zu jeder Jahreszeit für Nicky etwas zu hegen und zu pflegen, und ich sah ihm höflich zu. Er hatte sogar die Idee, sich einen Affen für seine Wohnung in Greenwich Village zu kaufen, der könne ihm im Winter Gesellschaft leisten, meinte er. Für diesen Plan konnte ich mich nun ganz und gar nicht erwärmen. Wir hatten einander – was brauchte er noch? In Woodstock streichelte ich alles, was gestreichelt werden wollte, und konnte keine Kreatur leiden sehen, aber das Verhalten von Tieren ließ mich im Grunde unberührt, und daß man sich unentwegt um sie kümmern und sie füttern mußte, fand ich eher lästig. Eine gute Landfrau wäre aus mir wahrscheinlich nie geworden.

Wohl weil wir so jung waren, machten wir uns kaum Gedanken über unsere Unterschiedlichkeit. In Gesellschaft typisch amerikanischer Teenager fühlten wir uns nicht wohl, dafür waren wir beide zu schüchtern, und das Bewußtsein, unser Leben unabhängig von ihnen führen zu können, schuf Sicherheit. Natürlich verbanden uns auch die Freuden des Sex. Aber auch wenn wir jetzt fast ununterbrochen zusammen waren – wir waren nicht eins. Ich träumte gern, war eine Leseratte und typische Stadtpflanze, mein Kopf steckte voller Wörter und Romanfiguren. Er war praktisch, erfinderisch und lebte im Kreislauf von Säen, Pflanzen und Ernten. Er war nicht sprachverliebt wie ich, dafür war er in allem, was die Natur betraf, viel tüchtiger. Ich sah gern in die Landschaft und träumte mich in sie hinein, für ihn war es das schönste, sie zu gestalten und ihre reiche Fülle zu nutzen. Ich liebte Woodstock vor allem deshalb, weil dort Nicky war und seine Familie Schutz vor der stets gespannten Atmosphäre bei mir zu Hause bot. Er liebte Woodstock um seiner selbst willen. Ich erinnere mich noch an seine Freude über die selbstgezogene rote und gelbe Kapuzinerkresse, seinen Stolz auf die im Brutkasten großgezogenen Hühner- und Gänseküken und seine Seligkeit, wenn wir im Herbst körbeweise die Äpfel zur Obstpresse brachten, wo sie zermahlen und zu Saft verarbeitet wurden, bis die Luft und der Boden, ja selbst unsere Kleider und unser Haar von Apfelgeruch gesättigt waren. Ja, das war für ihn Glück, da war er eins mit seiner Welt.

Schwer zu sagen, wie es weitergegangen wäre, wenn wir mehr Zeit gehabt hätten, herauszufinden, wer wir waren oder vielleicht einmal werden würden. Mag sein, daß meine Rastlosigkeit ihm zuviel geworden wäre, daß er mich gelangweilt hätte. Aber ich sehe ihn noch auf Barts Palomino über die Hänge reiten, ganz in Einklang mit den Bewegungen des Pferdes, auch wenn die langen Beine das elegante Bild ein wenig beeinträchtigten. In diesem Augenblick war er mein Held, jung und blond und geschmeidig. Ich will ihn nach so langer Zeit nicht idealisieren, das wäre zu leicht. Er war einfach ein liebenswerter Junge. Vielleicht hätte er nie etwas Außergewöhnliches geleistet, aber er war lieb und gütig, und auch wenn ich voreingenommen sein mag – ich glaube fest, daß nichts Böses in ihm war.

1948, drei Jahre nach Kriegsende, machte sich die zwischen den Vereinigten Staaten und der Sowjetunion in Europa aufgeflammte Feindschaft auch in der amerikanischen Innenpolitik bemerkbar. Amerika war mehr und mehr davon überzeugt, daß die Russen versuchten, ihren Machtbereich auszudehnen und die westliche Welt zu beherrschen. Um das zu verhindern, hatte der Kongreß den Marshallplan gebilligt, der mit massiver amerikanischer Hilfe zum Wiederaufbau und zur Stärkung der Länder Europas beitrug. Nach wie vor aber fürchteten die Amerikaner einen Atombombenangriff der Russen und eine Unterwanderung ihrer Institutionen. Die jungen Leute aus meinem Freundeskreis waren bestürzt und enttäuscht darüber, wie schnell sich ein neues Feindbild gefunden hatte. Unsere Hoffnungen auf einen echten Frieden schwanden, statt dessen waren nun sowjetische Überraschungsangriffe, Luftschutzkeller, Zivilschutzübungen und die Angst vor nuklearer Strahlung allgemeines Gesprächsthema.

Die Kommunistenfurcht eskalierte, als der Kongreßausschuß für unamerikanische Umtriebe den Auftrag bekam, Kommunisten und kommunistische Sympathisanten in Regierung, Wirtschaft und anderen sensiblen Positionen aufzuspüren. Der Ausschuß setzte mit seinen Hearings bei der Filmindustrie von Hollywood an, wo bekanntlich relativ viele Drehbuchschreiber, Regisseure und Schauspieler ausländischer Herkunft beschäftigt waren. In seinem ersten Jahr erhob der Ausschuß Anklage gegen zehn Filmschaffende, die eine Kooperation verweigert hatten und es ablehnten, die Namen weiterer Verdächtiger zu nennen. In vorauseilendem Gehorsam erstellte Hollywood eine Schwarze Liste angeblicher kommunistischer Sympathisanten, die nicht mehr beschäftigt werden sollten. In den nächsten zehn Jahren bekamen über dreihundert Drehbuchschreiber, Regisseure und Schauspieler, die auf dieser Schwarzen Liste standen, keine Arbeit mehr und standen vor den Trümmern ihrer Karriere.

Meine Eltern und ihre Freunde beobachteten diese Entwicklung mit zunehmender Bestürzung. Sie hatten erlebt, wie in den frühen Hitlerjahren Juden und Künstler Arbeit und Bürgerrechte verloren hatten, und sahen nun, wie sich ähnliche Anwürfe und Ausschlüsse hier im Amerika der späten vierziger Jahre wiederholten. (Die Parallelen drängten sich unvermeidlich auf, nicht nur in diesem Fall, sondern auch bei späteren Krisen, etwa der Ermordung von John F. Kennedy, den anschließenden Ermittlungen und den Machenschaften um Watergate, und ließen die deutschen Emigranten ein Abgleiten in die politische Katastrophe fürchten.)

In jenem zweiten Sommer mit Nicky merkte ich, daß seine Freunde, diese neunzehn- oder zwanzigjährigen jungen Erwachsenen, die ich so bewunderte, auch ihre Sorgen und Nöte hatten. Auch für sie gab es Alters- und Wissensdiskrepanzen und unüberbrückbare Erfahrungsunterschiede. An einem Sonntagnachmittag trafen wir uns alle am Big Deep, wo der Fluß, der sich durch Woodstock wand, breiter und tiefer wurde. Es war die größte natürliche Badestelle der Gegend, nah an der Straße gelegen und als sommerlicher Treffpunkt bei der Jugend deshalb sehr beliebt. Große Steinplatten, die sich bis über das Wasser vorschoben, bildeten natürliche Terrassen zum Sonnenbaden und Picknikken. Woodstocks »Eingeborene« wie auch Touristen kamen dorthin, allerdings oft in getrennten Gruppen. Wir waren mit einer Clique von Freunden aus Nickys High-School-Zeit da, es ging sehr ausgelassen zu und wurde viel gelacht und im Wasser und an Land herumgealbert. Nach einer Weile kletterte Nicky zu einem jungen Mann hinüber, der ein wenig abseits saß. Er wirkte älter als die anderen, war blaß und machte keine Anstalten, ins Wasser zu gehen. Sie sprachen eine Weile miteinander, dann kam Nicky recht gedrückt wieder. »Das ist Gareth Glenn. Er ist gerade zurückgekommen.«

Gareth Glenn, erläuterte er, war einige Klassen über ihm gewesen und hatte seinen Schulabschluß noch im Krieg gemacht. Dann war er eingezogen worden und an der Front gewesen, wo er schwer verletzt worden war. Er hatte lange in einem Militärlazarett gelegen und war erst seit kurzem wieder in Woodstock. Wir waren alle eine Weile sehr still und versuchten, Gareth nicht zu auffällig anzustarren. Als er später aufstand und sich umdrehte, sah ich die lange rote Narbe auf seinem Rücken, und als er zum Fußweg hinüberging, merkte ich, daß er hinkte. Wie mochte ihm zumute sein, wenn er mit solchen Narben am Körper und weiß Gott welchen Blessuren auf der Seele zu einem Badeplatz mit ausgelassenen Teenagern zurückkam? Die jungen Männer, zu denen ich aufsah, waren spürbar beeindruckt von den Erfahrungen, die Gareth Glenn wie ein Brandmal zeichneten und zum Außenseiter machten – vielleicht für immer.

An einem Nachmittag zu Beginn des Herbstsemesters wurde Nicky während der Vorlesung ohnmächtig. So etwas war ihm noch nie passiert, und wir tippten auf eine beginnende Grippe, weil er über Schwindel und Halsschmerzen klagte. Als sich daraus keine Grippe entwickelte, die Beschwerden aber nicht verschwanden, merkten wir, daß offenbar etwas anderes dahinter steckte. Es folgten Untersuchungen und Behandlungen, die unser Leben grundlegend ändern sollten.

Die erste Diagnose – die einzige, die ich jemals offiziell erfuhr – lautete, Nicky habe eine Geschwulst im Hals, die man mit einer Strahlentherapie angehen wollte. Er kam ins New York Hospital, einen funkelnden Medizinpalast mit breiten Gängen und voll eindrucksvoller Technik. Während der wochenlangen Behandlung magerte Nicky stark ab, sein Kinn schwoll an einer Seite an und war von einem rostfarbenen Brandmal entstellt. Er mochte nicht essen, litt unter Übelkeit und schlief die meiste Zeit. Ich besuchte ihn fast täglich nach der Schule und an den Wochenenden und brachte ihm ein Stück Welt in sein Krankenzimmer, aber bald war er so in seinem leidenden Körper gefangen, daß er sich für nichts mehr wirklich interessierte. Er sprach wenig, aber daß ich da war, sorgte für eine gewisse Kontinuität, die uns beiden Halt gab. Meist las ich oder machte meine Hausaufgaben an seinem Bett und ging so rechtzeitig, daß ich zum Abendessen um sieben wieder zu Hause war, manchmal aß ich auch mit den Van Dorns. Es war mein Junior-Jahr in der High-School. Wir sehnten alle den Tag herbei, an dem es Nicky wieder bessergehen würde, aber der Tag ließ auf sich warten. Damit er tagsüber nicht allein war, wechselten wir uns jetzt mit den Krankenbesuchen ab. Nach jeder Bestrahlung baten die Ärzte Piet oder Berthie zu einem kurzen Gespräch auf den Gang. Die Geschwulst sei schon kleiner geworden, behaupteten sie. Wenn Nicky uns kräftiger vorkam und er längere Zeit aufbleiben konnte, waren wir fest überzeugt davon, daß nun der Wendepunkt gekommen war. An den Bestrahlungstagen aber, wenn er matt und reizbar war und über Übelkeit klagte, mußten wir unsere Hoffnungen wieder zurückschrauben. So krochen die Monate dahin.

Nach Kriegsende brauchte meine Mutter zur Arbeit nicht mehr die lange Fahrt nach Manhattan auf sich zu nehmen. Freunde hatten sie mit Kate Bernhardt bekannt gemacht, einer ebenso sympathischen wie eleganten Frau und Herausgeberin der Zeitschrift *Vogue Pattern*, und die beiden freundeten sich rasch an. Als Kate die aparte Garderobe meiner Mutter bewunderte und erfuhr, daß den größten Teil Elke selbst entworfen und genäht hatte, besorgte sie ihr Aufträge von den Couturiers, die in ihren Zeitschriften und Schnittmusterheften warben. Nun nähte Elke Wollmäntel und Kostüme, die in Hochglanzmagazinen zeigten, daß man modische Kleidung durchaus nach Schnittmustern auch selbst machen konnte. Elke nähte zu Hause und fuhr nur zu den Anproben und zur Ablieferung der fertigen Kleidungsstücke in die Stadt. Sosehr sie es genoß, daß sie nicht mehr täglich pendeln mußte, sowenig beherrschte sie die Kunst der Zeiteinteilung. Alle paar Wochen brachte sie in einem großen Paket ein Schnittmuster, Stoff und die vom Hersteller mitgelieferten Garne, Borten und Besätze mit nach Hause. Sie zeigte uns stolz ihr Arbeitsmaterial, herrlich weiches Kamelhaar für einen Mantel, Tweed für ein Kostüm. Dann kam das ganze Paket auf den Bücherschrank im Wohnzimmer, und dort blieb es zwei, drei Wochen, während sie die freie Zeit nach der gerade abgelieferten Arbeit genoß. Sie ging einkaufen, besuchte Museen und Galerien, traf sich in der Stadt mit Freunden zum Essen und las. Manchmal nähte sie in aller Muße auch etwas für sich oder mich. Eines Tages aber sah sie dann auf den Kalender und stieß einen spitzen Schrei aus, denn die erste Anprobe für das neue Stück war schon in der kommenden Woche.

Kurzerhand machte sie, wie immer nur in durchsichtigem Nylonmorgenrock und mit silbernen Hauspantoffeln, den großen Queen-Anne-Tisch frei, der bei uns als Eß- und Schreibtisch und zum Nähen genutzt wurde, und breitete den Stoff aus. Sie steckte die Schnittmusterteile aus dünnem

Seidenpapier auf und um, schob sie so nah wie möglich zusammen, um Stoff zu sparen, und drehte und wendete sie je nach Fadenlauf. In den folgenden Tagen schnitt sie zu und heftete. Je näher der Tag der Anprobe kam, desto verbissener konzentrierte sie sich, desto länger arbeitete sie, desto hektischer wurde ihr Tempo. Oft mußte ich als Schneiderpuppe herhalten, an der die Rundung einer Schulter, der Sitz eines Kragens ausprobiert wurde. Irgend etwas war immer verkehrt, mußte getrennt, neu gesteckt, neu probiert, neu gesteppt werden, und bei jeder Änderung wurde Elkes Gesicht grimmiger. Bei der Arbeit führte sie Selbstgespräche. »Trottel«, murmelte sie vor sich hin, oder: »Nein, nein, es ist zum Kotzen!« Sie arbeitete bis elf Uhr abends, bis Mitternacht und darüber hinaus, angespannt über ihre Arbeit gebeugt und in rasendem Tempo nähend. Hin und wieder mußte sie, wenn ein Ärmel sich immer wieder bauschte oder die Abnäher einer Jacke partout nicht flach liegen wollten, um eine Verschiebung der Anprobe oder des Liefertermins bitten. In den letzten Tagen arbeitete sie bis zum Morgengrauen. Wenn sie das verwünschte Kleidungsstück endlich fertig hatte, war sie ein zitterndes Häufchen Elend.

Einmal fand ich sie morgens noch an der Nähmaschine, wo sie die letzten Heftfäden aus einem bildschönen kirschroten Kostüm zog. Sie sah mich über den Brillenrand hinweg an. Ihr Gesicht war ungewöhnlich gerötet.

»Fertig«, sagte sie matt. »Aber mir brummt der Schädel, kann sein, daß ich Fieber bekomme.«

Ich legte mein Gesicht an ihre Wange, die sich sehr heiß anfühlte. Das Kostüm sollte nachmittags abgeliefert werden, aber in ihrem Zustand konnte sie sich die Fahrt nicht zumuten.

»Soll ich es hinbringen, wenn ich ins Krankenhaus fahre?« fragte ich.

»Unmöglich, du kennst dich doch gar nicht aus.« Aber langsam freundete sie sich mit dem Gedanken an. »Wenn ich anrufe und sage, daß du es bringst …«

»Und du erklärst mir den Weg und legst dich ins Bett, denn da gehörst du hin.«

Gesagt, getan. Ich fuhr mit dem liebevoll in eine Schachtel gebetteten Kostüm bis zur Ecke 7. Avenue und 34. Straße und lief ein paar Blocks durch die belebten Straßen des Garment District bis zu der angegebenen Adresse. In einem schmuddeligen Aufzug fuhr ich zum Atelier hoch, wo das kirschrote Kostüm an dem Fotomodell, für das es nach Maß gemacht worden war, fotografiert werden sollte. Ein schmächtiger junger Mann kam hinter einem Gewirr von Kameras und Scheinwerfern hervor, als ich mit meiner Schachtel den kahlen Saal betrat, und deutete auf eine Nische mit einem Vorhang an der hinteren Wand. »Da können Sie sich umziehen.«

Ich stutzte kurz, dann ging mir auf, daß er mich für das Fotomodell hielt. Mich! Sehr geschmeichelt erklärte ich, daß ich das Kostüm nur abliefern sollte, und machte mich davon, aber auf dem Weg zur U-Bahn und der Fahrt zum Krankenhaus schwebte ich wie auf Wolken. Demnach war ich kein niedlicher Teenager mehr, sondern sah aus wie eine Erwachsene. Keine gewöhnliche Erwachsene, sondern ein Model. Das Kompliment war reichlicher Lohn für den Gefallen, den ich meiner Mutter getan hatte.

Diese Aufträge waren für Elke immer eine Tortur. Erst wenn die Farbfotos später in einer Zeitschrift erschienen und ihr Kostüm oder ihr Mantel auf einem gertenschlanken Model umwerfend elegant wirkten, konnte sie sich an ihrem Werk freuen und stolz darauf sein. Trotzdem war ihr – abgesehen von der letzten Woche des Auftrags, wenn ihre Hektik sich in der ganzen Wohnung verbreitete – die Arbeit zu Hause lieber als ihre früheren Jobs. Bei all ihren Problemen mit dem Zeitmanagement – es war eben die eigene Zeit, die sie managen konnte. Sie verdiente ihr Geld nicht mehr als Angestellte, sondern als selbständige Gewerbetreibende, und das brachte sie der selbstbestimmten Arbeit der Künstler, deren Fähigkeiten sie so bewunderte, ein kleines Stück näher.

Doch das genügte ihrem Ehrgeiz nicht. Sie wollte mit dem Kopf arbeiten, nicht mit den Händen, wollte kreativ sein wie mein Vater, mit dem sie sich in einem nie endenden Konkurrenzkampf befand, wollte intellektuell sein und glänzen wie ihre Freunde Hannah Arendt und Heinrich Blücher. Elke steckte voll unerfüllter, unklarer Sehnsüchte. Mal wollte sie, daß man ihren Esprit, mal, daß man ihre Schönheit bewunderte. Sie beschäftigte sich stundenlang mit ihrer Garderobe und ihrem Make-up und eiferte Ninon de l'Enclos nach, der berühmten französischen Kurtisane, die noch mit siebzig Liebhaber bezaubert hatte und über die Männer, die ihr verfielen, zu Reichtum und Einfluß gekommen war. In diesen Phasen musterte sie kritisch meine äußere Erscheinung und versuchte, mir zu mehr Chic zu verhelfen. Dann wieder freute sie sich, daß ich in der Hunter High-School Latein hatte, mit der griechischen Mythologie vertraut gemacht wurde und Shakespeare las. Sie bedauerte immer, daß ihre Schulbildung zu wünschen übrig ließ, und sprach mit mir oft und gern über ihre Enttäuschungen.

»Man muß einen Beruf haben«, sagte sie eindringlich. »Das ist die einzige wirkliche Sicherheit. Du mußt dir überlegen, was du machen willst, und dich darauf vorbereiten. Ehe und Kinder sind nicht genug, da sitzt du in der Falle. Ohne eigenen Beruf hast du keine Unabhängigkeit und wirst nicht geachtet.«

Mit diesen Warnungen war meine Mutter ihrer Zeit um mindestens zwanzig Jahre voraus, aber in der damaligen Gesellschaft fand sie mit ihren Anliegen kaum Rückhalt, und aus meiner Sicht waren sie für meine Zukunft ohne Belang. Ich wollte nur, daß Nicky wieder gesund wurde, damit wir das Leben führen konnten, das ich mir wünschte. Ehe und Kinder – das war für mich damals das vollkommene Glück. Sollte ich später mehr wollen, sagte ich mir, könnte ich immer noch Schriftstellerin werden.

Ich hatte zwar miterlebt, wie konzentriert mein Vater Tag für Tag an seinen Texten und Kompositionen arbeitete, dachte aber, daß er mit diesem Talent schon auf die Welt gekommen war. Daß es auch in diesem Beruf nicht ohne Lehrzeit abgeht, wußte ich damals nicht, und ich hatte auch keine Vorstellung davon, daß der Künstler ständig herumprobieren muß, bis das Werk so ist, wie er es haben will, und ohne unablässiges Üben nie Erfolg haben wird. Überhaupt machte ich mir keine großen Gedanken um meine Zukunft, ich hatte nur die vage Erwartung, daß die Eingebung mich, wenn ich bereit war, treffen würde wie ein Blitz aus heiterem Himmel und ich dann vielleicht nicht den von aller Welt erwarteten großen amerikanischen Roman, ganz gewiß aber ein bedeutendes Werk schreiben würde.

Im Frühjahr wurde Nicky aus dem Krankenhaus entlassen. Ganz geheilt sei er nicht, gaben die Ärzte uns zu verstehen, aber weitere Bestrahlungen waren ihm nicht zuzumuten. Er war nur noch Haut und Knochen, der Hals und die rechte Wange waren dunkelbraun verkrustet. Vielleicht würde er sich nach Einstellung der Behandlung besser fühlen, wenn er wieder essen konnte und in Woodstock, in seiner gewohnten Umgebung, war. Nicky selbst war selig über die Aussicht, endlich nach Hause zu kommen, und glaubte fest daran, daß er dort wieder gesund werden würde.

Annie fuhr voraus und bereitete alles für seine Ankunft vor. Der Rest der Familie legte die Fahrt in einem geliehenen Kombi zurück. Nicky lag hinten auf einer Matratze, ich hatte mich neben ihm zusammengerollt. Piet fuhr, Berthe saß auf dem Beifahrersitz, drehte sich immer wieder nach Nicky um, lächelte ihm zu und drückte ihm die Hand. Verstohlen aber nagte sie besorgt an den Lippen. Die Fahrt kam uns sehr lang vor. Am Waldrand lagen noch Schneereste. In Woodstock angekommen, halfen wir Nicky in sein Zimmer hinauf und machten es ihm im Bett bequem. An jenem Abend waren wir alle froh, daß wir das riesige, effiziente Krankenhaus nicht mehr betreten mußten, und hofften, daß man Nicky dort hatte helfen können.

Die erhoffte Besserung blieb aus. Er konnte kaum mehr aufstehen, und Edith Schuyler sorgte dafür, daß ein Pflegebett ins Haus geliefert wurde. Sie kam jeden zweiten Tag, um nach ihm zu sehen, ihn zu baden und Fieber zu messen. Als das Schuljahr zu Ende war und mein dritter Sommer mit Nicky begann, bezog ich wieder mein Zimmer im Obergeschoß. Am Ende des Ganges lag Nicky, bleich und entstellt, in seinem abgedunkelten Raum. Das vertraute Heim und die friedliche ländliche Umgebung hatten ihm die Gesundheit nicht zurückgebracht. Unsere Hoffnungen wandelten sich zu formlosen Gebeten um eine Wendung, ein Wunder.

Dann kam hoher Besuch nach Woodstock. Von weit her reiste Dr. Giorgio Amanti an, ehrerbietig von der Familie hergebeten, um Nicky zu untersuchen. Ihm selbst waren Broschüren, Briefe und Zeugnisse bemerkenswerter Heilungen vorausgeeilt. Für viel Geld war er bereit, Nicky mit seinem neuen Wundermittel zu behandeln. Dr. Amanti war ein würdiger Mann von untersetztem Wuchs, er hatte dunkle, mitfühlende Augen und eine tiefe Stimme mit italienischem Akzent. Eingehend erklärte er uns seine Behandlung. Der Inhalt etlicher Fläschchen, der Nicky über mehrere Wochen zu verabreichen war, würde ihn gesund machen. Wir saßen um den großen Küchentisch herum, bewirteten Dr. Amanti mit Sherry, Kaffee und Kuchen und lauschten der klangvollen Stimme, die Bitterböses über das medizinische Establishment zu sagen hatte, über die Herren Doktoren, die mit technischem Gerät herumpfuschten und verhinderten, daß Patienten wie Nicky – und noch weit schlimmere Fälle – durch das von ihm entdeckte Mittel geheilt werden konnten. Nicky würde »mit Hilfe des Allmächtigen« wieder gesund werden, beteuerte Dr. Amanti mit glühenden Augen, und wir tranken andächtig unseren Sherry.

Zwei Wochen wohnte er auf Kosten der Van Dorns in der Stadt und kam getreulich alle drei Tage, um höchstpersönlich Nicky die Spritzen zu geben. Nicky schien kräftiger und war bereit, zu seiner Genesung selbst beizutragen, was er konnte. Danach zog Dr. Amanti weiter zur nächsten Station seiner lebensrettenden Mission. Für die vierte und fünfte Woche sagte er eine merkliche Besserung voraus, und nach Verabreichung aller Injektionen, wenn Nickys Körper das Mittel ganz absorbiert hatte, würde die Genesung voll einsetzen. In der vierten Woche konnten wir mit Dr. Amanti noch Ferngespräche führen, danach war er weder unter der von ihm angegebenen Nummer noch anderswo zu erreichen.

Es dauerte lange, bis ich durchschaute, was geschehen war. Jahrelang dachte ich, er selbst hätte an die Heilung geglaubt und sei untröstlich über das Scheitern seiner Maßnahmen gewesen. Diese großen, gütigen Augen, diese bezwingende italienische Stimme… Als ich später wußte, mit was für einem Menschen wir es zu tun gehabt hatten, weigerte sich in mir immer noch etwas, daran zu glauben. Ich konnte und kann nicht begreifen, wie jemand bewußt die verzweifelten Hoffnungen eines Sterbenden und dessen Angehöriger mißbrauchen kann. Er wußte natürlich, daß die Aussicht auf Heilung, die sein Wundermittel versprach, den Patienten zunächst Auftrieb gab, so daß sie frischer und gesünder wirkten. Er wußte, wann allein die Hoffnung als Kraftspender nicht mehr ausreichen, wann Argwohn einsetzen, die Fragen beginnen würden. Schritt für Schritt vergrößerte er den Abstand zwischen sich und jenen, die am Bett seiner Patienten wachten. Er wußte, wann die Enttäuschung kommen würde, wann die Hoffnungen zerstoben, und sorgte dafür, daß er dann über alle Berge war, so unerreichbar für Leid und Empörung, als hätte es ihn nie gegeben.

10

Abschied von Woodstock

Der Sommer schleppte sich dahin. Außer einem Arzt aus Woodstock, Edith Schuyler und mir bekamen Nicky nur seine Angehörigen zu sehen. Schwach und entstellt, wie er war, hätte er keine Besucher ertragen. Bart und Sylvia kamen hin und wieder vorbei, aber sie unterhielten sich mit Piet, Berthe und Annie in der Küche. Nickys Zimmer, wo ich an seinem Bett saß, betraten sie nie. In dieser langen qualvollen Zeit wurde meine Eifersucht auf Sylvia banal, auf schreckliche Weise unwichtig. Was Sylvia getan hatte, war bedeutungslos geworden. Die Gewichte hatten sich verlagert, jetzt gehörte ich zur Familie, war ich an seiner Seite, und alle Welt durfte es wissen. Niemand sprach mehr davon, daß ich andere Leute kennenlernen müßte, mich nicht zu früh oder zu ausschließlich an einen Partner binden dürfe. Meine Eltern sorgten sich wegen meiner Überlastung durch Nickys lange Krankheit, aber sie konnten nicht verlangen, daß ich ihn jetzt im Stich ließ, und die Van Dorns waren froh, daß seine Freundin zu ihm hielt.

In jenem Sommer wurde ich siebzehn. Fast unmerklich, aber stetig hatte ich mich verändert, seit Nicky und ich vor zwei Jahren ein Paar geworden waren. Anfangs hatte es mich belastet, daß er so viel älter und so viel selbstsicherer war. Die Spanne von vier Jahren, die uns trennte, erschien mir sehr groß, und Mädchen in seinem Alter kamen mir weit erwachsener und begehrenswerter vor, als ich es mit meinen fünfzehn Jahren war. Damals war es mein größter Wunsch, älter zu sein, schlanker, größer, weltgewandter und locker-witzige, charmante Gespräche führen zu können. Weil ich all das nicht war und nicht konnte und weil ich nicht begriff, daß Nicky mich um meiner selbst willen liebte, hatte ich diese schönen jungen Frauen, diese coolen jungen Männer gefürchtet und war ängstlich darauf bedacht gewesen, an unserer Zweisamkeit festzuhalten. Nach und nach aber wurde auch ich schlanker, cooler, selbstbewußter. Ich gewöhnte mich an die Pfiffe der Arbeiter auf der Straße, an die Männerblicke, wenn ich einen Raum betrat. Diese neue Schönheit verunsicherte mich, denn sie entwickelte sich gerade in der langen traurigen Phase, in der Nicky ständig schwächer wurde. Er betrachtete mich, soweit seine Schmerzen das erlaubten, schwermütig und voller Neid. Er bewunderte meine Vitalität, meine blühende Gesundheit, registrierte aber ebenso den krassen Gegensatz zwischen mir und dem, was er nicht mehr leisten, nicht mehr sein konnte. Trauer und unausgesprochene Angst nagten an uns, während ich versuchte, ihm nah zu bleiben.

Aber meine ungenutzte jugendliche Energie ließ sich nicht unterdrücken, und diese Energie war es auch, die zu einem dieser Augenblicke führte, in denen es scheint, als ob in dem empfänglichen Hirn eine Kamerablende aufgeht und ein Bild einfängt, das getrennt und scharf unterschieden von alltäglichem Tun und Treiben dort für immer aufbewahrt wird.

Noch heute sehe ich die Blätter der Weinlaube im Sonnenlicht zittern an jenem Morgen, an dem ich im Wohnzimmer stand und auf die Terrasse hinaussah. Ich trug eine neue mexikanische Bluse mit bunter Stickerei, die ich, Pearl Chavez vor Augen, tief auf die Schultern heruntergezogen hatte. Oben schlief Nicky in seinem stillen Dämmerreich, aber hier unten flutete warmes Sonnenlicht über mich hin. Ich war halb in Trance und regte mich nicht, als ich hörte, wie die Haustür aufging und Piet, Annie und die beiden kleinen Hunde hereingeklappert kamen.

»Où est la petite?« fragte Piet in dem gedämpften Ton, den wir uns alle angewöhnt hatten, um Nicky nicht zu stören, wenn er endlich einmal eingeschlafen war. Dann kam er zu mir. Ich wandte mich ihm ein wenig zu, lächelte und legte meine Hand auf die Kupfermünze, die ich an der Kette um den Hals trug.

»Gefällt dir meine neue Bluse?« fragte ich.

Er trat neben mich und legte mir einen Arm freundschaftlich um die Taille, wie er es so oft getan hatte, wenn wir zusammen über die Felder oder auf der Farm über den Teich geblickt hatten. Es war eine väterlich vertraute Geste. Diesmal aber sah er dabei auf meine nackten Schultern und ließ seine Hand langsam von meiner Taille nach oben zu meiner Brust hochgleiten. Ich rührte mich nicht, ich atmete kaum und verharrte in seinen Armen. Sonne. Sonne überall um uns her. Langsam, zärtlich streichelte er meine Brüste, dann hielt er plötzlich inne und gab mir einen schnellen Kuß auf die Wange. »Sehr nett«, sagte er nüchtern – und ging. Ich blieb, wo ich war, in blinder, benommener Seligkeit, spürte die Sonne warm auf meinen Schultern, das Amulett warm an meinem Hals.

In den kommenden Monaten machte ich mit Piet erfundene Besorgungen mit dem Auto oder Spaziergänge über die Felder. Jedesmal berührte er ganz kurz meine Brüste, küßte mich, zuerst nur leicht, später dann voll auf den Mund. Mehr wurde es nie, er zog mich nicht aus, und daß ich ihn berührt hätte, war undenkbar. Sein Körper schien durch Alter und Würde tabu, die Schranke seiner Kleidung war unpassierbar. Mir lag auch gar nichts daran, ihn zu erspüren, ich sehnte mich nur nach diesen Augenblicken, in denen seine Hände auf mir lagen, diesen tranceartigen Momenten, in denen ich nichts tun oder denken konnte, die Stunden zu währen schienen. Ich erinnere mich der Stunden auf der Wiese hinter dem Haus, in denen ich auf dem Rücken im Gras lag und er neben mir saß. Wir sprachen nie viel, sondern freuten uns still an dem Frieden des Nachmittags. Dann beugte er sich über mich, streichelte mein Gesicht, meine Schultern, meine Brüste. Ich sah durch halbgeschlossene Lider, wie die Sonne sein Haar in einen weichen Strahlenkranz verwandelte, der das müde Gesicht umrahmte, und die Blüten der Wilden Möhre standen über uns wie weiße Sterne an einem blaugoldenen Taghimmel.

Ich weiß nicht, warum er das und nicht mehr wollte. Vielleicht fanden die Bedürfnisse seines Alters und meiner Jugend in dieser sanften Lust zusammen, die uns in ihren Bann schlug, aber nicht nach einer Steigerung, nicht nach Erfüllung strebte. Sie führte uns weg von dem nahen Tod und nahm niemandem etwas. Sie forderte nichts für sich, verlangte nicht mehr, als wir zu geben hatten. Wir wußten beide, daß ich Nickys Freundin war. Wenn wir nach unseren Abstechern wieder ins Haus kamen, ging ich sofort zu

Nicky hoch, um nach ihm zu sehen, ihm zu bringen, was er brauchte, und mich mit einem Buch in den Sessel an seinem Bett zu setzen.

Sonderbarerweise hatte ich nicht das Gefühl, Nicky zu betrügen. Ich machte mir überhaupt keine Gedanken darüber. Solange er lebte und auch noch danach war ich bei ihm. Ich blieb an seiner Seite, bis er starb, soviel kann ich zu meiner Verteidigung sagen. Ich wußte, daß ich zu ihm gehörte. Erst später wußte ich nicht mehr, wer ich war oder zu wem ich gehörte.

Wie alt war Piet wirklich? Berthe war fünfundfünfzig, als Nicky starb, Piet war älter als sie. Sechzig? Fünfundsechzig? Könnte ich ihn jetzt sehen, könnte ich sein Alter besser schätzen, damals wußte ich noch nichts von den Zeitlinien des Alterns und sah nur die Ergebnisse. Nicky und ich waren seit zwei Jahren zusammen, und in dieser Zeit waren Piet und ich einfach gute Kameraden. Das andere, die sexuellen Schwingungen zwischen uns – das kam erst später, als Nicky schon lange krank war. Es verband uns auf neue Weise, verborgen und wärmend und ohne einen Anspruch auf Ausschließlichkeit. In Nickys langem Siechtum wurden diese kleinen Auszeiten zu heimlichen Kraftquellen. In ihnen konnte sich der Körper zu seinem geheimen Leben bekennen und seinen elementaren Widerstand gegen den Tod geltend machen.

Am 24. August 1948 fuhr ich mit der U-Bahn von Riverdale zum Court House in Lower Manhattan. Das Bureau of Immigration and Naturalization hatte verfügt, daß ich jetzt persönlich den Eid auf die amerikanische Verfassung leisten müsse. Bis dahin hatte ich automatisch den gleichen Status wie meine Eltern gehabt. Sie hatten sehr bald nach der Ankunft in Amerika die amerikanische Staatsbürgerschaft beantragt, die ihnen und auch mir als ihrem unterhaltspflichtigen Kind nach der vorgeschriebenen fünfjährigen Wartezeit zuerkannt worden war. Keine Staatsangehörigkeit war geschätzter als die amerikanische, kein Dokument begehrter als der amerikanische Paß. Für meine Eltern – wie für zahllose andere Menschen, die vor Verfolgung geflohen waren – bedeuteten die Einbürgerungsurkunde und der Paß Freiheit und Sicherheit. Ein amerikanischer Staatsbürger hatte Rechte – das Recht auf Schutz vor Verfolgung durch ausländische Regierungen, das Recht auf Privatsphäre, das Recht auf Schutz vor Repressalien durch die Staatsgewalt, das Recht auf Reise-, Rede- und Versammlungsfreiheit. Sollten diese Rechte jemals in Gefahr geraten, würde der amerikanische Staat sie verteidigen. Als meine Eltern und ich amerikanische Staatsbürger geworden waren, fühlten sie sich erleichtert und beschützt. Nun aber war ich als junge Erwachsene aufgerufen, meine Absichten und Wünsche bezüglich meiner Staatsangehörigkeit selbst kundzutun.

Für mich gab es nie den leisesten Zweifel. Ich fühlte mich als Amerikanerin und hätte nie etwas anderes sein wollen. Also wartete ich mit mehreren anderen Kandidaten im Court House, bis ein Regierungsbeamter eintraf, vor dem wir den Eid ablegen sollten. Wir stellten uns vor ihm auf und hoben die rechte Hand. Nur das Klimpern meiner fünf silbernen Bettelarmbänder störte die erwartungsvolle Stille ein wenig. Der Beamte verlas den Eid, wir sprachen ihn nach, schworen, den Vereinigten Staaten von Amerika die Treue zu halten und uns von jeglicher Loyalität »für andere Königreiche, Staaten oder Potentaten« loszusagen – eine Wendung, die mich so faszinierte, daß ich sie nie vergessen habe. Es war ein feierlicher Augenblick, seltsam losgelöst von dem, was mich damals beschäftigte und bewegte. Mein neuer Status hatte keine unmittelbaren Auswirkungen auf meinen Alltag, verhalf mir aber endlich zu richtigen Papieren. Wenn ich jetzt aufgefordert wurde, mich auszuweisen, brauchte ich kein Schriftstück mehr vorzulegen, in dem bescheinigt wurde, daß meine Berliner Geburtsurkunde im Krieg vernichtet worden war, brauchte ich nicht mehr zu erklären, warum ich in diesem Schriftstück Marianne Winterfeld hieß. Jetzt besaß ich eine Einbürgerungsurkunde, die mich korrekt als naturalisierte amerikanische Staatsbürgerin mit meinem amerikanischen Namen Marianne Gilbert auswies.

1948 erfuhren wir auch Näheres über Angehörige und Freunde in Europa. So war etwa das Leben meiner inzwischen siebenjährigen Cousine Barbara wesentlich anders verlaufen als das meine. Zu Kriegsbeginn hatte die deutsche Regierung Frauen und Kinder vor den Luftangriffen auf Berlin in Sicherheit gebracht. Barbara, damals noch ein Kleinkind, und ihre Mutter, Elkes jüngste Schwester Irma, waren in die Tschechoslowakei evakuiert worden. Irmas Mann diente in der deutschen Wehrmacht, war aber den ganzen Krieg über in Finnland stationiert gewesen und hatte nicht an der Front gekämpft. Nach dem Krieg fand die Familie wieder zusammen und wurde von den Alliierten wie viele andere Flüchtlinge nach Bayern umgesiedelt. Die bayerische Landbevölkerung war über diese Einquartierung sehr aufgebracht, zumal sie die »Preußen« noch nie hatte leiden können. Für die Neubürger gab es keine Arbeit und kaum Geld.

Irma mußte »hamstern« gehen, wie sie das in Briefen an meine Mutter nannte. Sie ging bei den Bauern von Tür zu Tür und bettelte um Essen, bis sie genug hatte, um die Familie satt zu bekommen – wie ein Hamster, der sich hier einen Bissen sucht und dort den nächsten und alles in seinen Hamsterbacken verstaut, bis er genug beisammenhat.

Nach dem Krieg waren die Verkehrswege und das Kommunikationssystem in und um Berlin völlig zerstört, Zivilpersonen waren Reisen untersagt. Bis 1948 hatte sich die Lage zumindest in den westlichen Sektoren Berlins etwas gebessert. Dank massiver Hilfe der Alliierten konnte die Stadt mit den wichtigsten Lebensmitteln, mit Kraftstoff, Medikamenten und Material für den Wohnungsbau versorgt werden. In jenem Jahr beschloß Irma, mit ihrer kleinen Tochter Mutter und Schwester in Berlin zu besuchen. Zwischen Bayern und Berlin lag die sowjetische Besatzungszone, die ohne entsprechende Papiere nicht betreten werden durfte. Viele Menschen wagten sich trotzdem heimlich über die sogenannte Grüne Grenze, um ihre Familien wiederzusehen. Irma schilderte, wie sie mit der kleinen Barbara über eine Landstraße lief, um nachts die Demarkationslinie zu überschreiten, und wie sich die beiden, sobald sie von fern Scheinwerferlicht sahen, in den Straßengraben hockten, bis das Fahrzeug vorbei war. Irma versuchte, ihrer Tochter das

Ganze als Abenteuer zu verkaufen. Für den Fall, daß man sie anhielte, sollte Barbara sagen: »Wir wollen zu meiner Großmutter.« Es hieß, die Russen hätten ein weiches Herz, wenn es um die Familie, besonders aber um die Mütter ging, und Irma konnte nur hoffen, daß an diesen Geschichten etwas Wahres war. Sie kannte auch die anderen Geschichten von Russen, die mit ihren Brutalitäten und Vergewaltigungen nach dem Krieg die besiegten Deutschen terrorisiert hatten, aber davon sagte sie Barbara natürlich nichts.

Sie wurden nicht gefaßt, und Barbara brauchte den Satz, den die Mutter ihr wie einen Zauberspruch eingetrichtert hatte, nicht herzusagen. Sie kamen glücklich in Berlin an, und nach jahrelanger Trennung feierte Irma ein Wiedersehen mit Mutter Hedwig und Schwester Lotti.

Während ihres Besuches – sie wollten zwei Wochen bleiben – sperrten die Russen alle Landverbindungen zwischen Westberlin und Westdeutschland, um die Stadt von lebenswichtigem Nachschub an Lebensmitteln und anderen wichtigen Gütern abzuschneiden. Irma und Barbara konnten nicht mehr zurück nach Bayern, auch nicht mit dem Zug oder mit dem Auto. Die Amerikaner flogen sie mit einer Frachtmaschine über den Luftkorridor zwischen Berlin und Westdeutschland aus. Es war Barbaras erster Flug, laut, unbequem in provisorischen Hängesitzen und ungeheuer aufregend für ein Kind. Überdies war es einer der ersten Flüge des heroischen Unternehmens Berliner Luftbrücke überhaupt.

Nach dem Krieg hatten die Russen den Druck auf die unter sowjetischer Kontrolle stehenden Länder Osteuropas erhöht, um die Stärken und Vorteile der kommunistischen

Regierungsform zu demonstrieren, die laut Stalin nur zum Tragen kommen konnten, wenn man die aufstrebenden kommunistischen Wirtschaftssysteme vor den verderblichen Einflüssen des westlichen Kapitalismus schützte. Winston Churchill, der mit Sorge verfolgte, wie der Ostblock nach und nach abgeriegelt wurde, prägte den denkwürdigen Begriff des »Eisernen Vorhangs« mitten in Europa.

Der immer deutlicher werdende Gegensatz zwischen dem Wiederaufbau Westeuropas und der Stagnation in den Ländern des Ostens war nirgends augenfälliger als in den beiden Teilen Deutschlands, und der Brennpunkt dieses Kontrastes war Berlin, die geteilte Stadt tief in russisch besetztem Gebiet. Während man andere Grenzen mit Wachposten und Stacheldraht schließen konnte, bot Berlin mit seinem ausgedehnten Straßennetz und dem gut ausgebauten öffentlichen Nahverkehr einen mühelosen Zugang für die Tausenden, die von Ost nach West flüchteten, um der sowjetischen Unterdrückung zu entgehen. Die Russen suchten nun nach Möglichkeiten, diese Flut einzudämmen. Im März 1948 unterbrachen sie die Verkehrsverbindungen zwischen Berlin und Westdeutschland zu Wasser und zu Lande. Im Juni untersagten sie auch den Alliierten Fahrten durch die sowjetische Zone, so daß der amerikanische, der britische und der französische Sektor Berlins nun endgültig vom übrigen Deutschland abgeschnitten waren. Die Sowjetunion hoffte offenbar, durch die Blockade lebenswichtiger Güter aus dem Westen die Alliierten aus der Stadt und aus Ostdeutschland zu vertreiben. Die Alliierten aber weigerten sich, Berlin zu verlassen, und richteten die berühmte Luftbrücke ein, über die sie tonnenweise Lebensmittel, Medikamente, Kohle und andere lebenswichtige Güter einflogen, um das bedrohte Westberlin am Leben zu erhalten. Ihre Entschlossenheit und tatkräftige Unterstützung gab den Einwohnern neuen Mut. Sie erduldeten Hunger, Kälte und Einschüchterungsmaßnahmen, um nicht vom Ostblock geschluckt zu werden. Die Berliner Blockade und die Einrichtung der Luftbrücke durch die Alliierten stellten den Beginn des Kalten Krieges dar. Von jetzt an betrachteten die westlichen Staaten nicht mehr Deutschland, sondern die Sowjetunion als ihren Feind.

Meine Eltern beobachteten gespannt die täglichen Erfolge der Luftbrücke, denn sie wußten ja, wie lebenswichtig sie war. Auch noch nach der Blockade schickte meine Mutter alle paar Wochen sogenannte Carepakete nach Berlin. CARE war eine Organisation, die den Transport und die Auslieferung von Paketen mit wichtigen Grundnahrungsmitteln für die Bevölkerung in Europa und England übernommen hatte, Pakete, die entweder vom Absender selbst gepackt oder bei CARE in Auftrag gegeben werden konnten. Lotti bedankte sich überschwenglich für jedes Paket, und meine Mutter schickte, so viel sie konnte. Ein ganzes Fach in unserem Küchenschrank war für all die Schachteln und Dosen reserviert, die zum Versand bestimmt waren, und wir hatten immer reichlich Packpapier, gebrauchte Schnur und Zollerklärungen für die nächste Sendung zur Hand.

Elke tat sich schwer mit der langen Trennung von ihrer Familie. »Ich habe meine Mutter zehn Jahre nicht mehr gesehen«, klagte sie. »Sie hat so viel durchgemacht und ist nicht mehr jung. Wer weiß, ob ich sie noch einmal wiedersehe. Und Lotti hat alles verloren. Ich würde zu gern einmal hinfahren, aber das geht ja jetzt leider nicht.«

Unterdessen hatte sich Dr. Amanti aus Woodstock verflüchtigt, und der Sommer ging zu Ende. Auf Nickys Pflegebett liebten wir uns zum letzten Mal. Noch einmal schaffte er es, sich über mir hochzustemmen. Ich sehe noch die Medizinfläschchen und Röhrchen, das in einem Sonnenstrahl aufblinkende Glas mit dem Fieberthermometer, die blauweiß gestreifte Kleenexschachtel und sein bleiches, zerstörtes Gesicht, als er alle Kraft zusammennahm und in mich eindrang, verbissen bemüht, sich ein Stück von dem zurückzuerobern, was ein wesentlicher Teil des Lebens war. Ich spürte seine leichte Last, als er gekommen war und sich auf mich heruntersinken ließ und meine Arme seine schmale Gestalt allzu mühelos umfingen. Wir wußten beide, daß es kein nächstes Mal geben würde.

Anfang September war er beängstigend schwach und hatte Mühe mit dem Atmen. Voll Furcht und Bangen bestellten seine Eltern einen Rettungswagen zur Fahrt zurück in die Stadt, ins Krankenhaus als letzter Station.

Hier war alles anders als in seinem ersten Krankenhaus. Die Gänge waren schmal und düster, die Zimmer abgenutzt, Möbel und Vorhänge schmuddelig. Hier gab es keine blinkenden geheimnisvollen medizinischen Apparate mehr. Hierher kamen die Menschen, nachdem die blinkenden Geräte versagt hatten. Als Nicky eingeliefert wurde, kämpfte er um jeden Atemzug. Seine Stimme war dumpf und heiser, das Schlucken war zur Qual geworden. Die

Ärzte entschieden sich für einen Luftröhrenschnitt und künstliche Ernährung, damit er wieder ein wenig zu Kräften kam. Sprechen konnte er nicht mehr, fühlte sich aber nun alles in allem besser. Eine Weile konnte er noch kurze Sätze aufschreiben, aber bald strengte ihn auch das zu sehr an. Er brachte seine Wünsche durch Zeichen und Blicke zum Ausdruck.

Es kostet mich Überwindung, zu beschreiben, wie er damals aussah. Im Sommer, noch vor der rapiden Verschlechterung der letzten Wochen, hatte Nicky sich in einem Spiegel gesehen und war geschockt und entsetzt in die Kissen zurückgefallen. Danach sorgten wir dafür, daß in seiner Nähe keine Spiegel mehr greifbar waren.

Für mich lebt er immer auf zweierlei Art weiter. Einmal so, wie ich ihn auf den wenigen Fotos sehe, die ich noch habe. Die Bilder sind alt, aber ich kann sie noch immer mit farbigem Leben erfüllen. Nicky – groß, jung, gesund, mit klaren blauen Augen, einem widerspenstigen blonden Haarschopf, kleinen Glanzlichtern auf den Armen. Er hatte noch etwas von einem Jungen an sich, der zu schnell gewachsen, der noch nicht ganz fertig war, aber ich denke mir, daß er ein ausgesprochen gutaussehender Mann geworden wäre.

In diesem letzten Jahr schob sich darüber das andere Bild, das ich auch nicht ausblenden kann. Zum Ende hin ist der Körper ausgemergelt, die Sehnen in Dauerschmerz oder durch Bewegungsmangel verkrümmt. Nach den Bestrahlungen ist das Haar dünn und stumpf, Gesicht und Hals sind an einer Seite verbrannt und eine einzige schwärende Wunde. Die Augen sind trüb, das Gesicht schwillt mit jeder Woche mehr an, so daß der Mund sich schief zieht und nicht mehr schließt, alle Züge sind grotesk verzerrt. Der Anblick ist herzzerreißend, die Vorstellung, er könnte erfahren, wie er aussieht, ein Alptraum.

Als sich die Lunge mit Flüssigkeit füllte, rollten sie eine Art Lungenstaubsauger in sein Zimmer. Nickys Eltern brachten es nicht fertig, das Gerät zu bedienen, und riefen, wenn es eingesetzt werden mußte, eine Krankenschwester. Annie und ich lernten damit umzugehen, weil das weniger Unruhe für Nicky bedeutete. Schwierig war es nicht. Wir hörten ja, wenn er sich mit dem Atmen schwertat, dann galt es, den Filter vor dem Metallrohr in seinem Hals zu entfernen und die kleine Düse des Geräts in die Öffnung zu schieben, damit es den Schleim aus der Luftröhre saugen konnte. Keine Kunst, wenn man nicht zart besaitet war. Ich empfand sogar eine grimmige Genugtuung, wenn ich dem kranken Körper die giftigen Rückstände entziehen konnte. Dennoch war nicht zu übersehen, wie schwer krank der ganze Organismus inzwischen war. Weil Nicky jetzt fast rund um die Uhr beobachtet werden mußte, baten die Van Dorns Edith Schuyler, sich an der Pflege zu beteiligen.

Und trotzdem war er immer noch Nicky. Da er nicht mehr sprechen oder schreiben oder sich frei bewegen konnte, schien es mir, als ob er meist in einem immer dicker werdenden Kokon der Krankheit und Schwäche steckte, als ob er immer weiter von mir wegrückte. Doch sein Verstand blieb lebendig. Nicky konnte sich nach wie vor etwas einfallen lassen. Wir dachten uns neue Formen und Zeichen der Verständigung aus. Ein Händedruck, ein Lidschlag, Nicken oder Kopfschütteln ersetzten die Worte. Für mich erfand er sogar einen Code. Langsam, mit einem Finger, malte er die Buchstaben kurzer Wörter in meine Handfläche. Ich benannte jeden Buchstaben und sprach dann das ganze Wort aus, sobald ich es erkannt hatte. Erstaunlicherweise war ich die einzige, der das bei ihm gelang. Er versuchte es auch mit den anderen, aber über die ersten paar Buchstaben eines Wortes kamen sie nie hinaus, so daß sie nicht entziffern konnten, worauf er hinauswollte. Wenn seine Signale nicht ankamen, regte ihn das so auf, daß er seine Bemühungen einstellte. So wurde ich zur Dolmetscherin für die kurzen Botschaften, die er aussandte. Wenn ich nach der Schule ins Krankenzimmer kam, wurde ich schon sehnlichst erwartet. Mein Kommen öffnete die Schranke des Schweigens zwischen ihm und seinen jeweiligen Besuchern, und ich klärte, was sich an Wünschen und Fragen in meiner Abwesenheit ergeben hatte. Das wurde zu trauriger täglicher Routine, wie denn offenbar alles in der Welt Routine werden kann.

Aber es war schlimm anzusehen und schwer zu ertragen. Später – und das geht wohl allen so, die sich an Schlimmes aus ihrer Vergangenheit erinnern – hätte ich nicht sagen können, wie ich es ertragen oder warum ich in dieser oder jener Situation scheinbar extrem reagiert hatte. In jenen letzten Monaten kam mir der blinde Glaube an Nickys Genesung abhanden, und als ich eines Morgens aufwachte, war mir, als stünde ich wie gelähmt am Rande eines Abgrunds, und ich fragte mich, wie lange ich diesen Stillstand noch würde aushalten können. Ich war jung, Körper und Geist waren voller Tatkraft und Wißbegier. Ich war unversehens erwachsen, war so geworden, wie ich es mir einmal gewünscht hatte, aber Nicky hatte nicht auf mich gewartet.

Ich brannte darauf, etwas zu unternehmen, zu machen, zu tun – und fand in der gebrechlichen Leidensgestalt den fröhlichen, vitalen Jungen, den ich geliebt hatte, kaum noch wieder. Ich fuhr zur Schule, fuhr ins Krankenhaus, besuchte die Van Dorns, fuhr abends nach Hause und wartete und wachte. Das triste tägliche Einerlei erschien mir wie eine Wüste, die den sprudelnden Quell meiner Jugend verdorren ließ. An jenem Morgen betete ich, betete nur für mich: »Lieber Gott, laß es vorbei sein. So oder so, laß es in drei Monaten vorbei sein.«

Mein Gebet wurde erhört.

An einem grauen 11. November, dem Armistice Day, saß ich am späten Nachmittag allein an Nickys Bett und hielt seine Hand. Er hatte mich angesehen, als ich hereinkam, hatte dann entspannt die Augen geschlossen und schien zu schlafen. Berthe war nach Hause gegangen, um ein wenig zu ruhen, sie wollte abends wiederkommen. Edith, die in der vergangenen Woche die Abendschicht übernommen hatte, trank einen Kaffee in der Krankenhaus-Cafeteria. Im Zimmer war nur Nickys unregelmäßig röchelnder Atem zu hören. Ich überlegte, ob ich das Gerät einsetzen sollte, um ihm zu helfen, aber er lag ganz ruhig da und schien sich nicht zu quälen. Die Pausen zwischen den Atemzügen wurden länger. Dann blieb – ohne ein Zittern, ohne ein Zeichen – der nächste Atemzug aus. Ich sah ihn an und wartete. Konnte der Tod so still daherkommen? Schließlich klingelte ich nach der Schwester. Sekunden später kam Edith herein. Ich sah sie an. »Ich glaube, irgend etwas ist nicht in Ordnung«, sagte ich. Sie trat rasch ans Bett heran, und ich ließ seine Hand los.

Sie fühlte den Puls, legte ihm die Hand auf die Brust und tastete nach dem Herzschlag, legte, die Hand noch über seinem Herzen, ihre Wange an seinen Mund, wartete ein paar Sekunden und schüttelte den Kopf. Da wußte ich, daß er tot war. »Er ist gegangen«, sagte sie leise, und ich nickte. Noch nach so vielen Jahren höre ich ihre Worte. Selbst damals, in der eigenartigen Stille und Erhabenheit jenes Augenblicks, registrierte ich dankbar das Feingefühl, mit dem sie das Unvermeidliche so ernst und schlicht zugleich ausgedrückt hatte.

Ich war bei ihm, als er starb, das war mir immer eine Genugtuung. Für mich bedeutete es, daß ich es durchgehalten hatte bis zum bitteren Ende. Niemand sonst war im Zimmer. Sein Tod gehörte mir, er gab ihn in meine Hand. Als er aus dieser Welt ging, war ich es, die er verließ, und mir ist er geblieben.

Das klingt, als sähe ich darin eine Art Belohnung – und das war es ja auch. Es ist besser zu wissen, zu sehen, an Ort und Stelle zu sein, als zu spät zu kommen. Wieviel schlimmer wäre es gewesen, wenn er nach dem langen Warten und Wachen in meiner Abwesenheit gestorben wäre, in jenen wenigen Augenblicken, in denen ich der Erschöpfung oder lustlosem Hunger nachgegeben hätte! Ich habe das bei Berthe, seiner Mutter, erlebt, die ihn nicht hat sterben sehen, die es nie ganz glauben konnte, nie aufgehört hat, nach ihm zu suchen.

Das Krankenhaus verständigte die Familie. Berthe kam zuerst, verzweifelt und von dem Gedanken gequält, daß sie ihn, wäre sie nicht nach Hause gegangen, womöglich noch hätte halten können. Sie legte die Hand auf seine Stirn, seinen Körper, strich ihm übers Haar, über die Arme. »Er ist warm«, sagte sie, als könne sie das Unabänderliche noch rückgängig machen. Unter Tränen fragte sie nach seinen letzten Augenblicken. Ich erzählte ihr, wie es gewesen war, erzählte es auch Piet, als er kam. Annie und Edith regelten das, was in den nächsten Tagen gemacht werden mußte. Ärzte und Krankenschwestern kamen und sprachen ihr Beileid aus. Eine Schwester legte Nicky ein Laken übers Gesicht. Nach einer Weile gingen wir. In diesem Zimmer hielt uns nichts mehr.

Kälte schlug uns entgegen, als wir auf die Straße traten, wir gingen dicht nebeneinander. Plötzlich blieb Piet stehen, riß die Arme hoch, stürzte schluchzend in einen Hauseingang. »Was soll ich bloß machen?« keuchte er. »Was soll ich bloß machen?« Ein heftiger Hustenanfall schüttelte ihn, er suchte nach einer Zigarette, und Berthe und ich klopften ihm auf den Rücken, auf die Arme. »Ich wünschte, ich könnte etwas anstellen«, versuchte er zu erklären, »einem Cop in den Hintern treten zum Beispiel ... Dann wäre mir leichter.« Das war so bizarr, daß wir alle drei plötzlich anfingen zu lachen. Ein so extremer Schmerz hat etwas Ungereimtes, ja Lächerliches. Dieser Last konnte Piet sich nur erwehren, indem er wie ein kleiner Junge reagierte. Als er sich beruhigt hatte, hakten wir uns unter und gingen schweigend weiter. Der Wind wehte scharf. Ins Warme zu kommen war in diesem Moment Ziel genug.

In der kleinen Wohnung von Piet und Annie in der Jones Street setzten wir uns schweigend an den Küchentisch. Nach einer Weile kam Annie herein und machte Tee. Stumm und höflich reichten wir uns Zucker und Milch zu. Wir wußten alle nicht recht, was jetzt zu tun war. Der Tee löste die Zungen, wir sprachen über Nicky und daß er es nun überstanden hatte, und ich erzählte ihnen, was ich am Vortag erlebt hatte. Weil Nicky so kurz darauf gestorben war, hatte das für mich und auch für die anderen eine besondere Bedeutung. Die Erinnerung wirkte wie Balsam.

Am vergangenen Nachmittag hatte Nicky mir – was er schon einige Tage nicht mehr gemacht hatte – Buchstaben in die Hand geschrieben. Langsam und mühselig buchstabierte er das Wort APFEL. Wollte er einen Apfel essen, oder bildete er sich ein, er könnte einen Apfel essen? Er sah mich an, bemerkte meine Ratlosigkeit und buchstabierte weiter. APFELWEIN. Eine Ruhepause, dann: PRESSE. Jetzt hatte ich verstanden und drückte ihm die Hand. »Ja, ich erinnere mich, wie wir im Herbst die Äpfel zur Obstpresse gebracht haben.« Er nickte und schloß zufrieden die Augen. Ich hielt weiter seine Hand, dankbar dafür, daß er aus seinen Leiden in die schöne Zeit seiner frühen Jugend hatte flüchten können. Die Obstpresse im Wald, die blanken Äpfel, die zu duftendem Fruchtbrei zermahlen wurden, das Knirschen der Pressen, die Hänge im Herbstlicht, die vielen Aufträge, die er als Junge in der freien Natur erledigt hatte – all das bot ihm noch so kurz vor seinem Tod eine gnädige Zuflucht, und dieser Gedanke war eine Hilfe für uns alle, war vielleicht so etwas wie ein Talisman, der schweren Träumen wehren würde.

Als ich spätabends nach Riverdale zurückkam, hatte Edith schon meine Eltern verständigt. Besorgt hatten sie die Verschlechterung von Nickys Zustand verfolgt, wußten aber nicht, ob oder auf welche Weise sie einschreiten sollten. Natürlich hätten sie es lieber gesehen, wenn ich meine Jugend hätte genießen können, statt Krankheit und Tod mit ansehen zu müssen, aber sie respektierten meinen Einsatz. Jetzt waren sie aufgeblieben, um auf mich zu warten. Mein Vater umarmte mich und strich mir in wortlosem Mitgefühl übers Haar, und meine Mutter setzte sich zu mir ans Bett, wo ich ihr von Nickys letzten Stunden erzählte. Mit besonderer Anteilnahme fragte sie nach Berthe und versuchte sich in die Mutter einzufühlen, die ihr einziges Kind verloren hatte. Meine eigenen Gefühle waren verworren. Meinen geliebten starken jungen Nicky gab es schon lange nicht mehr, und ich war froh und dankbar, daß das lange Sterben ein Ende hatte, aber wenn ich versuchte, mir eine Zukunft ohne ihn vorzustellen, sah ich nur Düsternis und Leere.

Einige Tage danach wurde Nicky in Woodstock beerdigt, auf dem alten Friedhof auf einem Hügel nahe der Stadt. Es hatte den ganzen Vormittag und auch während des Gottesdienstes in der Kapelle geregnet, ließ aber etwas nach, als sich die Trauergäste in dunklen Wintermänteln unter schwarzen Schirmen am Grab versammelten. Der Pfarrer las einen Bibeltext und hielt eine kurze Ansprache. Bart und Sylvia waren da, Carl und Edith, weitere Freunde der Van Dorns, die ich nicht alle kannte, und ein paar tiefbekümmerte fröstelnde Schulfreunde von Nicky. Ich war froh, daß sie gekommen waren. Es war gut und richtig, daß viele Menschen Nicky auf seinem letzten Weg begleiteten, fand ich, ein so wunderbarer Mensch wie er hatte es verdient. Dann war die Beerdigung zu Ende, die Trauergäste defilierten an den Angehörigen vorbei, umarmten sie und gingen zu ihren Autos. Es waren so bewegte Tage gewesen, und nun war plötzlich alles vorbei. Ich konnte es kaum glauben und hatte das Gefühl, als hätte ich mich gar nicht richtig verabschiedet.

Zu Piet sagte ich, er solle die anderen nach Hause fahren, ich würde gern noch ein wenig bleiben und später zu Fuß nachkommen, aber er brachte Berthe und Annie zum Wagen der Schuylers und kam dann wieder zu mir. Nacheinander rollten die Autos durchs Friedhofstor. Es wurde still. Kein Mensch war mehr zu sehen. Der Regen hatte aufgehört, aber über den Himmel wälzten sich noch schwarze Wolken. Der aufgewühlte Himmel gefiel mir, ich fand es angemessen, daß er gegen Nickys Tod protestierte. Ich nahm Piets Arm, und wir gingen langsam an den Gräberreihen entlang. Die stille Landschaft erinnerte uns daran, wie sehr Nicky die Berge und Felder seiner Heimat geliebt hatte. Allmählich klärte es sich auf, und als die Wolken sich verzogen, fiel hier und da in schräger Bahn ein wenig Sonne über das Land. Es hatte nichts zu bedeuten, das wußten wir beide, aber es tat uns trotzdem gut. Und Nickys Vater war mir dankbar, daß ich noch geblieben war und uns beiden diese kleine Atempause verschafft hatte.

In den nächsten Wochen brachen sich alle möglichen Gefühle Bahn, als seien wir aus einer langen Starre erwacht, in der alle Empfindungen unter der Decke gehalten werden mußten, damit wir die Tage ertragen konnten und andere nicht belasteten. Ich war wie vor den Kopf geschlagen, als ich hörte, wie jemand von Nickys Krankheit als »Krebs«

sprach. Vor mir und Nicky war immer nur von einer Geschwulst die Rede gewesen. Vielleicht galt damals schon das Wort »Krebs« praktisch als Todesurteil, und man wollte uns schonen, aber als ich es jetzt hörte, kam ich mir klein und dumm und betrogen vor. Das Wort erklärte alles, was Nicky hatte erdulden müssen, jede Kurve auf dem steilen dunklen Weg nach unten. Nicky und ich hatten dem Schmerz nachgespürt und immer wieder versucht, das Blatt zu wenden. Eine Geschwulst ist heilbar, glaubten wir. Krebs ist es nicht. Die Erwachsenen hatten darauf gebaut, daß ich das Leid mit Nicky tragen würde, aber nur so, wie ein Kind etwas trägt, arglos, ratlos, übertölpelt. Sie hatten mich einbezogen, aber die Informationen, die mir zu einem besseren Verständnis hätten verhelfen können, hatten sie sorgsam eingewickelt und beschönigt.

Vielleicht wußten sie selbst nicht Bescheid oder konnten sich dem, was sie wußten, nicht stellen, es nicht benennen. Vielleicht war ich nicht mutig genug gewesen, um die richtigen Fragen zu stellen. Trotzdem war ich wütend und verletzt. Sie hatten mich in dem Glauben gelassen, Nicky habe eine Geschwulst im Hals und müsse an dieser Geschwulst sterben, was mir immer schon unverständlich gewesen war – so, als müßte ein Mensch zwangsläufig durch einen Bienenstich zu Tode kommen.

Wenige Wochen danach fuhren die Van Dorns nach Key West, wo sie den Winter verbringen wollten. Weil sie sich dem gewohnten winterlichen Alltag im Village ebensowenig gewachsen fühlten wie dem Aufenthalt in dem Haus in Woodstock, mit dem sich so viele Erinnerungen an Nicky verbanden, hatte Piet ihnen einen Tapetenwechsel verordnet.

Sie packten ihre Sachen und waren auf und davon. Trotz meiner Bindungen an sie war ich erleichtert.

Man hört jetzt allenthalben traurige Geschichten von Mißbrauch, nicht nur von körperlicher Gewalt, sondern von erzwungenen oder subtilen Formen sexuellen Mißbrauchs an Kindern oder Halbwüchsigen. Ich habe das, was zwischen Piet und mir geschah, als ich siebzehn war, nie in diesem Licht betrachtet. Er hat mich nicht mißbraucht. Wir handelten in gegenseitigem Einverständnis. Das erotische Vergnügen war unser einziger Lichtblick in einer Welt voller Qual, Erlöschen und Leid. Wäre Nicky nicht gestorben, sondern wieder ganz gesund geworden, hätten die kurzen Begegnungen, in denen Piet und ich einander gesucht und gefunden hatten, wahrscheinlich irgendwann ein Ende gefunden, hätten wir uns ohne Groll voneinander gelöst. Jedenfalls sehe ich das jetzt so. Kurz nach Nickys Tod aber wußte ich nicht, was ich von den verborgenen Schwingungen zwischen uns halten sollte. Wir waren in der langen Zeit des Wartens und Wachens Partner gewesen, aber auch wenn wir es in unseren Gesten Liebenden nachtaten, waren wir kein Liebespaar. Wie er in jener Übergangszeit von mir dachte, weiß ich nicht, aber ich sah ihn nicht so. Die Liebe zu Nicky hatte uns verbunden und gleichzeitig auf Abstand gehalten. Jetzt hatte Nicky uns alle allein gelassen: Piet und mich, natürlich Berthe, die schwer an dem Verlust trug, und Annie, die alles gegeben hätte, um Piet über diese Phase wegzuhelfen. Ich fühlte mich ihnen durch all das, was wir gemeinsam durchgemacht hatten, eng verbunden, aber ich fürchtete mich vor dem, was sich zwischen Piet und mir womöglich noch entwickeln könnte. Nach der Schule fuhr ich nach wie vor mit der U-Bahn ins Village und verbrachte den Nachmittag bei ihnen. Aber seit Nicky tot war, entfiel der Hauptgrund für meine Besuche. Ich beschäftigte mich in Gedanken nun mehr und mehr mit dem College. Ich würde neue Freundschaften schließen, andere junge Männer kennenlernen können – aber nicht, solange die Beziehung zu den Van Dorns so eng blieb wie bisher. Weil ich nicht wußte, wie ich ihnen klarmachen sollte, daß es für mich auch eine Zukunft ohne Nicky gab, glaubte ich manchmal an so viel Ungesagtem zu ersticken, dann wieder plagte mich wegen meiner Treulosigkeit das schlechte Gewissen. Als die Familie so unvermittelt nach Key West aufgebrochen war, fehlte mir die liebevolle Nähe, die mir so lange ein Halt gewesen war, noch wußte ich nicht, wie ich meine leeren Tage füllen sollte. Ich trauerte um Nicky, ich vermißte Piet und war oft einsam – und trotzdem atmete ich erlöst auf wie jemand, der endlich wieder an die frische Luft kommt.

11

Rückkehr

In unseren ersten Amerikajahren sah ich meinen Vetter Thomas nur selten. Er war acht Jahre älter als ich und meist auf einer seiner Bahnfahrten, wenn unsere Familien sich trafen. Während mich dann später das Leben in Woodstock ganz in Anspruch nahm, schrieb er sich mit Hilfe der G. I. Bill am City College von New York ein. Zum erstenmal im Leben fand er dort Freunde und hatte sogar die eine oder andere Liebesbeziehung. Erst in seinem letzten Collegejahr und meinem letzten High-School-Jahr lernten wir uns besser kennen.

Kurz vor Weihnachten, etwa sechs Wochen nach Nickys Tod, überredeten mich meine Eltern, mit ihnen meine Tante und meinen Onkel zu besuchen. Die Van Dorns waren in Florida, aber im Geist war ich immer noch in dieser Familie, in der alle in ähnlicher Weise Leid trugen und wir wenig voneinander erwarteten außer dem Trost, den wir aneinander fanden. Bei Tante Else und Onkel Henry merkte ich schnell, daß ich noch nicht soweit war, mich auf die festtägliche Stimmung einzulassen oder mich an den angeregten Familiengesprächen über Musik, Bücher und Politik zu beteiligen. Ich flüsterte meiner Mutter zu, daß ich mit dem Bus heimfahren würde und daß ich hoffte, die anderen würden mich verstehen. Als ich leise in die Diele ging, um meinen Mantel anzuziehen, kam Thomas mir nach und bot mir an, mich heimzufahren.

Wir fuhren durch den Van-Cortland-Park, und während wir so im Finstern nebeneinandersaßen, kamen wir ins Gespräch. Ich erzählte ihm von Nicky, er erzählte mir von einer »älteren« Frau, einer verheirateten Sechsundzwanzigjährigen, die am City College studierte. Dank ihrer gütigen, verständnisvollen Ratschläge war es Thomas gelungen, das Handicap seines Aussehens und seine Hemmungen zu überwinden. Sie half ihm zu erkennen, daß er vielleicht keine Schönheit, aber ein netter, witziger, smarter junger Kerl war, an dem Frauen durchaus Gefallen finden konnten, wenn er ihnen eine Chance gab. An jenem Abend fuhren wir lange in der Gegend herum, an unserem Haus vorbei und den Henry Hudson Parkway hoch und redeten und redeten. In den nächsten Wochen waren wir häufig zusammen, gingen ins Kino, ins Museum, machten lange Autofahrten und setzten unser Gespräch fort. Er war sehr gut zu mir, sehr lieb und verständnisvoll. Der Altersunterschied von acht Jahren, der mir so gewaltig vorgekommen war, als ich ein Kind war, spielte keine Rolle mehr, und wir wurden Freunde.

Er sei als Heranwachsender zwar sehr unglücklich gewesen, sagte Thomas, aber daß er ein Mischling war, habe ihn eigentlich nie gestört, und er sei auch nie auf die Idee gekommen, daß eine religiöse Bindung ihm aus seiner Isolation heraushelfen könnte. Viel mehr bedrückte ihn, daß er unter den jungen Amerikanern, mit denen er in der High-School und in der Army zusammen war, als »dreckiger Ausländer« galt. Am City College war das kein Problem mehr, denn dort studierten querbeet sämtliche ethnischen Gruppen New Yorks, wobei die jüdischen Einwanderer und ihre Kinder die Mehrheit stellten.

Thomas wurde nie ein Mann, in den sich die Frauen auf den ersten Blick verliebten, aber die eine oder andere, die einen zweiten Blick riskierte, ist dabei recht gut gefahren.

»Ich setze mich im Seminar immer neben die hübscheste Frau«, sagte er, »die ist unweigerlich in einen Footballhelden oder einen Basketballstar verknallt, der sie schlecht behandelt. Auf mich läßt sie sich ein, weil ich dick bin und so harmlos wirke.« Er lachte durchtrieben.

»Und dann?« fragte ich.

»Dann gehen wir zusammen Kaffee trinken, damit sie mir erzählen kann, wie gemein Bill oder Joe zu ihr ist, und ich höre zu und tätschele ihr die Hand. Und sie findet, daß ich so verständnisvoll bin. Und dann gehen wir nach jeder Veranstaltung auf einen Kaffee, und sehr bald sind Bill oder Joe nicht mehr wichtig, und es stellt sich heraus, daß ich gar nicht so harmlos bin.«

Weil Thomas sich offenbar am City College so wohl gefühlt hatte, beschloß ich, mich für den Herbst auch dort zu bewerben. Nach vier Jahren in einer reinen Mädchenschule wollte ich zumindest vorübergehend Erfahrungen mit gemischtem Unterricht sammeln. Damals konnte man als Frau am City College nur einen Bachelor-Abschluß in Pädagogik machen, aber weil ich nicht Lehrerin werden wollte, hatte ich mir vorgenommen, nach den ersten beiden Jahren am City College ans Hunter College zurückzugehen, wo man einen Abschluß in Geisteswissenschaften machen konnte.

Noch aber genoß ich mein letztes Semester an der Hunter High. In den Jahren mit Nicky hatte ich mich kaum an schulischen Aktivitäten beteiligt – zuerst, weil ich schon einen »festen Freund« hatte, später dann, weil ich ihn während seiner langen Krankheit nicht allein lassen wollte. Lange Zeit war ich für mein Alter überaus ernst gewesen, jetzt konnte ich befreit die Vergnügungen und Albernheiten des Teenagerlebens genießen.

Von Lachanfällen geschüttelt, beteiligte ich mich an der Wahl zur »Miss Hunter High« und errang den zweiten Platz in dieser Schönheitskonkurrenz. In der Theateraufführung des Abschlußsemesters, einer Schneewittchen-Persiflage, glitt ich als glamouröse böse Stiefmutter über die Bühne. Zusammen mit einer Freundin, die mit einem Kadetten aus West Point ging, schwänzte ich die Schule, um ihn bei den Paraden auf der Fifth Avenue zu sehen. Alle zwei Wochen ging ich zu Ballettstunden in der Carnegie Hall, deren Reiz dadurch erhöht wurde, daß man dort immer jungen Schauspiel- und Musikstudenten begegnete.

Kurz vor meinem High-School-Abschluß im Juni 1949 eröffneten mir meine Eltern, daß eine große Veränderung in unser aller Leben bevorstand. In den USA drohte der antikommunistische Kreuzzug des Kongreßausschusses gegen unamerikanische Umtriebe Hunderte von Karrieren in Hollywood und am Broadway zu zerstören. In Europa dagegen war die Unterhaltungsindustrie im Aufwind. Berlin als geteilte Stadt hatte nicht die Mittel, Film- oder Theaterproduktionen zu finanzieren, aber München florierte. Mein Vater hatte zehn Jahre lang erfolglos versucht, den musikalischen Geschmack Amerikas zu treffen. Auch wenn er inzwischen fließend Englisch sprach, gelang es ihm nicht wirklich, Schlager im Stil eines Amerikaners zu schreiben. Nur seine Muttersprache setzte seine Fertigkeit für Wortspiele frei, in denen sich Witz mit tieferem Gefühl verband. Die amerikanischen Theater blieben ihm verschlossen, aber jetzt, nach Kriegsende, lockten Chancen in den deutschsprachigen Ländern Europas, und Robert und Elke beschlossen, auf ein Probejahr wieder nach Europa zu gehen.

»Nach allem, was geschehen ist, werden wir nicht mehr in Deutschland oder Österreich leben«, erläuterte mein Vater, »aber Zürich ist nicht weit weg, und wenn alles klappt, verdiene ich dann wieder anständiges Geld.«

»Wir möchten, daß du mitkommst«, drängte meine Mutter. »Zunächst bleiben wir in der Schweiz, von dort aus wird Daddy Kontakt zu seinen Bekannten beim Theater und beim Film aufnehmen. Später könntest du dann nach Paris gehen und an der Sorbonne studieren. Wäre das nicht toll?«

Es war ein bißchen zuviel auf einmal. Zunächst war ich eher bestürzt als begeistert. Ich würde es mir überlegen, sagte ich, um Zeit zu gewinnen. Mein ganzes Leben änderte sich vor meinen Augen. Nach dem High-School-Abschluß würden meine Freundinnen sich in alle Winde zerstreuen, um sich ihre eigene Zukunft aufzubauen. Auch in meiner näheren Umgebung war alles im Umbruch. Nicky war tot, die Van Dorns waren in Florida, mein Vetter Thomas plante ein Graduiertenstudium in Ozeanographie an der University of Chicago. Jetzt wollten auch meine Eltern fortgehen. Ich blickte in eine ungewisse Zukunft.

Im Herbst sollte ich am City College of New York anfangen. Ich versuchte mir statt dessen ein Studium an der Sorbonne vorzustellen, sah mich mit Baskenmütze herumlaufen und in Bistros sitzen. In Paris zu leben – das klang nach Glanz und Glamour, die Vorstellung hatte aber auch etwas Beängstigendes. Das Französisch, das ich als kleines Kind gesprochen hatte, lag tief in meinem Unterbewußtsein begraben, und an der High-School hatte ich nur drei Jahre Französisch gehabt. Weil wir zu Hause Englisch sprachen, war mein Deutsch das eines Kindes geblieben. Ginge ich nach Europa, würde ich lernen müssen, mich in diesen Sprachen auszudrücken, würde die englische Sprache und damit einen wesentlichen Teil meines Ich zurücklassen müssen. Ich dachte, sprach, träumte, las auf englisch. Und wie konnte ich Schriftstellerin werden, wenn ich dazu Sprachen brauchte, die für mich zu Fremdsprachen geworden waren? Wie würde mir in Paris zumute sein, in einem fremden Land mit fremden Sitten und Gebräuchen, einem Land, in dem mir nichts vertraut war? Hier, in meiner gewohnten Umgebung, fielen meine Eltern – nie ganz amerikanisiert, nie ganz heimisch in der neuen Sprache – noch immer auf. Dort wären die Rollen vertauscht, ich würde mich mit der Kleidung, mit Büchern, der Musik, im Gespräch, ja sogar beim Flirten umorientieren müssen. Schon als Kind und Jugendliche war es mir schrecklich gewesen, bei irgendwelchen Unternehmungen »die Neue« zu sein, weil ich dann ungeschickt und angreifbar war. In Europa würde ich in allem und überall »die Neue« sein.

Ich traute mir das nicht wirklich zu. Meine Eltern waren mutig. Mein Vater hatte vielen Gefahren ins Auge gesehen, meine Mutter war entschlossen auch dann an seiner

Seite geblieben, als die Ehe mit einem Juden sie in Gefahr brachte. Sie hatten um ihr Leben gefürchtet, sie hatten mit jahrelanger Armut gekämpft, um in einem neuen Land Fuß zu fassen. Wie hätten sie meine so viel geringeren Ängste verstehen können? Jetzt wollten sie das Risiko eingehen, in ein von Grund auf verändertes Europa zurückzukehren, ein Europa, das sie vertrieben hatte. Doch wie verändert Europa auch sein mochte, es war ihre Heimat, und wieviel sie auch durchgemacht hatten – sie waren noch immer Europäer, während ich mich als Amerikanerin fühlte. Ich kannte in Europa keinen Menschen und würde von meinen Eltern so abhängig sein wie als Kind. Diese Aussicht erschien mir noch erschreckender als die Notwendigkeit, mich auf Europa einzulassen.

Als Heranwachsende war ich mir stets der Spannungen in der Beziehung meiner Eltern bewußt gewesen und hatte mich oft wie eine Schachfigur gefühlt, die sie in ihrem ständigen Konkurrenzkampf hin und her schoben. Aber nicht nur die Spannungen zwischen ihnen, sondern auch ihre unausgesprochenen Erwartungen belasteten mich. Sie hofften wohl heimlich, ihre unauffällige Tochter würde plötzlich mit einem genialen Werk an die Öffentlichkeit treten. Auch ich wartete sehnsüchtig auf einen Geistesblitz, der aber war bisher ausgeblieben. »Du mußt unabhängig sein«, hatte mir meine Mutter gepredigt, als ich mich nicht über die Maxime jener Zeit hinwegsetzen mochte, eine Frau müsse heiraten und Kinder bekommen, »du mußt einen Beruf haben, mußt deinen eigenen Weg gehen.« Welcher Beruf das sein könnte und wie ich ihn erlernen sollte, wußte sie aber auch nicht. Gewiß, ich wollte Schriftstellerin werden, aber auf den Gedanken, daß man dazu auch eine entsprechende Ausbildung braucht, war ich, wie gesagt, nie gekommen. Ich hatte meinen Vater als Vorbild, hatte aber bisher weder sein Wissen noch sein Talent für mich nutzbar gemacht. Gegen die Klavierstunden, die mir vielleicht einen Zugang zu seiner musikalischen Begabung eröffnet hätten, hatte ich mich gesträubt, und seine von mir früher so bewunderten Gedichte waren mir dadurch, daß sie in einer Sprache verfaßt waren, von der ich mich lösen wollte, inzwischen recht fern. Ich wußte nicht, wer ich war oder vielleicht werden konnte. Ich wußte nur, daß ich es nie erfahren würde, wenn ich bei meinen Eltern blieb.

Am schlimmsten aber war die Vorstellung, daß ich, ginge ich nach Europa, wieder eine Immigrantin sein würde. Nicht das Reisen schreckte mich, sondern die womöglich permanente Entwurzelung. Ich hatte hart gearbeitet, um mich amerikanischen Sitten und Gebräuchen anzupassen, und der Gedanke, den Rest meines Lebens in Europa zu verbringen, war für mich ebenso unvorstellbar wie der, nach jahrelangem Studium an der Sorbonne wieder hierher zurückzukommen. Ich sah mich auf immer in einem trostlosen leeren Raum zwischen zwei Erdteilen hängen.

Das traute ich mir nicht zu. Mit achtzehn war ich bereit, unabhängig und erwachsen zu werden, aber nur hier, in diesem Land, in dem ich mich auskannte, dessen Sprache die meine war. Ich erinnerte mich an den Spruch meiner Mutter: »Du hast dein Leben, ich habe meins«, der immer als Argument für eine unerwünschte Trennung hatte herhalten müssen. Jetzt, da meine Mutter mich gern bei sich gehabt hätte und ich mich vor eine Entscheidung gestellt sah, dachte ich mir, daß sie wohl doch recht gehabt hatte. Mein Leben war nicht das ihre. Mein Leben, das Leben, das ich mir wünschte, war in den Vereinigten Staaten. Hier war ich aufgewachsen, hier wollte ich bleiben.

Jetzt sah ich klar. Ich sagte meinen Eltern, daß ich nicht mit ihnen nach Europa zurückgehen würde. Wir diskutierten die Frage noch ein paarmal, aber als sie sich sicher waren, daß ich wußte, was ich wollte, akzeptierten sie meine Entscheidung und trafen die notwendigen Vorbereitungen.

Mein eigenes Gefühl der Entwurzelung war nichts verglichen mit der viel dramatischeren Entwurzelung von Millionen von Menschen durch den Krieg. Noch vor Kriegsende hatte eine großangelegte Repatriierungsaktion unter alliierter Oberaufsicht begonnen, um die geordnete Umsiedlung zu organisieren. Bei einer Flüchtlingszahl von über zwölf Millionen Menschen war das eine monumentale Aufgabe. Die Mehrzahl der Displaced Persons, wie man diese Gruppe jetzt nannte, konnte nach und nach in ihre Heimat zurückkehren, aber über eine Million war dazu nicht bereit. In vielen Fällen waren das Flüchtlinge aus osteuropäischen Ländern, die im sowjetischen Machtbereich lagen, andere waren Juden, die nicht wieder in Deutschland, Österreich oder Polen leben wollten, da diese Länder mit Erinnerungen an Verfolgungen, Leid und ermordete Angehörige verbunden waren. Nach dem Krieg hörte die Hilfe für Juden aus europäischen Ländern auf, und andere Länder setzten ihre vor dem Krieg gültig gewesenen Einwanderungsquoten wieder in Kraft. Als Reaktion auf die weltweiten Einwanderungsbeschränkungen für Juden und trotz des Widerstands etlicher Staaten wurde der Ruf nach einer jüdischen Heimstätte immer lauter. Im Mai 1948 wurde der souveräne Staat Israel gegründet und an dem widerstrebenden arabischen Land Palästina festgemacht, was prompt zu dem bis heute andauernden Konflikt zwischen Arabern und Juden führte.

In den Vereinigten Staaten wurden Präsident Trumans Bemühungen, die Quoten für Displaced Persons zu erhöhen, vom Kongreß unterlaufen. Immerhin nahmen die Vereinigten Staaten 105 000 Juden auf, mehr als jedes andere Land außer Israel. In Israel fanden 744 000 Juden aus allen Teilen der Welt eine neue Heimat, aber nur 387 000 waren aus Europa.

Mir waren die immensen Probleme der Displaced Persons nur vage bewußt gewesen, bis sie in meine eigene häusliche Sphäre einbrachen. Während meine Eltern die Rückkehr nach Europa vorbereiteten, freute ich mich schon darauf, als Studentin allein leben zu können. Gedankenlos, wie ich war, ging ich davon aus, daß ich weiter in der Wohnung in Riverdale bleiben konnte und meine Eltern für die Miete und meinen Lebensunterhalt aufkommen würden. Große Kosten würde ich ja nicht verursachen. In jenen großzügigen Tagen war das Studium am City College für die Bürger New Yorks kostenlos, sofern sie die Aufnahmekriterien erfüllten. Über viele Jahre verdankten die Kinder armer, aber ehrgeiziger Immigranten ihren Collegeabschluß und ihre berufliche Qualifikation der Unterstützung der Stadt oder des Staates New York. Geldangelegenheiten kümmerten mich deshalb wenig, aber meine Eltern traten die Rückreise nach Europa mit so geringen finanziellen Mitteln an wie vor zehn Jahren die Reise nach Amerika – mit dem einen wichtigen Unterschied, daß Robert hoffte, in München an seine früheren Erfolge anknüpfen zu können. (Wie sich zeigen sollte, ist ihm das auch gelungen. Seine deutschen Schlager und Revuen wurden wieder beliebt, und später verhalfen ihm die Übersetzungen einer Reihe von äußerst erfolgreichen amerikanischen Musicals für das deutschsprachige Publikum zu neuem Ruhm und auch zu erheblichen Einkünften. Seine zehn Jahre in Amerika waren also nicht umsonst gewesen.) Zunächst aber brauchten meine Eltern Geld, um in Europa leben zu können, und mußten versuchen, die laufenden Unkosten in Amerika möglichst zu reduzieren. Auch wenn mich das Studium selbst nichts kostete – ich brauchte eine Bleibe und Taschengeld. In den nächsten Monaten nähte meine Mutter wie besessen, damit Geld hereinkam, und von den Tantiemen meines Vaters wurde jeder Cent gespart, der nicht unbedingt gebraucht wurde. Zum Glück kamen jetzt, nachdem seine Musik und die anderer jüdischer Komponisten wieder in Deutschland gespielt wurden, die ersehnten Schecks häufiger.

Ich träumte noch von einem emanzipierten Leben als weltläufige junge Frau mit eigener Wohnung, als meine Eltern schon ohne mein Wissen nach Möglichkeiten für einen Mietzuschuß suchten. Wie so oft in den zehn New Yorker Jahren fand sich die Lösung über das Netzwerk der Flüchtlinge. Ein Ehepaar, das in einem der europäischen Lager für Displaced Persons gelebt und endlich die Erlaubnis zur Einreise nach Amerika erhalten hatte, war gerade angekommen und brauchte eine preiswerte Unterkunft. Wenn meine Eltern einen Teil unserer Wohnung an die beiden untervermieteten, war das eine gute Tat, die gleichzeitig ihren Mietanteil herabsetzen würde. Zu meiner Bestürzung wurden sie handelseinig. Meine Mutter erzählte mir von der Flucht des Paares aus Polen und von den Zuständen im DP-Camp. Daß sie verfolgt worden und bitterarm waren, tat mir zwar leid, tröstete mich aber nicht darüber hinweg, daß ich mein Heim mit Fremden teilen und mich von meinen Träumen grenzenloser Freiheit verabschieden mußte. Mit den Eltern zusammenzuleben war schlimm genug, aber die kannte ich wenigstens. Jetzt mußte ich die Wohnung mit wildfremden, nicht mehr jungen Menschen teilen, die zu allem Überfluß noch Flüchtlinge waren. Sollte ich von Flüchtlingen denn nie loskommen? Ich bat und bettelte, aber die Entscheidung war gefallen.

Dann ging es ans Sortieren unserer Habe. Unsere Wohnung war vollgestellt mit Stapeln von Kleidung, Porzellan, Büchern, Papieren und persönlichen Gegenständen. Manches sollte dableiben, anderes konnte in der Scheune der Schuylers in Woodstock gelagert werden, der Rest wurde für das Probejahr in Europa verpackt. Dann waren alle Stapel abgetragen, und der Tag der Abreise kam.

Im September 1949 fuhren Robert, Elke und ich im Taxi zu einem Pier in Manhattan, das Gepäck war im Kofferraum und auf dem Dach verstaut wie bei unserer Ankunft vor zehn Jahren. Damals war ich fast acht gewesen, jetzt war ich achtzehn. Diesmal würde ich die Eltern nicht übers Meer und bei ihrem Versuch begleiten, ihr Leben in Europa wiederaufzunehmen. Ich hatte sie nur bis zum Schiff gebracht. Aufgeregt gingen wir zusammen die Gangway zur *Ile de France* hoch. Damals reiste man noch immer hauptsächlich mit dem Schiff über den Großen Teich, und diese Überfahrten bedeuteten fünf oder sechs Tage Verwöhntwerden und Müßiggang. Ich war begeistert von den geräumigen Kabinen und bestaunte ehrfürchtig die Speisesäle und Salons mit den glitzernden Kronleuchtern, dem vielen spiegelnden Holz und dem glänzenden Damast. Scheinbar meilenweit erstreckten sich die mit Edelholz verkleideten Gänge über viele Stockwerke. Stewards geleiteten neu eintreffende Passagiere oder eilten mit Abschiedsgeschenken – Blumen und Champagner – zu den Kabinen. Man kam sich vor wie auf einer riesengroßen vornehmen Party. Der Luxusliner war nicht nur sehr viel größer und prunkvoller als alle Hotels, die ich kannte, sondern vermittelte auch den Reiz des Reisens in ferne Länder. Während wir uns immer wieder zum Abschied umarmten, tat es mir beinah leid, daß ich abgelehnt hatte mitzukommen. Aber nur beinah. Auch wenn ich die Wohnung mit anderen teilen würde, konnte ich doch kommen und gehen, wie ich wollte. Ich würde studieren, ich würde junge Männer kennenlernen, würde Abenteuer erleben. Ich war dabei, mich zu einer unabhängigen jungen Frau in der aufregenden Stadt New York zu entwickeln. Als die letzten Abschiedsworte gesagt waren, lief ich in zierlichen flachen Ballerinas die Gangway hinunter und durch das langgestreckte Verwaltungsgebäude zur Straße. Dann stand ich draußen in der Sonne, und das Herz wurde mir weit. Von jetzt an war ich allein auf mich gestellt.

Namenregister